ドラッグ・チェイスシリーズ 2

密計

エデン・ウィンターズ

冬斗亜紀〈訳〉

ollusion

den Winters

d by Aki Fuyuto

Monochrome Romance

Collusion

by Eden Winters

ドラッグ・チェイスシリーズ2

密計

エデン・ウィンターズ

訳｜冬斗亜紀

絵｜高山しのぶ

ラッキー(リッチモンド)・
ラックライター
南東部薬物捜査局《SNB》
薬物転用防止保安部の
前科者枠のエージェント
COLLUSION
CHARACTERS

ボー・ショーレンバーガー
南東部薬物捜査局《SNB》
薬物転用防止保安部の
新人エージェント。
薬剤師の免許を持っている
ウォルター・スミス
南東部薬物捜査局《SNB》
のラッキーとボーの上司

作者前書き

二〇一二年十一月のニューヨーク・タイムズ紙によれば、二〇一一年の米国では過去三十年で前例のない医薬品（処方薬）不足が生じ、二百六十一もの医薬品が対象となっていた。原因はメーカーの設備故障や原材料不足など様々で、通常なら適正価格で手に入る医薬品が入手困難となった。最たるものが抗がん剤だ。患者によっては、これによって治療が遅れたり、効果の低い療法を行うこともあった。

医師も患者も追い詰められていた。

二〇一二年六月のＣＢＳニュースによれば、米国内七十九ヵ所の医療施設が、この危機の間、ＦＤＡが認可していない違法な輸入薬を購入したとされている。購入した薬の中には、薬効成分がない無価値の偽造薬もあった。

この状況下で、医者や医療従事者は限られた手持ちの薬をどの患者に使うか、どの患者が別の薬に切り替え可能か、誰の治療を先延ばしにするべきかなどを、表立って話し合うまでになった。卸業者は医薬品の調達に奔走した。急増する需要の中、一線を踏み越える人間も出た。

グレーマーケットへと。

グレーマーケットと違法な闇市場の区別には、注意したい。メリアムウェブスター辞典によれば「グレーマーケット」とは以下である。

> 違法ではないが正規な手法を用いないマーケット。特に、正規の流通経路を法にふれない手段で迂回し、生産者が意図するよりも低価格で販売する市場。

定義はそうでも、動乱の二〇一一年においてグレーマーケットの転売屋が医薬品を買いこんだのは、莫大な利益を上乗せしてほかの卸売業者や病院・薬局などに売りつけるためだった。本作執筆時点において、その行為は違法ではない。

グレーマーケットを通して流通網に偽造薬や偽メーカーの医薬品が紛れこんだため、患者への害を恐れ、欠かせないはずの医薬品購入をためらう病院もあった。

グレーマーケットと取引する人間は、危険は承知の上だ。ある薬をメーカーが七ドルで販売しているとしよう。グレーマーケットを通過するとその薬に六百ドルを越える値がつき、それが患者、保険会社、政府の制度（低所得者医療保険《メディケイド》のような）に何百万ドルという負担をかけるのだ。

価格の高騰を食い止めようと、新たな法案が提出された。

これから語られる物語はフィクションではあるが、医薬品不足とグレーマーケットは現実の話であり、これを書いている時点ではどちらも、かなり状況は改善されつつも、相変わらず続いている。

1

「俺の名前、多すぎだろ」

かつてラッキー・ラッククライターとして知られていた男は、自分の社員証をじろじろ眺めた。どうかしている今週の名前、笑えるくらい不似合いな〝マーヴィン・バーケンヘイガン〟という名がでんと記されていた。どこのどいつが考えた。

背後で足音がしたので、存在しない虫をバッジから払い落とした。

「よお、そんなとこで何見てんだ、バンバントンカン？」

周りからグースと呼ばれている男が、ラッキーごしにずいと手をのばしてタイムカードを取り、機械に突っこんだ。ガシャンというでかい音で、十一時から七時のシフトに時間どおり入ったことが記録される。底辺の夜間シフト。

ラッキーは、自分の社員証に刻まれた下らない名前をにらみつけた。この偽名をひねり出したろくでなしを見つけたらボコボコにしてやる。

「調子はどうだ、バーフィン・マザーファッキン？」

別の同僚がやってきた。マジックで〈フェレット〉と書かれたテープでバッジの本名を隠している。グースにフェレット……ここは配送センターじゃなくて動物園か？

「よしなさいって、マーヴィンにちょっかい出さないの」

ほんの一瞬、突然に、ラッキーはクリスティのことがそれほど嫌いではなくなった。彼女はラッキー以外にただ一人、ニックネームではなく本名で働いている。その上、一五二センチの彼女は、ほかの一八〇センチ越えのチンピラ二人のように一六七センチのラッキーの前にそびえ立つこともない。

続く言葉で、彼女はラッキーの〝クソ虫リスト〟に載った。

「元気にやってる、バーゲンセールくん？」

オーケー、ボコる程度じゃ甘すぎる。この最新のなめくさった偽装身分を作った責任者を見つけたら、そいつを蟻塚の前にくくり付けてやろう……たっぷりハチミツをかけて。そして殺戮の宴が始まったら、この同僚（仮）たちも放りこむのだ。

一分残してラッキーもタイムカードを機械に通すと、〈第3シフト〉と仰々しく書かれた投入口に放りこんだ。手書きのポストイットで〈第3〉と〈シフト〉の間に〈キノコシフト、真っ暗でクソなみ〉と入っていた。筆跡はフェレットが着けていた名札と同じだ。

ラッキーはのろのろと、八時間の肉体労働地獄を開始するべく、同僚について倉庫へ向かった。コンクリートの床を横切りながらフェレットが第5荷揚げ口に顎をしゃくった。実質は荷、卸し口だ。もうじき皆でパレットをトラックから下ろして仕分けしたり、その後で保管したり、次の便のために小型トラックに積み替えたりするのだ。最終的にどこにたどり着くかは知らんが。

「イヤッホー！　これ下ろしてくれるか？　水曜の夜にジャストタイムときたもんだぜ！　ほーらおいで、べーイビー！」

トレーラーへまっすぐ向かいながら、フェレットが荷受台のワイヤーカッターをつかんだ。後部ドアをくぐる封印の針金を手早く切断する。グースとクリスティが作業前の機材チェックをすませる。それが完了すると、細っこいクリスティは下がり、グースがフォークリフトのハンドルを握る間、ラッキーはトレーラーの書類を確認した。アマーヒル製薬会社から七パレット。ぞっと身震いする。ここと似たような、リージェンシー製薬のドックで何週間も働いてから まだ一年足らずで、おかげで製薬業界の内幕については知りすぎるほど知っていた。

トレーラーのドアをきしませつつ上げると、フェレットが両手をこすり合わせながら、パレットひとつで自分のダブルタイヤトラックのお値段を上回る荷を見つめていた。

運送契約書には補足事項もなく、ただ七つのパレットが記入されているだけ。黒いビニールカバーで包まれて見分けもつかないが、明細によればうち二つのパレットは二百キロ近い重量だ。配送センターで働いた三週間、以前の製薬会社での経験も足して、ラッキーは二百キロある荷はあらかた上物だと知っていた。リージェンシー製薬での経験からも〝上等な〟品は粗悪品よりずっと重いと学んでいたし、なのでパレットの底側に置かれることも知っている。どこより細工しやすい位置に。

ラッキーは、グースに荷物明細を渡しながらうなずいて「1番と7番」と囁く。グースは、1番目のパレットの積み下ろしにかかった。フォークリフトをバックさせ、荷物を振り回しながら空の荷棚へ向かう。リージェンシー製薬のドックと異なり、ここでは規制薬品がケージ内に隔離されてないのは、配送センターの作業員は荷物の中身なんか気にしないことになってるからだ。普段から衣料品、おもちゃ、家電、医薬品、非生鮮食品までもを扱っているのだ。

ラッキーと〝動物園の仲間たち〟は、今日の便が何なのか賭けをしていたし、目を光らせていたが。

グースは荷物の載ったフォークをほとんど床まで下げて作業の手を止め、書類を確認するふりをした。狙いどおりの角度でフォークリフトを止めたため、天井の防犯カメラは作業員一人しか映していない。

クリスティが隠れ場所から這い出て、フォークの下へ潜りこんだ。ラッキーはひやひやする。グースみたいなカス野郎は、今にも上から荷物を落とすんじゃないかと思えて信用ならない。クリスティの体の大きさに——と言うか小ささに——感謝だ。彼女がいなけりゃ今頃ゴキブリみたいに床を這い回るのはラッキーの役目だっただろう。そしてもしグースに正体を怪しまれでもしたら、この会社は〈千日間の無事故表彰〉とはおさらばだ。何年かして、きっと裏庭に放置されたトレーラーの後部からペラペラになったラッキーが発見されるのだ。

　ラッキーとフェレットは隣のエリアでトラックの荷下ろしにかかり、煙草のケースを運び出す。ラッキーの位置からはフォークリフトの下の赤いスニーカーが見えた。第3シフトのメンバーは知恵が回るタイプじゃないが、そこは実行力で補っている。

　ひとつずつ、クリスティがパレットの下側、最下段の箱の網目から、茶色い瓶を引き抜いていった。ビンゴ！　瓶を十数本抜いた程度では荷の重量にさしたる影響もない。これらのパレットの再出荷予定は一週間は先だし、顧客が最終的に受け取って明細の確認をする頃にはあちこちでつままれて責任の所在などすっかり不明。どこかの医者が患者の痛みをやわらげようと箱を開けるまで、こじ開けられた箱の底からコデインが数本くすねられていることに誰も気付かない。

　フォークリフトがまた動き出すとクリスティは消え、近くの棚に都合よく置かれた荷物の間を抜けて、収穫物を隠しに向かっていた。

　次にグースが、まるでそそらない、胃薬や頭痛薬のパレットをトレーラーから下ろし、荷物をてきぱきとラッキーに引き継いだ。

　最後のパレットまで来たところで、グースとクリスティがまた一連の小細工をくり返す。わずかも疑っていない——会社の防犯カメラが見逃していても、二週間前にラッキーがH型鋼材にうまいこと隠して追加した別のカメラには、その行為がばっちり映っているなどと。

午前二時、休憩室に全員が集まる。ラッキーは弁当箱を開けたものの、今日も食欲は出ない。レンジで二分、パッケージにはピザと書かれた、ベニヤ板のトマトソースがけの出来上がりだ。以前のラッキーなら、ダンボールみたいなピザでもバリバリ食えた。この頃はできたての飯で甘やかされている。ため息。このドックで働きはじめる前夜、ローストチキンと玄米、野菜のグリル焼き、自家製パンを堪能したのだ。手作りの食事以上にそのコックが恋しい。当人には絶対言わないが。

作業員たちは、待望の不法取得で何を買うか夢想にふけった。

「一本百三十ドルで買ってくれるアテがあるんだよ。前回より五ドルも高いぜ」とフェレットが威張る。「俺たちの分け前は一人八百ドル近くさ」

ラッキーは予言者ではないが、この男の未来がそんなバラ色でないことだけはわかっている。だが内部情報によればフェレットの売り値が本当は一本百五十ドルである以上、情けをかける必要もない。このコソ泥は会社だけでなく、共犯者の上前まではねているのだ。

だーれも信じられない世の中さ。

「俺は目を付けてるタイヤがあってさ」

グースがそう言いながらスパゲティらしきものを頬張った。ドッグフードでももっとましな匂いがする。

「あんたたちってば、稼ぐ端から使っちゃうんだから信じられない」クリスティのホイルの包みからはフライドチキンが出てきた。「私は貯めて新車を買うもん。もうポンコツにはうんざり、すぐ停まるし」

この三人のうちもしラッキーが罪悪感や同情を抱くなら、クリスティにだろう。子育てに必死のシングルマザー。彼女の稼ぎをヤクに変えて鼻から吸っちまうクズの彼氏と別れれば、もっと楽ができるだろうに。

フェレットは自分の未来計画については何も言わず、自販機で買ったブリトーを食っていた。ラッキーはピザの一部をばりっと折り取って口に放りこみ、聞いた。

「こんなことして、心配はしねえのか？　誰かに気がつかれたら、とか？」

フェレットがくくっと笑った。

「俺たちだなんてどっからもわからねえよ。上がまともな給料さえ払ってくれりゃ、こっちだってこんな真似でしのがなくていいんだ。気になるんなら退職金だって思えよ。どうせ、ここのカスどもはそんなもん払う気はねえからな」

「連中には痛くも痒くもないしさ」とクリスティが同調する。「お偉方の乗ってる車見た？　私らにもっと払える金はあるのにさ。それにね、これは世の中のためなの。アトランタの人たちが楽しい週末をすごせるんだよ、私らのおかげでね」

そうだな、あんたの彼氏のクズみたいにおクスリで楽しくな。

ラッキーはうんざりしてきた。水筒からコーヒーを注ぎ、残りの飯をゴミ箱へ放りこむと、奥のドアからぶらぶら出ていって夜空を見上げた。四月半ばの夜にはまだ冬の寒さの名残がある。あとほんの何週間かで気温は急上昇する――ジョージア州は夏に突入だ。

治りたての手をのばして、医者が頭を縫い合わせて治してくれたばかりのかゆみをかいた。今、家のベッドにいられたなら。それも一人ではなく。

もうすぐだ。あと少しだ。

ゆっくりと息を吐くと、口元の空気を曇らせながら、自分の人生について考える――四ヵ月前に死亡宣告された男にとっちゃ、なかなかの離れ業だろう。脳裏を記憶がよぎっていく。焦げ茶の目、いたずらな笑み、白いシーツで際立つ日焼けの肌。

人生のほとんどを、弱さを見せず、人と関わらずに生きてきた。関わってくらった心の痛みと裏切りは、続く苦悩と釣り合いやしない。

なのに一人の男が彼の壁を乗りこえて入りこみ、長すぎるほどずっと殺してきた感情を復活させやがったのだ。

今、彼の弱点はどこにいるのか。次にそいつといつ出くわせるのか。澄んだ空気をもう一度深く吸い、ラッキーはシフトの残りを勤め上げに戻った。

真夜中から朝方まで、残りの時間は何事もなくすぎていった。退勤時刻がじりじり近づくにつれて暴れ出すラッキーの心臓は別にして。

退勤時刻こそショータイム。ラッキー大好物のショータイムだ！

朝シフトの連中が、シャワー浴びたてで清潔な服の香りをまとっておしゃべりしながらやってきた。いや本当に、グースやフェレットからこんな清潔な香りがしたことはないし、あだ名の由来はそこかもしれない。パレットの下に潜っていたクリスティもマシとは言えない。

ラッキーはタイムカードの時計に向かって倉庫をつっきり、荷棚の間の、開いた箱の脇で足を止めた。瓶を六本抜き取り、カーゴパンツのポケットにしまって歩みを続ける。

警備員はドアから出るラッキーの弁当箱の中を確認し、上着のポケットを叩いてチェックしたが、シャツにもズボンにもさわってこなかった。ド間抜けが。

警備員をすぎてドアに近づく一歩ごとに、鼓動が早くなる。汗ばんだ手をズボンになすりつけた。あと二十分。あと二十分で解放されて、家に帰れる。

薄暗い朝の中へ出ると、駐車場の車の間をフェレットの車へ向かった。背後で砂利を踏む足音。救いがたいのろまのフェレットにしちゃ早いし、クリスティにしちゃ音が重い。てことはグースだ。

一人はゲット、残りは二人。

深く息を吸い、ゆっくり吐いた。吸って、吐く。普通に息をしろ。落ちつきやがれ。集中しろ！

順調だ。あと少し耐えろ。

「ゆうべは大当たりだったな！」グースが悦に入った。「こいつでひと儲けだぜ」

どこまでおめでたいのやら、彼は瓶を一本掲げてみせた。この男の馬鹿さ加減は底なしだ。

「アホ！　しまえ！　イカれてんのかてめえ！」

フェレットは囁こうとしながら叫んでいる。出来の悪いスパイ映画でも見たか、わざわざ別の出口から出てきて違う方角から合流してきた。そんなに身を縮めていたらグースの無神経な動作よりずっと目立つだろうが。後ろからクリスティが小走りで、フェレットの大股の一歩を三歩でちょこちょこ追いついている。

「おいおい、いいじゃねえか、フェレット。もう誰も俺たちに手出しできねえよ」

このドクソ低脳野郎が、という罵倒を、ラッキーは口から出さずに嚙みつぶした。

「さっさとやっちゃおう」クリスティはあくび混じりだ。「ママのところに預けてある子供のお迎えまであと一時間なの」

その子供たちは祖母の家にこれからもずっと、長いこと、預けっぱなしになる。

フェレットがトラックの荷台に設置してあるツールボックスの鍵を開け、皆は服のポケットから昨夜の戦利品を取り出そうとした。

その動きの途中、背後からしゃがれた声がかけられた。

「よーし、全員、そいつをゆっくり下ろして、手を頭のてっぺんにのせろ。お前らには黙秘権がある……」

2

ラッキーはさっと身を翻すと、手近な警官に二本の瓶を投げつけた。相手が瓶を受け止めている間にフェレットのトラックの下にとびこみ、逆から這い出る。クリスティが目を見開いてタイヤの影にしゃがみこみ「ヤバいヤバいヤバい！」と唱えていた。ラッキーはその横をすり抜けると、少し止まって駐車場の大騒動に耳をすます。グースもフェレットもおとなしく捕まる気はなさそうだ。二人が注意を引いている隙をありがたく使おう。

取っ組み合いが加熱して殴り合いになると、ラッキーはピックアップトラックの下からとび出し、駐車場奥のワイヤーフェンスめがけて突っ走った。「一人逃げたぞ！」という叫び。振り返らずに走った。

腕と脚の振りに呼吸を合わせながら、ランニングを始めてしまうほどにラッキーを小馬鹿にしまくった男へひそかに感謝する。一度も足をゆるめず、ワイヤーフェンスにとびついてよじ上った。着地の衝撃が歯にまで響く。大きく息を吸い、広い空き地を走り出したが、フェンスがきしむ音からして警官の追っ手がすぐ後ろにいるようだ。

これといったゴールもないので、右や左に走り、相手をバテさせようとする。ドーナツが主食の警官なんてすぐ息が上がるはずだ。多分。背後に迫る、少なくとも二人分の足音。ラッキーはスピードを上げて近くの森を目指した。

ハッハッという息遣いが迫ってくる。警官の制服を着たトラックに体当たりされ、地面へ倒されていた。転がって腕を振り回す。体当たりしてきた警官は、パートナーがラッキーの相手をする間によろよろ立ち上がっていた。

「きつい目にあいたいか、楽にすませたいか」息を切らして、筋肉男が言葉を押し出す。「お前次第だ」

ラッキーはニヤリとした。二人とも知らない顔だし、この新人ペアに教訓を叩きこんでやるかと血が騒ぐ。大半の警官はラッキーのことを知っている――とにかく関わりを避けたがる程度には。

警官が突進してくると、ラッキーは小柄な体格でかわした。相棒の横をひらりとすり抜けてまた走り出し、まっすぐ森を目指す。

いきなり出てきた三人目にとびつかれて倒れた。くっそ、畜生め。

それでも二発の蹴りと一発のパンチを相手に命中させてから、三人組に取り押さえられて地面にうつ伏せにされた。「警察の横暴だ！」とラッキーはわめく。その腕を筋肉男が背中にねじり上げて手錠をはめた。蹴ったり叫んだり草を吐き散らすラッキーを、三人がかりでやっと立たせる。

「四人いて、手がかかったのがこのチビだったとはな」

警官の一人がせせら笑い、袖で顔の土を拭った。

だろうとも。ラッキー一人に三人がかりだ。

「おいおい、何言ってやがる！」ラッキーは精一杯背をのばす――それでもこの中で頭半分以上低い。「俺はあの女より十五センチは高えだろうがよ！」

「そうかそうか、言いたいことがあるなら後で署長に言ってやれ」

感謝祭の七面鳥より厳重に縛り上げられたが、そんなもので大人しく運ばれるものか。ラッキーはだらりと膝の力を抜き、両側の警官たちに全体重をかけた。

「逮捕に抵抗したってことで射殺しちまおうか」と一人が言い出す。

「やってみやがれ」ラッキーはぴしゃりと返した。「てめえが署に戻る頃には動画がバズってんぞ」

ラッキーの上司がそんな情報流出を許すわけはないが。ラッキーの、そしてほかの捜査員たちの顔も、どんなニュースにも流れない。公共放送向けの顔じゃないからだけじゃなく――まあそりゃラッキーは美男コンテスト向けの顔ではないとはいえ。

配送センターまで、文字どおり引きずられて戻ってみると、ラッキーも少しだけ感心した。

駐車場には四台以上のパトカーと二台の覆面パトカーが停められている。フェレットみたいな三流悪党相手にしちゃなかなかだ。訓練のダシ扱いでも。

パトカーの後部座席で取り乱したクリスティが女性警官相手に関与を否定し、切々と女同士の同情を引こうとしている一方、別の車に石のような表情で座っているグースが見えた。フェレットの姿は見当たらない。案の定逃げたか。

搬入口のほうに目をこらすと、丸見えの区画から数人の作業員たちが首をのばして騒ぎをのぞいていた。クソが。ボスはあいつらを残らず捕まえとけ。倉庫内には携帯電話持ち込み禁止だが、そうでなきゃ一般人の動画防止に携帯を没収して回るところだ。そんな情報流出の前例はもうあるし。

ラッキーをつれた警官たちは、普通のパトカーを通り過ぎてロゴなしのシボレー・インパラに彼をつれていった。一人がラッキーの頭を押し下げ、もう一人が横に倒れるほどの勢いで後部座席に押しこんだ。

後ろ手で拘束されたまま、もぞもぞと姿勢を直し、汗と革と深く考えたくないナニカの匂いが混ざった空気を吸った。車体がギシッと右に傾き、オールド・スパイスのきつい匂いが刑務所の過去の記憶をかき消す。状況もかすむような天上の香りとともに。

コーヒーだ、チャラチャラしたクリームなんかで汚されていない純粋なコーヒー。シートの隙間からじとっと前をのぞきながら、うずくまる格好のまま、ラッキーはぼそぼそ言った。

「よお、ウォルター」

ラッキーの三倍はあろうかという男がうなずきを返す。

運転手が乗りこんで、バンとドアを閉め、エンジンをかけると、肩ごしに首をのばしてバックを始めた。

「手錠《ワッパ》かけられてボコ殴りされてよ。よりにもよってキースが運転役だと？　げ。SNB所属のカスの中から、よりにもよってキースが運転役だと？


ウォルターのグローブみたいな手に握られたスターバックスのコーヒーが、詫びの気持ちの表れならいいが。地球上で一番嫌いな相手にこんな姿を見られたことを、ラッキーはそう簡単に許す気はないのだから。げえしまった、キースの専門は監視だ。

「動画撮ったか？」とラッキーは親しみゼロの声で問いただした。

車を停めた短い時間で、キースが邪悪な笑みをよこした。

「野生の熊は野グソするかな？　——当然だろ」

「ウォルター！」とラッキーは怒鳴った。

「てめえも知るとおり、作戦の記録は基本事項だぜ？　法的な理由と、訓練目的でな」

キースの野郎、調子に乗りやがって。

クッソ。「訓練目的」とは、つまり局の全員がでかいモニターを囲んでラッキーの仕事ぶりに好き勝手ケチをつけるということだ。ラッキーもほかの奴の動画にはそうしてきた。

「あー……手錠外してくれねえか？」

これが初の作戦というわけでもないが、鼓動が耳の中でドクドクと打っていた。荒い息を吸って、解放を待つ。手錠はきつく、拘束する冷ややかな金属の感触に体がこわばる。もし本当に逮捕なんかされたら……また。

「さーてどうしましょう、ボス」キースがねっとりとウォルターに話しかける。「手錠をかけられて俺のなすがまま、ってのがサイモンじいさんには丁度いいんじゃ？」

サイモン・ハリソン。これもまた誰かを蹴り飛ばしてやりたくなる、後付けの名前だ。嘆かわしいことに、この〝サイモン〟の名はこの先もつきまとう。とりあえずしばらくは。

ラッキーの直近の事件の幕引きは派手だった。まさしく。リッチモンド・ユージーン・ラックライターは死亡宣告され、同時に、ウォルターによって新たな人生の猶予を与えられてサイモン・ハリソンが誕生した。そんな大胆な一手のおかげで、刑期を終えた前科者の男は新たな人生を手に入れ、前科も消え、後ろ暗い連中の恨みからも解放された。誰かを刑務所に放りこむというのはどうやら怨恨を買うものらしい。その手のことをいつまでも忘れない奴もいる。新しい身分がなければ、〝サイモン〟の人生は短いものになっていただろう。

それでも、ラッキーの気持ちを尊重する人間にとっては、彼は相変わらず〝ラッキー〟のままだった。その名を隠しておきたい時以外は。

「我々の後ろの警察車両は、大変怒れるきみの……友人を移送中だ」ウォルターが答えた。

「今しばらく、体裁を取り繕わねばなるまい」

ラッキーはじっと伏せたまま、バックシートに顔を押し付け、このおかしな匂いの正体を突き止めようとしていた。手錠の両手から気がそれるなら何だっていい。もっとも、とある茶色頭と一緒にベッドにいて、手錠がベッドにつながれていたなら、全然嫌じゃなかったかもしれないが。

どうせラッキーから何度も同じことをされたせいだろうが、キースがラジオの音量を上げ、車のスピーカーからラップミュージックをガンガン鳴らし出した。なんて嫌味な奴だ。ラッキーはラップが嫌いではないが、自分の嫌がらせを他人にやり返されるのは大っ嫌いだ。

車体を揺らす大音量で低音が鳴り響くこと永遠のごとし、車はスピードを落として停まった。

「じゃ、外すか」とキースが小馬鹿にした声を出す。

シートの隙間から、ウォルターの苦々しい顔が見えた。

「そうしてくれ、キース。それ以上余計な所見は述べずにたのむ」

へえ？　ウォルターがキースにぴしゃりと言っただと？　ほおおおお。

低くうなってキースが車を降り、後部のドアを開け、丁寧とは言えない手つきでラッキーを引き起こした。上司の目がしっかり光っていたのでラッキーは反抗こそしなかったが、協力もしない。

カチッ、と手錠が外れる。ラッキーはさっと両腕を前に戻し、痛む手首をさすった。ウォルターから見えない位置でキースが「ヘタレ野郎」と口を動かす。

「そりゃてめえ相手じゃ勃《た》たねえからな。俺にも基準ってもんがあるんだよ」

「ラッキー、もういい」ウォルターが静かに言って、座席ごしにスターバックスのカップをよこした。「少し休んで、午後に報告をするように」

尊敬してますなんて一生伝えるつもりのない相手は、車から降りるラッキーへさらに「よくやった」とつけ加えた。

サイドミラーごしにキースが下品な目つきをよこす。ラッキーは中指を立てた。車が走り出すと、ラッキーは自分の住む二世帯戸建《デュプレックス》の前に、カップを手に残された。

「おはよう、サイモン。また野性的《ワイルド》な夜?」

大家の女性がもう一つの玄関口から挨拶をしてくる。軒先のハンモックチェアに座って、七匹はいるらしい猫の一匹をなでている。足元にはさらに二匹が寝そべっていた。

ペットに含むものはないが、今のラッキーの仕事では鉢植え以上に手がかかるものは放置死が目に見えている。いや、植物だって育てちゃいないが——冷蔵庫の中で時々芽を出すタマネギやジャガイモは別にして。

「毎度のことさ——いつもどおり、いつもどおり」

ラッキーは満杯になった郵便受けをチェックしてから、自分の側の玄関までのたのたと歩いていった。請求書、請求書、妹からの封筒……。

「そっちこそ今日の調子はどうだ?」

「いつもどおりよ。関節のきしみ、痛風が少々。どうやら今日は雨になりそうね」

ラッキーは晴れ渡った朝の空を見上げた。「かもな」ととりあえず流す。

これでひと月分の世間話をしたとばかりに、ラッキーはのそのそと玄関を入ると、コーヒーテーブルに積まれた数週間分のチラシやクレジットカードのDMの上に郵便物を放り投げた。スターバックスを一気飲みしながら、ウォルターがラッキーのカフェイン断ちのことを覚えているよう願い、空のカップをキッチンカウンターへ放った。少々冷めているが砂糖たっぷりで、〝ステビア以外許さん男〟には秘密のラッキーの大好物だ。

シャツを脱ぎ、歯を食いしばって胸についた発信器をむしり取り、その勢いで胸毛もむしった。あの配送センターでは、シフト中の従業員は楽に盗聴器を仕込めそうなアクセサリー類は着用不可なのだ。単にキースが、この苦痛をラッキーに味わわせたくて言ったでまかせかもしれないが。あのクズめ、ラッキーを車から降ろす前に外しとくべきだろう。最大の痛みを与えられるように剝がすキースのニタニタ顔を想像して顔をしかめ、ラッキーはこの装置をしばらく手元に残すことにした。備品の数が合わなくてせいぜい冷や汗かきやがれ、キース。装置の電源を切った。

シャワーを浴びて数分で少しばかり回復したが、うっかり覚えのないブランドのシャンプーを頭にかけていた。まあいい、洗い落としてやり直すのも手間だ。

シャンプーの香りが感覚を支配する。モノを唇で包みこまれながら、艶っぽい濡れ髪の間から見上げる熱い目を思い出していた。その幻影が頭を上下させるリズムに合わせてラッキーは自分のものをしごいた。畜生、ご無沙汰だ。陰嚢の裏に指をのばし、刺激を増す部分を押しながら手を速める。湯のしぶきが肩にかかり、恋人の匂いに包みこまれた。

あっという間に声を上げ、壁めがけて射精していた。タイル壁にもたれ、泡と絶頂の痕跡を洗い流すシャワーに身をまかせる。

（本物と遊びてえな）

ここ数時間の疲れがどっと押し寄せて、かすむ目で、体を拭うとバスルームの床にタオルを置き去りにした。靴やら脱ぎちらかした服の山を乗りこえて、ベッドでドサッと大の字になる。くたびれた目で見ると午前九時だった。

少しの間、やたらゴロゴロと寝返りしながら落ちつこうとしたが、無駄だった。いいや、あの〝テディベア〟などなくたって眠れるはずだ。違う、ラッキーには誰も必要なんかじゃない。ただなじんだあの肉体がそばにあって、安心だと、よく眠れることがあるってだけだ。あいつがやたらといびきをかく割には。

あの〝テディベア〟の現在地も任務の内容もわからないし、そのせいでラッキーの張り詰めた気は休まらない。特に、自分の任務も終わって頭に余裕がある今は。

コーヒーテーブルに置きっぱなしの、妹の筆跡だった封筒を思い出した。そういや今日って何日だ？　九日？　十日？　げ、十一日だ。睡眠と覚醒が絡み合うおだやかな虚無へ滑り落ちながら、ラッキーは呟いた。

「誕生日おめでとうじゃねえか、俺」

3

ラッキーはさっと右へハンドルを切り、バックミラーをねめつけた。尾けてくる車も右へ折れてくる。へえ、鬼ごっこか？　鬼のほうがいいんだが。どっちだろうと気合いは入る。

車のスピードを上げた。どうせ後ろの車はスピード制限を守るんだろう、市街区だし。

相手の良心につけこませてもらおう。さらに曲がり、二ブロックすぎるころには、目をつけたSUVははるか後方になっていた。

黄信号を突っ切り、尾行をまいて、さらに右や左に数回曲がり、建物の地下にある駐車場へ滑りこむ。クラシックな（人によっては〝古くさい〟）カマロからとび出すと、物陰に隠れた。一つ、二つ、三つ。ふうむ、すべての監視カメラは作動中。邪魔だな。エレベーターの中をのぞいたが、二週間前に確かめた時と変わらず、増設なし。政府の建物でさえ、保安担当はとっておきの〝隠密モデル〟は出し惜しみするものなのだ。ラッキーは六階のボタンを押して目くらましにすると、ドアがシュッと閉じる前にとび下りた。

エンジン音が駐車場の壁を震わせ、すぐそばで停まる。車のドアが開き、バタンと閉まった。ラッキーはコツ、コツ、コツという固い靴底の音を測った。スニーカーならもっと静かなのに。学習してねえな。

しゃがみこんだ。相手の男はこっちを見もせずにそばを通り過ぎ、エレベーターのボタンを押している。一八〇センチちょっと、ハイライトを入れた焦げ茶の髪、きっちりプレスされたボタンダウンシャツに包まれた締まったカラダ。人ごみで目立つたちではない。彼の一番映えあるところは後方にある見事な曲線美で、スラックスをしっかり中から押し上げている。

両手を前に組んで、完全に油断している様子のその男へ、ラッキーはエレベーターが開いた瞬間に体当たりし、奥の壁に押し付けた。

「何をするんだ！」と男が怒鳴ろうとする。

爪先立ちになって獲物の口に唇を押し付け、ラッキーはその声を奪った。「んむむむむ！」と相手が叫ぶが、一瞬の抵抗がすぎるとやっとその気を見せてきた。

長身、黒っぽい髪と目。警戒を解いた腕をラッキーに巻きつけ、熱烈にキスを返してくる。やっと息継ぎに顔を上げると「あのなあラッキー！」となじった。

「俺の心臓を止める気か！」

「ああ、俺も会えてうれしいよ」

　ラッキーは次のキスに取り掛かり、相手の筋肉質な尻をまさぐってから、入り口のほうを向いた。いつものしかめ面を作る。

　ボー・ショーレンバーガー。ラッキーの同僚であり機会さえあればベッドウォーマーにもなってくれる男は、声をひそめてたずねた。

「いつ戻ってきたんだ」

「たった今さ」とラッキーは返す。「そっちは？」

「俺もそう」

「後でうちに来ねえか？　夕飯？」

「どうして俺の部屋を避けるんだ」

「俺のとこのが近え」

「それは違うだろ」

「はっ、じゃあホームアドバンテージがほしいのかもな」

「何のためにだよ。フットボールか？」

　ボーが鼻を鳴らす。

　それはいいごっこ遊び《ロールプレイ》のアイデアだ！　ラッキーはニヤッと最大限の流し目をくれてやった。

「そいつあ俺たちにもお初だな。お前が走って俺がタックルか？　ジョックストラップを着てこいよ」

　ボーが胸の前で両腕を組み、爪先でコンコンとリズムよく床を叩いた。

「さっきタックルしたばかりだろ」

「でもお前は走ってなかったし。とにかく、俺はポータベラ・マッシュルームとワインを買っとくから、お前は来い。バーベキューグリルに火を入れて……」ラッキーの腹がグルルと鳴った。「あとな、泊まりの仕度もして来いよ、再会を祝してあれこれあるからな」

「わかったわかった、お好きなように。後で寄るよ」

　二人は黙ったまましばらく立っていたが、ボーがその沈黙を破った。

「ラッキー？」

「ん？」

「このままずっとエレベーターの中で立ってるだけか、ボタンは押さないのか？」

　ラッキーは五階のボタンを乱暴に押し、ボーをやらしくおさわりした。ドアが開くと「後でな」と口の動きだけで伝え、南東部薬物捜査局《SNB》のオフィスへ歩み出した。

「調子はどうだ、ショーレンバーガー？」

　キースが受付に立って受付係と無駄口を叩いている。じろりとラッキーの格好に目をやった
——Tシャツ、紺のジーンズ、スニーカー。

「ラッ……いや、ハリソン。仕事場にはふさわしい服装っつうもんがあるんだが。お前は聞いたことないかあ」

まず目に入ったのがキースとか、ありえないだろう。半勃ちだったラッキーのモノがしおしおとしぼんだ。

「あるさ、でも今日はカジュアルフライデーだからな」

「今日は木曜だ、ボケ」

ラッキーは最大限に嫌味なニヤニヤ笑いを顔に貼り付けた。「世界のどこかは金曜さ」とキースに向かって踏み出す。今こいつを殴っても、ウォルターは疲労のせいだと大目に見てくれるだろうか。四時間しか眠れてないし。

ボーがさりげなくキースとラッキーの間に割りこんだ。

「実際、今はアメリカ東部標準時で午後三時だから、その言葉は正しいね」そしてラッキーに対して付け加えた。「喧嘩をふっかけずに五分とおとなしくしてられないのか！」

「おいおい、あいつからふっかけてきたんだぞ！」

そこに降ってきた上司の声が、修羅場を未然に防いだ。

「おお、ラッキー、ボー！　いてくれてよかった。いい仕事ぶりだった、二人とも」ウォルターはキースのほうを向いた。「きみを探していたのだよ。オフィスまで来てくれないか？」

ボーとラッキーにうなずきを残し、ウォルターはずんずんと廊下を去っていった。女性が端に寄ってでかい体の進路妨害をしないようよけている。キースがそれを追っていった。大目玉でもくらって来てほしいが、高望みか？

「行こう」とボーがラッキーの肩に手をのせた。「早く仕事が済めばそれだけ早く帰れるよ」

彼は受付の女性に一つうなずく。彼女がお返しに、歯を丸出しにした笑顔を見せた。

ウォルターとキースが向かった方向へ、二人は長い廊下を進んで、ドラッグ捜査における知られざるヒーローたち——SNBの薬物転用防止保安部のオフィスへ着いた。パーティションの中にはデスクが二つ並び、その一つはまさに乱雑の見本で、様々な残り具合のコーヒーカップが陳列されている。ラッキーの、ここがもう一つの巣だ。

それに引き換え、オフィスの残り半分は完璧に整っている。書類はきっちりと整頓され、小洒落たカップにペンが乱れなく並ぶ。ボーのデスクの向こうには、二人が去年の十二月に任務先でクリスマスツリーがわりにしていたクリスマスカクタスが飾られて、葉の先がファイルキャビネットの横から垂れ下がっていた。一体ボーは何考えてあんなもんを取ってあるのだ。

見苦しい側のオフィスに置かれた自分の椅子に、ラッキーはそろそろと腰を下ろす。木とへたったクッションでできたこの怪物は、うかつな人間を投げとばすことで名高い。

「どうやら誰もその極悪女《ヘル・ビッチ》を捨ててないらしいね」とボーがその椅子へ顎をしゃくった。

この拷問部屋払い下げ品は、数年前にいきなりラッキーのところに現れた。クソ野郎どもの仕業だろう。降参も誰かの笑いものもごめんだと、ラッキーがこの椅子の気難しさを分析すると、その偏屈さは自分とどこか似通っていた。それに大体、任務で留守にするたびにちょっとでも価値のあるものは仕事仲間にくすねられるのだが、この地獄の椅子には誰も手を出さない。

ただ、ステープラーが見当たらなくなってるな。

ヘル・ビッチが許す限りギリギリまでのり出したラッキーは、ボーが座るその瞬間、座面の上に手のひらをつっこんだ。

「はっ？」とボーがとび上がり、あやうく自分のデスクのそろった書類を崩しかかる。

「よっしゃ！」

廊下の奥に影が見えたので、ラッキーはせっせとクリップを整理し直しながらしれっと何事もない顔をした。いやいや、こんなちょっとの味見だけじゃなくまだまだ色々やるつもりだが――また後で。

「あのなあ――――！」

ボーが怒鳴りかけ、廊下の角から現れたウォルターを見て文句の途中で凍りついた。

「どーも、ウォルター！」ラッキーはニヤつく。「何か用かい？」

目のすみで、ボーの襟元から紅潮が広がっていくのが見える。うーん、焦れる姿もそそられるぜ。

「きみたちが帰還したばかりというのは重々承知だが、今日のうちに報告書を出してもらって、明日の朝一番に二人とも私のオフィスまで来てほしい」

「あいよ、ボス。了解」

ラッキーは自分の分と、口がきけない様子のボーの分もまとめて答えた。ウォルターはぶらっと去っていく。聞かれる心配がなくなると、ラッキーはため息をついた。

「ちぇッ。何日かだらだらできると思ったんだがな」

「どういうことだろう」

局に来てから一年足らずのボーは、ウォルターの今の言葉が「荷造りはそのままで」という意味だとはまだ理解できてない。

「また俺たちをどっかに送りこむつもりなんだろ」

前の任務を、ラッキーは起き抜けのフェラチオだけを楽しみにやり抜いたのに。ウォルターが匂わす命令の続きが、くわえられながらのお目覚めを許してはくれなさそうだ。このまま自分でしごいてばっかりだと腱鞘炎で医者通いになるかもしれない。

ふうむ……自分で痛めた手首って、労災認定されるんだろうか？

「そうか、残念だ。週末がいくらか空けばと思ってたんだけど」

「へえ？」ラッキーは眉を上げた。ラッキーの当座の計画は自分とボー、それにベッドこみなのだが。「何かしたいことでもあんのか？」

「そうなんだよ。今週末、公園で職員ピクニックがあるんだ。それにシャクナゲが咲いてるうちにラブン・ギャップのほうまでハイキングもしたいし」

ラッキーの腹の底が落ちつきなくざわついた。ピクニックだ？　ハイキングだ？　どっちも初耳だ。

「で、俺と俺のアレを置いて大自然と戯れに行く気だって、いつ教えてくれるつもりだったんだ？」

「アレって……」

ゆっくりと、まずボーの口の端がピクッと動く。片方が上がり、それからもう片方も。えくぼが片頬に現れた。ほとんど囁きと変わらない声で。

「一緒に来ると期待してたんだけど。来てくれるだろ？　ピクニックの最中ずっとそばにいなくたっていいんだよ。誰も疑わないさ、それが心配なら」

ラッキーは返事をせず、ただ椅子をくるりと回して腕組みした。

「ハイキングは好きだよな？」とボーが聞く。今から聞くとはなかなかのタイミングだ、計画の後で。「北ジョージアはこの季節、最高だよ。来週の金曜、もしまだ俺たちがこっちにいたら、夜に出発できるよ。どこかの小さくて素敵なキャビンに泊まってさ、それから早起きしてラブン・ボールド山まで日帰りで行こう」

早起きだと？　ラッキーの趣味にはない。スタジアムの野外席、ビール、ダートトラックレースくらいが、近頃最大限のアウトドアだ。とはいえハイキングブーツは持ってるが――どこかそこらに。

ボーが甘い餌を足してきた。

「近くにおいしい家庭料理風レストランがあるんだよ。それに十分ここから遠いから、俺たちのことなんか誰も知らないよ」

畜生、それを今言うか。現実のかけらに殴られた気分。やりすぎなほどの子犬っぽい上目づかいが、存在しないことにされてきたラッキーの心のひだを揺らしてくる。それに、短パンに包まれたボーの尻が動くのを見られるのなら、それは冒険のいい味付けだ。

「そうだな、ちっと新鮮な空気を吸うのも悪くなさそうだな」

人目につかない場所を見つけて、ルートにない遊びができたりするかも。ボーが十分な餌をくれるなら、ラッキーだってハイキングに行くのはやぶさかではない。

ボーがニコッと笑った。

「後悔はさせないよ、ご老体」

ご老体だあ？　ボーは何か嗅ぎつけやがったか？　ラッキーにとって誕生日は無意味だ——妹と甥っ子たちの誕生日以外——し、この歳で主義を変えるつもりもない。

「俺はそんな年寄りじゃねぇよ」

ボーが無人の廊下にちらっと目をやってから、体をかがめて目の高さを合わせた。

「なら証明してくれよ。この夏、二週間。二人きりでアパラチアン・トレイルを、野宿しながら山歩き」

ラッキーはパソコンを立ち上げた。十四日間も、山の中で？　テレビもなし、スタバもなし？　手料理も？　だがもしラッキーが行かなければボーはほかの誰かと行くだろうか。

『譲歩することよ』と妹の言葉を想像する。『時には自分がやりたくないことでも、相手とうまくつき合っていくために、やったほうがいいこともあるの』

つき合って……彼とボーはつき合ってるんだろうか？

そりゃ確かに、暇さえあれば一緒にすごしたり料理をしたり二人で寝たり、脳ミソがゆだるまでセックスしたりはしている。だがつ、き、合、っ、ているか？　腹の底に深々と牙がくいこんだようだった。

「……考えさせてくれ」

ボーはデスクの前に落ちつき、しばらくはカチカチとキーボードを打つ二人分の音が会話の空隙を埋めた。ボーのタイピングのほうが早く、削除キーを打つ無駄も少ない。

ラッキーのほうが先に終わらせ、ディスプレイの端に出ている時刻を目の隅で確かめながら報告書を送信した。きっかり五時。

「帰るか？」

廊下の向こうでどこかのドアが大音量で閉まった。ウォルターのオフィスだろう。ウォルター山《さん》は、ご自分の腕力への自覚が足りないのだ。

パソコンに目を据えたままボーが答えた。

「俺はもう少し残ってるからいい」

「そうか？　少し待ってやってもいいけどよ」

むしろ、何かが起きてボーを横取りされる隙はつぶしておきたい。

「いいんだ」

ボーはパソコン画面から目を引き剝がすと、笑顔を作ったが、疲れた目は笑っていなかった。

「もしよければ、スーパーに寄って夕食に食べたいものを買っておいてくれるかな。俺もここがすんだらすぐ帰るから」

思いどおりにしていいなら、ラッキーはボーと一緒に買い物に行きたい。たとえ職場の人間を避けるために車で遠出しようとも。

だが、ラッキー自身は薬物密売で食らった禁固刑を労働で返してすでに自由の身だが、ボーの保護観察期間については、一度も話したことがなかった。イケないアメをくすねているところを捕まった薬剤師。今、ボーの人生は、かつてラッキーの人生がそうだったように、ウォルターの手の内に握られている。

ウォルターはまず間違いなく、前の潜入捜査中に同じおうちで暮らした二人の捜査官が、任務を終えてもその〝親交〟を続けているのを知っている——あの男は何でも知っている。だがそれを問題視するだろうか？　答えを確かめる勇気はラッキーにはない。

かつての子供時代、母親のデザートプレートを割って、カウンターに破片を残したまま逃げたことがある。母は破片を片付けずにそのままにしておいた。ラッキーは自分がその皿を壊したとわかっており、母親はその皿が壊されたのを知っていた。一週間、キッチンを通るたびに罪悪感に苦しめられ、母親の前では息を殺し、雷が落ちるのを待っていた。ある朝、破片はなくなっていた。

「お前がいつ叱られるかとずっと行儀良くしていただけで、もう十分なお仕置きになったからね」と母は言った。

ウォルターは、ラッキーの母親と知り合いに違いない。二人とも同じ手法の使い手だ。

「じゃ、後はまかせた」と彼はボーに言った。

一人になったラッキーは、カートを転がしてスーパーの通路をうろうろしながら、いつもより注意を払って買い物をし、成分表示まで読んだ。いつもならどんな毒成分を口につっこんでるのかあまり注視しないようにしている。ボーは昔からのベジタリアンで、じつに雄弁に、ベーコン、カフェイン、砂糖、そしてラッキーの戸棚にしまわれている美味なあれこれの害を説いた。ボーによる定期的な見回りの前で、ラッキーはついに隠し場所を探すのを諦め、食生活を改善した——かなりのところは。廊下のクローゼットてっぺんには大事にオレオがしまわれているが。非常用ジャンクフードだ。

ポークチョップをグリルチキンに、フライドポテトをベビーリーフのサラダに変えたおかげで、ラッキーの腹から五キロが消えた。午後にソファでだらだらするかわりに八キロのジョギング（「追いつけたらご自由に」というそそる挑発にのせられて）。カフェイン断ちのおかげで、少しは眠れないかと願いながら天井を凝視する夜はぐっと減り、本物の睡眠が増えた。寝る前にフラフラになるまでヤるのも助けになるし。まあ、時おりの〝健康によろしくない〟ごほうびオヤツのおかげで、葉っぱを食いつづけられるのだが。

それに、ポータベラ・マッシュルームがある。野菜を超えた存在。ハーブソルト少々、イタリアンドレッシング、それをグリルにしばらく入れておけば地味なキノコが王様の一皿に大変身だ。ラッキーは三食分に足りるくらいのキノコをカートに積み上げた。ボーなら作り置きが残るくらい余分に料理してくれるよな？　どういうわけかラッキーよりボーが料理したほうがうまいのだ。朝のキノコ入りオムレツとか翌日のキノコをたっぷり入れたパスタとかを期待して、口に唾がわく。

家に帰ると、ささっと身づくろいをした。シャワーも浴びるか？　いや、気合い入れてめかしこんだりしたらボーを調子に乗せてしまう。延々言われかねないぞ。

光の速さで買い物の中身を片付け、身支度に費やした時間を穴埋めすると、時おり窓からチラチラとボーが来てないか確認しつつ、オレオの備蓄を補充した。隠し場所を見てふっと警戒心がよぎり、リビングまでダッシュして妹の手紙を回収する。

封筒をビリリと開くと、カードと三枚の写真が落ちた――シャーロットと息子たちで一枚、そのトッドとタイラーで一枚ずつ、学校のアルバム用写真だ。甥っ子たちは成長していたが、顔写真では情報が少ない。二人とも、父親ではなく母親似だ。運命の小さな恵みに感謝。

ラッキーは手書きの添え書きを読んだ。

〈リッチーへ。

会えなくて寂しいし、普通に（それなりにね）暮らしたりうちに遊びに来られる日をずっと待ってる。

ハッピーバースデー！　たくさんの愛とハグを。

シャー、トッド、タイより。
P.S.　死んでなくてほっとしたわ。あんなふうに私を見捨てようなんて二度と許さないからね！〉
今すぐ北に向かってシャーロットと甥っ子たちのところに顔を出したいところだが、〝リッチーおじさん〟が今は〝サイモンおじさん〟だとか、本当は死んでなかったけどお祖母ちゃんに言っては駄目とか、一体どうやって説明する？　人生を楽にするどころか、この仕切り直しは事態を複雑にしてしまった。ラッキーはややこしいことが大嫌いなのだ、妹のところに行けないのも同じぐらい嫌だ。

甥っ子たちの写真を見つめた。もう子供っぽいふくよかさのない、くっきりした頬のラインと細い顎。うかうかしているとこのまま時間が経ちすぎて、甥っ子たちは育って自立し、その人生に道を踏み外した伯父なんかが入る隙間はなくなってしまうだろう。二人にボーを会わせたいのに。

は？　一体どっからそんな考えが？　次に気付いた頃にはきっと、ボーの持ち物が、まるでこの家にずっと住んでるみたいにあちこちにあるんじゃないだろうか。

車が家の前に入ってきて、ラッキーはそっちに気を取られてしまい、とび出していってバーベキューグリルに火をつけた。二分に一度はボーが来ないかと窓から外を見てたなんてことはなかったふりをして、カードは物置にしまう。

「こんばんは、グリッグス夫人」

ボーがあの猫おばさんに挨拶しているのが前庭から聞こえてくる。

「あらあら、ハンサムさん。彼氏に会いに来たのね？」

もしラッキーが次に雲隠れするなら、この大家の口封じをしていかねば。あの女は知りすぎている。

家の中からあれこれ音がする――カウンターにキーを置くチャリッという音、廊下の足音。だがラッキーはその場を動かず、ボーのほうから来るのを待った。太陽が地平線に沈み出したが、家の中で明かりがついて人の存在を知らせてきたりはしない。炭は赤々と光り、味付けされたキノコを待ちわびている。

ラッキーはバーベキューグリルの蓋を力任せに閉めた。これで何か反応があるだろう。

家の中からボーが頭をつき出して「何をしてるんだ！」と叱ってくることもなかった。仕方ない。ラッキーは折れて、裏庭のステップを上った。暗い家の中を手探りで進み、神経を尖らせて各部屋をのぞきながら、ボーがエレベーターでの不意打ちの仕返しを企んでいるのではと警戒する。

キッチンを通過。ボーはいない。リビングルーム。ボーはいない。予備の部屋。ボーはいない。バスルーム。ボーはいない。

となればボーは待ちくたびれてラッキーに悟られずに帰ってしまったか、ベッドルームにいるかだ。ラッキーのモノが固くなっていく。裸のボー。ベッドで。

ゆっくりとドアを開けた。部屋の奥から静かな息遣い。

「一人で寝ちまったとか承知しねえぞ」とラッキーは脅す。

「遅かったじゃないか」

ボーがベッドサイドのランプをつけ、ラッキーはその場で立ちすくんだ。

ベッドカバーにボーが悠然と横たわっている。裸に、革のチャップスと笑顔だけで。

メチャメチャ・ハッピー・バースデー、俺！

4

ラッキーの胸がぐっと詰まる。できるだけ何気なく、偉そうにベッドまで歩きながら股のふくらみをちょいと正した。ボーの股間は黒革で囲まれ、見事な勃起がきれいに刈りこまれた茶色の芝生からそそり立っている。

会ったばかりの頃、ボーは全身を剃毛していた。数ヵ月すごして、数回ばかり「お前の指で胸毛をなでられるのが気持ちいい」とか回りくどく言ってみたら、もっと自然なスタイルを好むようになった。やっぱりちゃんと整えた上でのことだが。

それがボーという男だし、今日だって自分の部屋に戻ってシャワーを浴びてきたに違いないのだ。ラッキーとしては男の生々しい匂いは大歓迎なのだが。欲望を加熱させる肌とシャンプー、それにボー以外には気付いたこともないコロンの匂いのミックスを、大きく吸いこんだ。

今夜はそこにレザーの匂いまでプラスされている。畜生、ボーにはチャップスがめちゃめちゃ似合う。ラッキーは小さな傷を指先でなぞった。二人の張り込みの前からボーが持っていた服ではなく、ラッキーがプレゼントしたチャップスだという印。どういうわけか、どれを着ているかどうかがラッキーには気になる。

「俺に会いたかったか？」

ボーがたずねる。来いよと、かすれた声が誘っている。

どんな日も、どの瞬間も。

「全然？」ラッキーは嘘をつく。

「そうか」ボーの笑顔が消えた。「なんだ、それなら帰るよ」

「出てったらぶっ殺す！」

ベッドの脇に立っていたはずのラッキーは、次の瞬間恋人にのしかかり、レザーに包まれた太ももに体を押し当てていた。ボーの手首をつかんでベッドに押し付ける。ボーが息を呑んだのでラッキーはその手を離した。

「あ……悪かったよ……」

ボーは拘束が苦手だ。ラッキーはごろりと横に転がった。

「大丈夫だよ」ボーが囁く。「いいんだ」

体勢を入れ替え、ボーが上からラッキーを見下ろした。笑顔が戻っていた。

「あんたが寂しがってくれてたかどうかなんてどうでもいいや。俺だけでも二人分恋しかったから」

その証明とばかりに、とてもあからさまな歓迎の証をラッキーの下腹めがけて突き上げてくる。

ラッキーの服はなすすべなくたちまち床に追いやられた。ボーが自分のチャップスのバックルに手をのばす。ラッキーが止めた。

「そのまま着とけ」

向かい合って横倒しになった。ボーはラッキーの頰を片手で包み、距離を詰めて、ラッキーを舌と唇の官能的なタンゴに誘う。

体を引くとラッキーを仰向けにひっくり返した。熱い視線を注いだまま、顔を下げてラッキーのへそから肩口まで舌を這わせていく。火のような熱を残しながら。

肩や首を舐めたり、甘噛みをくり返した。愛撫の指がラッキーの胴をなで回し、乳首をつまみ、焦らすように勃起を引っぱる。

ラッキーはボーの手の中に突き上げた。ボーが笑って動きを止める。

「おっと、せっかち。やっぱり寂しかったのかな」ラッキーの太ももに自分のものをぐいと押し付けて、呻く。「ああもう、すっかり待ちわびたよ」

ラッキーのなだらかな腹に歯を立てながら、じりじりと下へ向かう。膝をついて座り、ラッキーの屹立をなでてから、先端を口に含んだ。今回はボーの呻きにかぶせてラッキーも呻き、腰を揺らして「もっと！」という懇願をこらえた。強引な真似はしないようにと自分を抑えるのだが、くそう、もっと唇に力をこめてペースを上げやがれ。

指が後ろの穴をつつく。ラッキーは両脚を広げた。

ボーは指を入れようとはせず、ただ焦らす。この野郎が。いつまでぐずぐずしてやがる？

その体温がいきなり遠ざかった。

「戻ってこい！」ラッキーは凄む。

「今行くよ」

ボーはベッドのそばに立ってサイドテーブルをごそごそとあさっている。

「んー……ラッキー？　買い置きがそろそろ切れそうだけど」

しまった！　どうして補充し忘れたんだ。

「とりあえず今日の分は足りるよな？」

たのむ、足りてくれ。

「足りてる。ギリギリ」

「ふう！」ラッキーは息をつく。言葉とともに緊張がほどけた。「よし。じゃあさっさとやれって」

ボーは言われたとおり、一本のボトルと四角い袋をベッドに落とした。ラッキーににじり寄ってまた唇を合わせる。なめらかな肌の感触が、ラッキーの中に火をともすのだ。

ラッキーはボーの尻をぐいと引き寄せ、体をのばしてペニスを擦り合わせた。熱い肌と肌のふれ合いの心地よさをレザーとバックルの冷たさが引き立てる。熱い、人肌、冷たい、そしてまた最初から。うわ冷てえ！　ラッキーは潤滑剤《リューブ》の冷たさにビクッと身をすくめたが、ボーはぬらつく指を少なくとも二本はラッキーの中にねじ込んできた。

「あう……」

ラッキーは押し返す。血の奔流が耳の中でドクドクと轟音を刻む。喘いで、さらに脚を開くとボーの指を求めて尻を突き出した。指が抜かれていく。はァ？

ボーはキスをやめると、自分の屹立をラッキーの尻の間に当てて、挿入のふりだけしてみせた。

「来いよ！」

ラッキーは、不用心だと囁く警告の声を無視して要求する。今すぐ来い！
一、二回、ボーは入り口をつつき、ラッキーは強く押し返した。自衛の良識なんか、こらえきれない情欲の前に吹っとぶ。しばらく焦らしつづけたまま、ボーが体をずらし、ベッドカバーの上を叩いてコンドームを見つけた。
ラッキーはベッドで身をのたくらせる。

「いちいち時間をかけるのはやめろ！」

「あんたがそう言うなら」とボーがニコッとした。

ラッキーの神経末端まで稲妻が走る――ギリギリ以上に拡げられた穴の場所から、周囲へと。

「あああ……」

勃起がへたれて、ラッキーは喘ぐ。次々と走る電流を乗りこえていると、しまいには激痛がやわらいで、みっちりと満たされた。気持ちよさにたどり着く。声を上げ、脚をボーの太ももに絡めて、それを支えに欲求をむさぼりにかかった。荒っぽさがたまらない。

ボーが食いしばった歯の間から「すごいね……！」と絞り出す。呻いて、深々と屹立を埋めた。ゆっくり、少しずつ引き抜き、また幾度もくり返し突きこんでくる。

「そうだと困るみたいに言うじゃねえか」

ラッキーの答えは、荒い喘ぎの間に押し出された。明日みたら革で擦り傷がついているだろうが、そんなのはどうでもいい。ちょっとの痛みもない快楽なんてくだらない。ガタ、ガタ、ガタとヘッドボードが壁にぶつかり、二人の営みを数えている。ラッキーは切れ切れに息を吸い、ひと突きごとに知性ゼロの声をこぼした。

「もうイくぞ！」と予告した。

「俺も一緒に」

ラッキーはボーの頭をつかんで引いた。お互いの歯がぶつかり合う。舌で争いながら、突かれ、肌を汗でぬらつかせ、ただ身をゆだねる。体の最奥から脈動がはじけとぶ。

「ああっ、うっ！」とボーの口に向かってくぐもった声を立てた。

無我夢中に腰を振っていたボーが動きを止め、目をとじて首をのけぞらせた。「ああああ……」と身を震わせて、両腕で体を支えていたが、ラッキーの上にずるりと崩れてくる。

「あー、よかった！　ちょっと急ぎすぎたかもだけど、でも、いいね」

まったくだ。「いい」以上だった。

（本当にこいつにゴムなしでヤラせる気だったのか？）

ラッキーはコンドームなしでは誰ともしたことがない。一緒にヴィクターと暮らしていた数年の間も。もちろんヴィクターは時間外に、片方か二人ともが別々に出かけた先で、追加の享楽をつまみ食いしていたわけだが。

ふむむ……これまで話題にのぼったことはないが、ラッキーとボーは一対一の関係、だよな？　少なくともラッキーは、潜入捜査中の一時的なヤリ友という合意の関係が、日常に戻っても続いてから、ほかの誰もベッドに引きこんだりしていない。あの合意は家の賃貸契約と同じで、どちらかに異論がない限り自動更新されるものなんじゃないだろうか。

ほかの誰かをベッドに入れることを思うと、心のどこかが拒否反応を示す。それでも……ボーの相手探しを止める権利はないのだ。探しているんだろうか？　していたとして、どうして気にする？　そりゃ、彼らがただのヤリ友から一つ上のレベルに進んだのは確かだが、そもそも、ヤリ友の次のレベルって何だ？　彼氏か？　ラッキーはぎょっとして、どこかの若いキラキラした二人が親から借りた車の後部座席でいちゃつく光景を思い浮かべた。いやいや、彼とボーが〝彼氏〟というのはありえない。

「余計なこと考えない」

ボーが呟いた。ごろりと横倒しになって、肘をつき、ラッキーを見下ろす。

「どうして俺が考え事をしてるって思うんだ」

「あんたの耳からギアが焦げ付く匂いがしてきたから？」

「ハッ。笑える」

「じつを言うと、あんたの体がピクピクして、ここにシワが……」

ボーの指先がラッキーの眉間をつついた。まさにラッキーの父親が、ジャガイモでも植えられそうな深い溝を刻んでいた場所だ。

「俺にシワなんかないい」

「いやいや、あるよ。丁度ここと——」とまた眉間をつつく。「それとここ——」口の横に指を滑らせ、「ここもだ」とやさしい手で、ラッキーが常々存在しないと思いこもうとしている目尻のしわにふれた。

くそ、また年を食ったんだった。話題を変えよう。ラッキーはビートルズの下手くそな替え歌で声を張り上げた。

「俺とヤッてくれるかい、一発ヤッてくれるかい、俺が一〇四歳になっても！」

ボーの目がきらめく。「いいよ」と答え、ラッキーの鼻先にキスをした。

はあ？　ヤバいぞ甘々タイムの予感！

ボーが「尻の穴とシワがちゃんと見分けられたらね」と言って雰囲気を変える。

ラッキーは「ファック・ユー！」と中指を立てた。

「今ヤッたばかりじゃないか。もうそんなに忘れっぽくなっちゃったのか？」ボーが唇の片端だけあげてニヤッとする。「まず記憶から衰えてくって言うからね」

ラッキーはとびかかったが、ボーはベッドからとび下りてかわした。肩まで両手を縮めてみせ、指を動かす。

「T-rex！」

「俺の腕はそんなに短かねぇぞ！」本当だ。「そんな年寄りでもない！」それほどは。ラッキーはあくびを飲みこんで、『おじいちゃん』だの『寝る時間ですよ』などと言われるのを避けた。

「ま、俺はもう寝るけど、どうする？」とボーが聞く。

何も言わずにラッキーが床に手をのばし、最初につかんだ何かで体を拭っていると、その間にボーは体をねじってチャップスを脱いでいた。

「おやすみ、ボー」

「おやすみ、ラッキー」

ラッキーは寝返りを打って一人で眠れるふりをしようとしたが、やがて諦めてボーの背中にひっついた。ボーから聞こえた「んー……」という声を、まだ起きているとみなして、思い切って聞く。

「任務はどうだったよ？」

「順調。相手の男は捕まえた。そっちは？」

「男二人、女一人だ」

具体的な話は聞かないでほしい。感受性の強いボーにシングルマザーを牢屋送りにしたなんて言ったら、今夜は一人寝になるかもしれない。

「いつもあんたは俺より一枚上を行く」

「一枚ってか、二人な」

ボーが最後の言葉を引き取った。「今のところは、だけどね」

5

隣から消えた人肌のぬくもり、コーヒーポットが沸く音、家の前でバタンと閉まった車のドア。

ラッキーは天井を見上げてため息をついた。出勤前ののどかなひと時も、早朝に楽しむ昨夜のリピートも、これでチャラ。一日中ボーの隣に座り、ボーに我慢ならないかのようなふりをして体面を取り繕うのも、そろそろ飽きてきた。時々、クソ野郎という悪評を守らずにすめばいいのに、という気にもなる。だがこの悪評は大切に育ててきたものだ——人間よけに役立つ。

バスルームから漂う曇った湯気は、シャンプーとコロンの匂いがした。畜生。いつもここまでぐっすり眠らないのだが、ボーとの久々の顔合わせはそれほどのものだった。

それでも、朝になれば朝勃ちが来るわけで。こんな立派な勃起が無駄になるなんてやるせない話だ。

時計に目をやると七時半だった。朝はしんどい。ちょっと口を使ってもらえればマシになるのに——異論はなしだ。チンとキッチンで鳴った音がコーヒーポットの業務完了を告げてきて、おかげで素敵な口淫《ブロウジョブ》なしでも朝を乗り切れそうだった。

ラッキーは裸の腹をぼりぼりかきながらキッチンへ向かった。お気に入りのマグが自動ドリップ機のそばに置かれ、その底に白い結晶が山盛りにされている。ステビアだ。コーヒーの準備をしてさりげなく飲み方まで誘導するのが、いかにもボーだった。それでもボーは彼の自宅にある、一杯ずつコーヒーを淹れるような、しかもカモミールティーだのホットチョコレートだのが作れるような小洒落た機械をここに置けとは、言ってこない。

挽きたてのコーヒー豆の、なんとなく悪臭めいた香りがあたりに立ちこめ、ラッキーはマグにコーヒーを注いで湯気を吸いこんだ。シンクにほったらかしだった不ぞろいなグラスや皿はなくなっていて、多分食洗機の中だろう。〝ボー参上〟の看板を立てたようなものだ。

冷蔵庫をのぞくと、料理用に出しておいたキノコが消えている謎が解けた。腹が鳴る。夕飯を食い損ねていた。デザート代わりにイカした男を食った分で十分すぎて釣りがくるが。

シャワーを浴び、またボーのシャンプーをつかんだのは、そのボトルのほうが近かったからで、恋人の匂いだからではない。違う、そんなのは感傷的なバカのすることだ。一夜分の無精ひげをきれいに剃ったのだってボーの機嫌を取るためじゃない、そんなわけないだろう。

クローゼットと床から見つけた選択肢は二つ——しわしわのカーキズボンか着古したジーン

ズ。キースの毎度のせせら笑いが脳裏をよぎった。ラッキーはカーキズボンを床に放り捨て、ジーンズを穿いた。俺のファッションに文句がある奴らはクソくらえだ。ボーの反応を考えると思い直したくなったが、ラッキーはこれまで他人から首に鎖をつけられたことはなかったし、今からそうする気もない。ま、ウォルターには鎖を握られていたが——ラッキーを大人しくさせるだけの法的な餌と引きかえだし、その首輪も去年嚙みちぎってやったのだから、それきりでいたい。

三十分早く出たというのに、車が密集する通勤渋滞に巻きこまれる。ハンドルを手で打ちながら、多人数車両向けレーンに目をやった。一人乗りがバレないほうに賭けるか？　警察に〝緊急事態〟という言い訳は、今日は通用しないだろうし、うまくいったとして、問い合わせが来たらウォルターは口裏を合わせてくれるだろうか？　ラッキーは右レーンにとどまった。アトランタの町に入ろうとせめぎあう、すべてのお一人様ドライバーとともに。

もう一杯コーヒーを求めてスターバックスに寄る。家から持ってきたカップは道半ばで尽きた。注文しようと口を開けたが、出てきたのは「デカフェの緑茶と、デカフェのブラックコーヒー。甘味料はいらない。オフィスに自分用のがある」だった。

どうして茶なんか注文した？　まあいい、考えてる暇はない。

任務の合間にラッキーが通う高層ビルに到着すると、もうボーのダッジ・デュランゴは駐車場に停まっていた。おかげで、すぐにでもウォルターのオフィスに二人で向かうこと決定だ。

ボスは今度は何を企んでいる？　ラッキーの星回りから行くと、ラッキーだけ辺鄙なアラバマに飛ばされて製薬工場行き、ボーはバージニアあたりの薬局で薬を売りさばくってところか。長々と入院したり死んだと世界に思わせていた間の長期休暇もあって、ボーとあまり一緒にすごせていない。妹のシャーロットなら言うだろう、『いい関係を築くために大事なのは対話と、素敵な時間をすごすこと』とか。ただしボーとラッキーはその手の関係じゃないし、シャーロットの色恋遍歴は（ありえないことに）ラッキーよりひどい。

金曜の上に早朝で、局の廊下に人影はない。多分みんな〝カジュアル・フライデー〟の意味を〝好きな時間に出勤〟ととらえているんだろう。サボり魔どもめ。

とはいえ、妙だった。あの元気な受付嬢は滅多に遅刻しないし、大体ボーはどこだ？　ラッキーは相棒のデスクに茶を置くと、引き出しをあさって小さな緑のパッケージを探し回った。あった。二つをビリッと開け、自分のコーヒーに中身をぶち込んだ。ボーは勝手にすればいい。

あらあら、それは優しくないわ——と脳内で妹が言い出す。ラッキーはボーのカップにも甘味料を入れた。冷める前にあいつが戻ってこなかったらどんな味になるかは知ったこっちゃない。

ボーのデスクに、表向きの封筒が置かれており、宛先はウィリアム・パトリック・ショーレンバーガー三世となっていた。ウィリアム・パトリック？　ボーの名前ってウィリアム・パトリックだったのか？　しかも三世？

静かな咳払いの声に目を上げると、オフィスのパーティションの壁にボーが寄りかかっていた。ニコッとすると片頬にえくぼが生まれる。あのえくぼに、とにかくラッキーは弱いのだ。ボーの視線がスターバックスのカップに落ちた。

「俺に買ってきてくれたんだ？」

げ。バレた。どういうわけか、ボーの茶に甘味料を入れてたところを見つかったせいで、茶を買ってきた行為がより親密に思える。単に借りを返しただけなのに、思いやりだとか取られかねない。

「んん……まあ。今朝コーヒーを淹れてったろ。ただのお返しだ」

「ありがとう」

ボーはラッキーの手からカップを受け取って、悪臭のする混合物を飲んだ。

「ウォルターが、あんたを呼んで来いって。ウォルターのオフィスで局員ミーティングだ」

「へー？」

全員で？　ボーとラッキーだけでなく？　ウォルター・スミスによって組織の効率化は一段と進んだ。その彼が事前の告知もなく、ラッキーの共有カレンダーに書きこみもせず、局全体をミーティングに招集するとはよほどのトラブルに違いない。まあラッキーも近頃カレンダーアプリをチェックなどしてないか。

「じゃ、行かねえとな」

　ウォルターが来いと招けば、ラッキーは行く。大抵は。

　ボーが一歩も退かないので、パーティションの出口を抜けようと体をねじこんだラッキーと体が接触した。ボーの笑みが深くなって、囁いてくる。

「ゆうべのディナーは素晴らしかった、ラッキー。今夜もあれにする、それとも今夜は腹の足しになるものも食う？」

　くるりと背を向けてなめらかに数歩進み、肩ごしにいたずらな笑みを投げてくる。ウォルターのオフィスの前に立ったボーは、もうビジネスモードに切り替えていた。

　ラッキーは消えていくボーを見送りながら、脳内で昨夜のハイライトを反芻する。こそっと股間を直してから、コーヒーをがぶっと飲み、上司のオフィスへ向かった。

　ドアを開けたら、そこは地獄だった。

「サプライズ！　ハッピー・バースデー！」

　あの金髪受付嬢が突進してきて、紙製のパーティー帽子をラッキーにかぶせようとする。ありがたいことにキースはこの惨事を撮影していないようだ。

　ボーが彼女の腕に手をかけて止め、ラッキーの憤怒から彼女を救った。「それはやめておくほうが」と彼女に言っている。金髪女の笑顔がちょっと曇ったが、すぐにラッキーの悪夢パート2実行にかかり、ざっと十人以上の人間を従えて「ハッピー・バースデー、サイモン！」と歌い出した。

もしラッキーが偽装死を（また）遂げることになったら、次の名前は絶対に自分で選ぶ。ビリーだのボビーだの、右から左に忘れられる名前にするのだ。サイモンなんか、反吐が出るほど嫌いだ。彼にこの名前を押し付けたどこかの野郎は毎朝高笑いで起きてくるのだろう。クソったれが。

喉に苦い酸が上がってきた。ほとんど話したこともない同僚たちが、一つ歳を食ったというだけで、おめでとうと声をかけてくる。キースは端のほうにいて、アートとしゃべっていた――ラッキーが（ギリギリ）我慢できる数少ない捜査官の一人だ。

受付嬢がやっとボーの、ラッキーがキレる前に避難したほうがいいという忠告を受け入れてくれて、ラッキーはこの集まりの真の主役を発見した。ケーキだ。チョロいこいつらの善意はデコレーションケーキとか箱入りドーナツで買収可能なのだ。

ボーのほうへ目をやる。この〝我が肉体は砂糖の侵入を許さぬ要塞〟男は、けばけばしく飾られた奇怪な塊にラッキーが顔から突っこんでいったら何と言うだろう。

「少しだったら害にならない」ボーが近づいて囁いた。「週末、その分走ればいいし」

カロリー消費にうってつけで、二人とも部屋から出ずにすむ方法もあるけどな。

ボーが離れ、グループからグループへと軽やかに動き回っている。こっちで笑顔、あっちではタイミングを心得た笑い声、これで馬鹿な子羊どもはこの男に飼い慣らされていくのだ。今のところ二人に関する噂は流れていないし、ラッキーとしてはそのままでいい。正気か、同僚と寝るとか？

　誰かに、ケーキが乗ってるっぽい紙皿を渡された。ラッキーは見もしなかった。かわりに、ボーが小さな飾りのかけらを口に入れるところを見ていた。舌がチラリと出て糖衣のかけらをとらえる。ベイビー、お前に舐めてきれいにしてほしいものがほかにもあるんだぜ……。

　一人、二人と、集まっていた人々が散りはじめる。ラッキーもその流れに加わろうとした時、ウォルターに再確認された。

「きみとボーに話がある」

　ラッキーは下がって、同僚たちが「んんん」とか「むむむ」とかシュガーハイの吐息とともにオフィスを少しずつ後にするのを待った。最後の一人が去ると、ボー、ラッキー、ウォルターだけが残される。

「座りたまえ」

　ウォルターが声をかけ、自分は厚切りケーキにばくりとかぶりついた。椅子に、その体格が許すぎりぎりの慎重さでもって身を預ける。二メートル近い背丈、おそらくは一五〇キロの体重と来てはラッキーから見てそびえる山のようで、ラッキーはよくウォルターについて「四角四面だ、物理的にも」とジョークをとばしていた。二メートル×二メートル。だが、ウォルターは現役時代腕利きの捜査官だったし、上司としても悪くはない（死んでも敬意を口に出すつもりはないが）。

「誕生日おめでとう、ラッキー……いや、サイモン」

ウォルターがケーキにかぶりつく合間を使ってそれだけ言った。

ラッキーは手をつけてなかったケーキの皿と、飲み干したコーヒーカップをウォルターのデスク端に置き、ウォルターと机をはさんで二つ置かれた椅子の片方にどさっと座った。ボーも隣に座る。

「食べてみればいい」ウォルターが手付かずの皿をプラスチックのフォークで指した。「キャラメルモカだ。美味だね！」感嘆してまた一口いく。

ラッキーもだが、〝サイモン〟もケーキは結構。誕生日にこだわる連中って何なんだ？ ひとつ年寄りになったことをわざわざ知らせてくるとか、誰が喜ぶ？ 親とか兄弟にからかわれたりとか。まあ今じゃ向こうがそうしたくても、この日を祝うのは無理だが。彼は死んだことになっている。真実を知っているのはシャーロットだけ、そして知らせたお返しにカードと写真が届くというわけだ。

「俺たちに用か？」

ラッキーはウォルターの机に置かれた時計を眺めた。食ってるボスを見物するよりマシなことをしていたい。

「ああ、そうだった。きみらは最新の状況を聞いていることだろうし、現状の医薬品不足について承知であると思う」

食品医薬品局《FDA》や薬事委員会のウェブサイトで見出しは見たし、毎週どんどん不足医薬品のリストが長くなっている。シャーロットからも、彼女が勤務する病院が薬集めに奔走し、借用したり、薬局の棚が空にならないよう盗みすらしかねない状況だとたっぷり聞かされている。

不運の連鎖によって、いくつかの国内大手医薬品メーカーの生産能力が落ち、需要増加の中、約七十五パーセントもの減産となった。まるで一夜にしてそうなったかのような急展開だった。そこにつけこもうとするグースやフェレット、クリスティのような人間が状況の悪化に拍車をかけた。

「何か手を打ってただろ、たしか？」とラッキーは聞く。

「そのとおりだ。だが欠かせない抗がん剤のいくつかが、ほぼ入手不可能となっており、きみらの任務もそれに関する話だ。サウスカロライナ州アンダーソンにあるロザリオ小児がんセンターについて、聞いたことはあるかね？」

ボーが一口茶を飲んで、答えた。

「テレビでCMを見ました。かなり有名なところですね」

ウォルターがうなずいた。

「そのとおり、アメリカ南東部を代表する小児がん病院だ。そして何より、それゆえに、無法な卸売業者たちに狙われている」

ラッキーはコーヒーカップを持ち上げて最後の三滴を味わい、話に加わった。

「医薬品は品不足、ハゲタカは獲物の上を旋回し、足りないものをバカ高い値段で売りつけようと申し出る。そんなところか？」

「簡潔に言えば」

ウォルターはケーキを残さず平らげると、皿に残る糖衣のかけらを指で集めた。ラッキーとしては、ウォルターがぽってりした指をしゃぶる光景なんぞ見ずに人生を終わらせたかった。

「ですが、グレーマーケットは違法ではないでしょう。倫理に反していますが、法を犯してはいない」

かつて、ボーの教科書的な物言いはラッキーのカンにさわったものだ。今じゃ堂々たる物言いを聞くと、この男をひっつかんで二人きりになれるところにつれこみたくなる。ボーは椅子から身をのり出し、他人の不幸で儲けるクズどもと今すぐ戦いに行くかまえに見えた。

「現時点において、きみは正しい」ウォルターは指に最後のひと舐めをくれた。「新たな法案でその流れを止められるかという期待はあるが。法案が通らない限り、転売は合法だ。いかにモラルに反して多くの人々に悪影響を及ぼそうと、捜査官として我々にできることは、供給元を突き止め、必要とされる薬が正規ルートに流れるようにすることだけだ。その第一目的が果たせない場合、その医薬品が人体に安全なものであるかを確認する」

ラッキーの来歴には、グレーマーケットの、まさに中核的組織で働いていた過去が含まれているし、〝正規ルート〟の薬を横流ししたことも数限りない。だがその罪で有罪となり、刑期も終えた。大半はウォルターの監視下において。

　今のラッキーは、自分がしくじったことを誰にも成功させないよう目を光らせていた。汚い仕事だが、アヒルが泳ぎを覚えるように、ラッキーにとって自然に身についたものだ。

　もし泥棒を捕まえたいなら泥棒のように考えなくては、と言うが、ラッキーは本物の泥棒だった。

「ボーは月曜より、ロザリオ小児がんセンターで、医薬品の仕入れ担当助手として研修を始める」

「しかし、俺は仕入れの経験はありません。調剤しかしていないので」とボーが答えた。

「当面きみは研修中であり、購買担当者のそばにいることで、怪しげな業者に接触されやすい立場となる。すべての売り込み先の名前がほしい――住所、電話番号、販売業許可」

　ウォルターが椅子にもたれかかり、ご立派な腹の上で両手を組んだ。アイロンの利いたドレスシャツがのび、開いた前の隙間からTシャツがチラ見できる。今にもボタンがはじけとびそうだ、とラッキーは眺めた。

「我々は、病院の経営陣と協力して事に臨む。しかしながら購買担当者には、きみが何者かは知らされていない」

「彼は容疑者ですか？」

「現時点では、ロザリオで薬の流通に関わる者はすべて容疑の対象だ」

「しかし医薬品が不足しているならば、手段やコストにかかわらず入手するのは正しいのでは？」

少し上ずったボーの声に義憤がにじむ。この新人はまだ勉強不足だ。

ウォルターからのうなずきに応え、ラッキーはボーの認識を正しにかかった。

「グレーマーケットでは、その薬がどこをどう経由してきたか知る方法はねえ。州によっては医薬品を、製造から末端消費者までたどれる証明書を正規業者に義務付けているんだ。この間のライアーソンですらまだ最悪とは程遠い」

ボーとラッキーが初タッグを組んだその任務は、期限切れで効能の落ちた薬を、ロット番号と消費期限を書き換えて転売していた悪徳業者の摘発だった。

「場合によっちゃ命を救うべき薬が、いい加減な管理で毒に変わるんだ。温度が高すぎたり低すぎたりしてな。そしてライアーソンみたいな連中は、稼ぎたいだけで、品質なんか気にしない」

ラッキーが口を閉じると、ウォルターが続けた。

「流通の多いジェネリック薬品ならば、いつも数社の候補から選ぶことができる。製薬工場が一つ止まったり生産が滞っても、ほかの会社がその分を供給するものだ。だが、抗がん剤というのは、たとえば店売りの風邪薬のような大量生産ではなく、高い製造技術を要する。国内でそれができるのはほんの数社のみで、ほとんどの薬が特許で守られた一社独占なのだ。ところが、様々な理由によって、いくつかの製薬会社が突如として必要分を出荷できなくなった」

ウォルターがボーとラッキーに交互に視線をやった。

「グレーマーケットによる危険な転売のみならず、切羽詰まった医師たちが違法な輸入にも手を出している。海外の、国によっては合法だが、アメリカ国内では認可されていない医薬品などをな。しかも偽物も混ざっている。ロザリオ小児がんセンターで、きみが中心となって、接触してくる相手と、取引の内容を突き止めてくれたまえ」

「俺は何を？」

ラッキーは聞いた。この前の共同任務ではボーと一緒に暮らした。『泊まってこうか？』という面倒なやり取り抜きで同じベッドで毎晩寝られるなら願ったりだ。

「俺も呼んだ、ってことは俺にも仕事なんだろ」

「この前と同じく、きみは中継係となる。ボーは注視されるだろうからな。きみは、ひそかにだが、彼の連絡係となり、配送部門で働いてもらう。気になる荷物があれば記録してくれ」

ウォルターが二つの封筒をデスクごしに、それぞれラッキーとボーに向けて滑らせた。

「監視のサポートはキースが行う。必要なものがあれば彼が対応する」

ラッキーのバスルームのカウンターに置きっぱなしの盗聴器のことを教えるべきか？　やめとくか。あのクズをもうしばらく焦らせてやる。

ラッキーが自分の封筒をのぞくと、ロザリオ小児がんセンターの身分証、サウスカロライナ州の運転免許証、クレジットカードがあった。レジナルド・ピックルシマー名義の。

「冗談だろ？　は？　ピックルシマー？　身分証を作る部門のエラい奴に嫌われるような何を俺がしたっていうんだ」

ウォルターの唇が人の悪い形に上がった。聖人というよりサメの笑顔。

「きみが？　誰かに嫌われる？　まさか！」ゲラゲラと延々笑っている。「信頼できる筋によれば、偽名は地域に合わせて慎重に、地元にとけこみやすい姓を基準に選ばれているそうだよ」

「俺は目立たないようにするんじゃないのか。〝レジナルド・ピックルシマー〟なんてどう見ても怪しいと思わねえのか？」

ウォルターの顔から茶目っ気が消えた。

「個人的感情で捜査官を危険にさらすようなことを、私が許すわけがないだろう」

そのしかめ面にラッキーの背すじがぞくりとする。そう。見た目愛嬌のあるこの猟犬は、まだ鋭い牙を持っている。

「〝ジョン・スミス〟が大量のジョン・スミスに紛れる名であるのは確かだが、地元に根付いた名はそれだけで親しみを得られる。それにだ、誰がピックルシマーを偽名だと疑うかね？」

ウォルターの話は一理ある。とはいえ――。

「〝あらァご家族は元気？〟とか聞かれたらどうすりゃいいんだ」

ウォルターがラッキーへ向けた微笑は、ピラニアだったら魅力的だと感じるかもしれない。

「ラッキー、きみはそんなことでくじけるのか？」

ラッキーはハッと鼻息を荒らげた。

「よしわかった。で、俺がレジナルド・ピックルシマーなら、ボーは誰だ？」

ボーが自分の新しい身分証を膝に広げた。

「エリック・スコット」とバッジの名前を読む。

もし視線で人が殺せるなら、ウォルターの最後の食事はケーキになるところだった。

6

普段ラッキーは現場に出ていない時、局のＩＰアドレス偽装プログラムを通し、処方箋なしで処方薬を売ってくれるネット通販会社に接触する。購入し、届いた薬を分析に出すのだ。もし商品に問題がなければ、売り手は違法に（そして大体は無資格で）医薬品を販売した罪に問われる。偽の薬なら偽造の罪。違法な輸入品なら国際的な問題となる。

政府機関に問い合わせて、現在も販売資格があるかを調べるのが次だ。社会に寄生しようとしている虫ケラどもをこれで排除――ラッキーにとってはまるで梱包のプチプチを潰すくらい楽しいお仕事だが、お隣の同僚にとってはそんなに苦ではないらしい。だがネット上の違法薬局は一つ潰すと二つ出てくる。永久機関だ。永遠の食いぶち。

今日は、任務が片付いてすぐ次の仕事が迫っているので、ラッキーはネットを見て回った。バイアグラの広告を探してではなく、誰にも買えないらしい命を救う薬について調べにかかる。供給元は三つの製薬会社、その一つはＦＤＡの抜き打ち監査で製造工程違反が見つかって業務停止、もう一つは大規模な改装工事の最中、そして三つ目のメーカーはほかの二社の顧客から押し寄せた注文をさばくのに必死らしい。

税関で原材料の輸入便が差し押さえ、倉庫の火災、製品内への汚染物質の混入。そりゃアメリカでここ数十年で最悪の薬不足にもなるってもんだ。

ラッキーは入手困難な薬のリストを、念のためにプリントした。勢いのいいため息が聞こえる。隣のデスクで情報収集中のボーからだ。

「今日が誕生日だって、どうして俺に言ってくれなかったんだ？」

ラッキーは医薬品不足についての分析記事から目を離した。

「誕生日じゃねぇよ」

くそう、この会話は避けたかった。

「え？　あんたの人事ファイルにアクセスできるウォルターが誕生日を間違えてるって、俺に信じろって言うのか？」

「ん」

　ボーが喧嘩腰の態度をわずかにゆるめた。

「じゃあ、誕生日はいつだよ？」

　ラッキーはまともにパートナーのほうへ体を向けると、口論を覚悟した。

「昨日」

「昨日？　てことは、わざわざ俺を家に呼んどいて、誕生日なのを黙ってたのか？」

　どうしてこいつらはやたらと誕生日にこだわるんだ。

「言ってたらどうだったってんだ。お前は来たんだし」

「どうだったってんだ？」ボーはラッキーの言葉を、三オクターブ上でくり返した。「俺がレストランにあんたをつれて行きたかったら？　プレゼントは？　ケーキは？」

　ラッキーは鼻を鳴らした。

「大したことじゃないだろ。ただのいつもと同じ日だ」

　耳をすます。ウォルターが呼ぶ声がしないか？　今ならキースの邪魔すら大歓迎だ。

「俺たちは感謝祭の前からつき合ってるんだよ。そのくらいは教えてくれてたっていいんじゃないか？」

　ボーの顔から怒りが消えていた。つき合ってる？

「つき合ってはねえだろ」

黒々とした睫毛の下でそんな、蹴り飛ばされた子犬みたいな目をされるくらいなら、癇癪をぶつけられたほうがマシだ。怒りが相手なら、罪悪感は覚えずにすむ。

「俺たちは……俺たちは、よく会ってるだけだ」とラッキーはごまかした。

ボーが椅子に寄りかかって腕組みした。

「それと、でけえ声出さないでくれるか?」

ほかのデスクの可聴範囲から外れたところに机を配置することになった自分の偏屈な態度に、ラッキーは感謝した。へそ曲がりな性格のおかげで、何年も前に備品室の端にデスクを追いやられ、業務用サイズのファイルキャビネットで部署の皆と仕切られているのだ。どこより最高のオフィスだった。詮索好きにプライベートを嗅ぎまわられるのはごめんだ。

ボーのデスクに乗った封筒を横目に、ラッキーは攻守を変えにかかった。

「じゃあこいつはどうなんだ、ミスター・ウィリアム・パトリック・ショーレンバーガー三世? 自分の名前くらい教えといてもいいんじゃないのか? 俺は名前も知らない相手と寝る趣味はねえぞ」

嘘を指摘される前に、ラッキーは口をつぐんだ。ボーより前につるんでた分はノーカンだ。

ボーが鼻息をついた。

「もう知ってると思ってたよ」

くっそ、そのセリフを使えばよかったのか。

「俺は何も隠してるつもりはない」ボーは言いつのる。「あんたが俺の部屋に一度でも来てりゃ、とうに郵便を見てただろう。エンボスの表紙に俺の名前が入った親ゆずりの聖書も」

〝俺の部屋〟の話はもうナシだ！　ラッキーは口を開けていつもの逃げを打ちにかかる。ボーが割りこんだ。

「丁度いい、次の話だ。あんたが俺と一緒にいてもいいのは、誰にもバレないところ、それも自分の家だけみたいだよな」

「仕事外の時間に何をしてるかはほかの連中に知らせるようなことじゃねえし、俺は自分の家が落ちつくんだよ。お前はあそこが嫌なのか？」

ボーは鼻息とため息を混ぜたような、シャーロットなら〝忍耐のきわみ〟とでも言いそうな音を立てた。

「あの家は豚小屋同然だよ、ラッキー。ほかの部屋に行くのだってつまずかないようにするのがやっとだ。行く前にはスーパーで買い出しもしないとならない、あんたが食料をろくに買い置きしないから。それと、昨日あんたがキノコを買いこんだ理由を俺が知らないと思ってうぬぼれないように。俺に料理させて、残りを取っとこうと思ったんだろ」

ボーの声が囁くように下がった。

「いい加減にしろ、ラッキー。俺は恋人だ、メイドじゃない」

お熱いセックスと、それに続いて今夜こそ実体のある飯、という目論見があやうい。

「今夜、来てくれ。話し合おう」

「断る。家に行けばヤるだけで話し合いなんかしないだろ」

それも悪くなさそうじゃないか？

「じゃ、お前はヤリたくないってのか？　どうして？」

「俺はあんたにとってただのケツか？　それと料理人？　それだけが俺の存在意義か？」

「まさか！　お前は最高のケツだよ！」

ジョークのつもりの言葉は、盛大にから滑りした。

ボーの首元から赤みが上っていく。ラッキーをにらみつけ、呼吸に胸をふくらませながら、耳をすませないと聞こえないほどの低い声で呟いた。

「悪いけど、今夜は用があるんだ」

立ち上がり、上着をつかむと、ボーは廊下に出ていった。

「何をバタバタしてやがんだあいつは」

ラッキーは汚いマグカップの中にたずねた。ラッキーが一夜限り以上の仲になった相手なんかほんの数人で、その中でも、ボーだけが等身大のラッキーをそのまま、ありのままで受け入れてくれて、彼を変えようとしてこなかった——健康にいい生活を強要した以外は。

ボーは与え、見返りは何も求めなかった。そのお返しに、ラッキーは何一つ与えなかった。

ラッキーはボーの封筒に入っている新しい偽装ＩＤ、アパートの鍵をのぞき、デスクに残る関連情報を眺めた。ウィリアム・パトリック・ショーレンバーガー三世宛の封筒も含め。そうだな、この封筒を忘れていったぞと声をかけるのは親切だよな？　いや駄目だ、違う。ラッキーは親切などしない男だ。

部屋に来てくれと何度も誘うボーは、無理を言っているのだろうか？　ラッキーはシャコバサボテンの土から突き出た水やりボールを凝視した。この数ヵ月のどこかで、買った時の安っぽいプラスチックの鉢は装飾付きの陶器の植木鉢に換えられていた。黄ばんだところなどないつやつやした茎、しぼんだつぼみもない。植物だ。クソったれの鉢植えは、一緒に育てられたほかのサボテンがクリスマス終了の瞬間か、その後の放置で枯れてからゴミ箱行きにされてるだろう今も、青々としていた。ボーは、すべてを慈しむ。思いが返ろうと返るまいと。植物。たかが鉢植えをこんなに大事にするのだ。相手が人間なら、一体どのくらい？

翡翠色は赤茶け、繊細な新芽は枯れ、黒ずんだ茎が鉢からだらりと垂れ下がり、見捨てられた恋人たちは放り出される。ラッキーの想像の中で、この美しい鉢は震えて、死んだ。もしボーが気にかけなくなったら……。

ラッキーは深い息を吸い、ゆっくり吐き出した。目の前には選択肢がある。家に帰り、ふてくされて、ボーがまだ時々水をくれるよう期待するか。問題を解決するか。

「てめえはクソみたいに見えんな！」

ラッキーは鏡の中の自分に文句を言った。くしを置いてブラシを手に取る。数回なで付けただけでは改善は見られなかった。

「これで小マシなクソになったな」

どうにもならない、髪を洗わないことには。十分後、彼はボーの匂いがする湯気を払って、もう一度チャレンジした。

「まだてめえのままだが、汚れは落ちたな」

元はどうしようもない。生まれつき美しい人間もいればそうじゃない奴もいる。ラッキーは、遺伝子ガチャでハズレを引いた。もしかしたらボーは目が悪いのか。

見慣れない歯磨き粉のチューブの中ほどを絞った。歯ブラシを口に入れた瞬間に爽やかなミント味がはじける。悪くない、全然。口をすすぐと自分の昔ながらの歯ブラシをコップのボーの電動歯ブラシの隣に放りこみ、マウスウォッシュのボトルに積もった埃を払った。まさか、ボーにいいところを見せようとなんかしてない。そうじゃないが、このボトルがここにあるから。味見をするだけだ。

もうボーが離れてしまっていたらどうする？　セックスはさておき、ラッキーは一緒にすごす時間や、静かにテレビを見る夜や夕食作りを楽しんでいた。本音を言えば、もっと頻繁に会ってもかまわないが、とはいえ一緒に暮らすなんて覚悟はない。それに職場の誰かにバレたら……。

フロリダでボーが言った、職場での交際禁止の言葉は本当で、職場恋愛で両方とも解雇になった例はいくつもある――それにウォルターは自分のチーム内での悪口は許さないが、SNBがゴシップと無縁な職場というわけでもない。ラッキーは周囲からどう思われようが知ったこっちゃないし、大体、奴らのことがろくに好きじゃないのに向こうが好いてくれるわけなんかあるか？　まあウォルターは別として。

目をきつくとじた。ボーはラッキーの壁をすり抜けてきたが、ウォルターはただコツコツとノミで穴を穿ち、何年もかけてラッキーの鎧に穴を開けた。

もしいざとなれば、厳密に言えばボーと〝サイモン〟は、サイモン・ハリソンが入局する前から関係を持っていたわけで、二人の元からの関係は局の規則より優先される――というのがラッキーの意見だ。だが局の連中からしたら？　ウォルターの目にはどう映る？　ウォルターの上にいる大ボスは？　あの受付嬢の笑顔は、帰宅するボーがじつはラッキーの家に来てけしからんことをすると知れば嘲笑に変わるだろうか。

ラッキーはシンクに手を突っ張り、目を開けて鏡をにらんだ。

「お前はもう自由の身だ」と言う。「お前が自分の時間に何をしようが、ウォルターはろくに口出しはできねえ」

だがウォルターは、ボーに対しては口出しできるのだ。ボーはラッキーと同じルートでウォルターのチームに流れついた――外の世界で大いにしくじって。ラッキーは、ボーがいつまで働くことになっているのかも、保護観察の詳細も知らない。自分についてそういうことを話すのもさらさら御免だからだ。

もし二人が、任務で同居中、住まい以上のものを分け合っていたと誰かに知られたら、ヤバいことになる――そしてそのあおりをくらうのはボーなのだ。

大体、ボーは一体ラッキーに何を望む？ 新しい名前を得て前科の記録も削除されたが、一皮剝けば三流の犯罪者、家族にも見捨てられた男に。

せっせとあら探しするのはやめなさいよね、というシャーロットの声が聞こえて、ついでに頭のてっぺんをはたかれるところまで想像した。

「わあったよ、聞いてるよ、お前」

ぐちぐち考えるのをやめて服を着た。どのTシャツにする？ 青か緑か？ ボーは、青がラッキーの目に似合うと言っていた。ラッキーは緑色を選んだ。青だと深読みされるかもしれない。

ボクサーパンツ、ジーンズ、靴下、そしてスニーカーで完成。

昨夜の残り物を二つの紙袋につめると、助手席からスターバックスのカップをどけてそこに袋を置く。しまった、あの封筒は局に忘れてきた。いや、まあいい、押しかける口実は別にでっち上げよう。

ボーには嫌味を言われたが、ラッキーだってボーの部屋には行ったことがある――二回も。一度はボーの車が修理中で局から送っていった時、次は本棚の設置を手伝いに。二回ともラッキーは一発ヤるだけの時間はとどまってから、帰った。

他人の家に泊まるというのが、どうにもゾッとしない。任務中、ホテルや賃貸の部屋で寝泊まりしなきゃならないだけでも悪い。それが住人のいるところに泊まるとなると、とにかく駄目だ。もしかしたらこの、自分が場違いな感覚を、裕福な恋人のヴィクター――盗みという労働で稼いだ金の尊さをラッキーに教えた男だ――と暮らしていた頃から、ずっと乗り越えられていないのかもしれない。ヴィクターがくれた贅沢な暮らしに甘やかされたラッキーではあるが、自分で買った車、家賃の安い二世帯戸建《デュプレックス》、人生を好きに生きられるという事実が、ラッキーに自由と安心感を与えてくれる。人生をひっくり返せるような力を誰かに与える必要はない。

自分の車をボーの車のそばに停め、入り口まで駆け上がった。ボーは驚くだろうか？　ロビーのドアはびくともしなかった。しまった。どのみちボーには知らせないとならないのだ、インターホンを鳴らして入れてもらわないと。

キャンキャンやかましい子犬の綱を引いた老婆が近づいてきた。彼女がキーカードをロックに通したので、ラッキーはロビーのドアを開き、彼女に続いて体をねじ込んだ。犬は彼の足を嗅いだが、木や消火栓と間違われずにはすんだ。お利口さん。

エレベーターに乗りこんで、物問いたげな老婆の視線を無視した。聞かれなきゃ答えるつもりもない。

二階で下りた。ずらりとドアが鳴らんだ廊下だ。一つ目の部屋からは赤ん坊が泣きわめき、〈パッカーズのファン在住〉というステッカーが貼られた部屋もある。四つ目の部屋のドアを拳で叩き、ラッキーは息を詰めた。中からは何の音もしない。心が沈んだ。今夜予定があるというのは本気だったのか？

ボーは部屋にいないようだ。車は駐車場にあったが。ラッキーはとぼとぼドアから離れたが、その時ドアが開いて、隙間からくたびれた茶色い目がのぞいた。

「ラッキー？　ここで何してるんだ？」

ハレルヤ！　ラッキーは戸口にもたれかかった。

「入れてくれるか？」

「えっ……？　ああ、うん」

ボーが下がり、ドアを開いた。裸足だが、まだ仕事着のままで、今は少し着崩れており、いつもはセットされた髪は寝癖が付いているように見えた。

紙袋を床に落とすと、ラッキーはボーの後頭部の髪に指を通し、キスに引き寄せた。怒りはもう消えたらしいボーがその挨拶に応える。

「んむむ……俺も、会えてうれしいよ」顔を離してボーが呟く。「でも来ないって言ってたよな？」

　イク気は満々だけどな？　というセリフをラッキーはぎりぎり飲みこんだ。今回ばかりはクズ発言を控えて、ボーに「ケツだけ」みたいなことを言わせずにすませたい。

「気が変わったんだ」

　もう一度ボーの口に吸い付き、カウチまでたどり着こうとする。一歩目、二歩目、三歩目……何だこりゃ。カウチの背もたれががくんと傾き、ラッキーは宙でもがきながら床に倒れた。ボーがその上に倒れこみ、笑い出す。ラッキーは片目を開けて茶色いリクライニングソファをにらみつけた。

　スプリングがはみ出していた褐色と黄色のソファはどこに行った？

「新しいカウチか、そうか」

「そんな新しくないけどね。ひと月くらい前に買ったよ」

　ボーがごそごそと起き上がり、ラッキーに手を差し出して〈ヘル・ビッチ〉のまたいとこから体をほどくのを手伝ってくれる。

「2シーターで、両側ともリクライニングするんだ」とそのデカブツに腰を下ろして実演してみせた。クッション二つとブランケットが床に置かれている。「寝心地もいいし、ふたりで寝そべってテレビを見たらくつろげるかと思って」

　そうだった。ボーは一人で寝るのが嫌いで、ラッキーがいなければベッドよりソファで寝る。

いったい幾晩、二人ともももっとよく眠れていただろう、ラッキーがこうも手のつけられない石頭でなければ。

ラッキーはボーの隣に座ったが、このカウチがまた襲ってくる場合にそなえていつでも逃げられる体勢を保った。

「こいつあいいな、ボー。それともウィリアムって呼ぶか？」

ボーの笑顔が消えた。くッそ、どうしていつもラッキーは余計な一言で物事を台無しにしてしまうのか。

「ウィリアムは親父の名前だ。俺はボーだよ」

ボーの親父。ボーをベットに縛り付けて酒を飲みに出かけ、家が火事になったと思った息子が一人ではベッドで眠れなくなるほどのトラウマを植え付けた、ろくでなしのクソ野郎。おまけに事あるごとに息子を裏拳で殴りとばしていた。家族との対面イベントには興味のないラッキーだが、ボーの父親とならちょっと二人きりで会いたいもんだ。ヴィクターの下であちこち行ってた頃、広々として何十キロ車を走らせても家一軒見えないような土地もあった。あそこなら死体は見つからない。

それに、リッチモンド・ラックライター、サイモン・ハリソン、マーヴィン・バーケンヘイガン、レジナルド・ピックルシマー——そう、自分の名前が嫌いな気分はラッキーにもわかる。

「ま、無理もねぇよな。お前が自分の名前のスペルを覚えられたのは、アレだ、高校生くらいか？」

ジョークらしきものを飛ばしてみると、クスッという笑いが起きて、微笑のかけらがボーの顔に戻った。玄関に置かれた二つの袋へ手を振る。

「あれは何？　夕飯持ってきてくれたのか？　それともあんたの引っ越し荷物？」

まずった。着替え一つ持ってきていない。ヤリ逃げしに来たと思われる。

「着替えはもう着てる。もしお前がいきなり鍵を閉めて今夜俺を帰さないことになったら、明日もまたこれを着るよ」

「あのさ、ラッキー、そのことだけど——」

いきなりか。金曜の夜の、こんな早いうちからじゃ、じゃれあう時間はまだたっぷりあるはずだ。予定があると言ったボーの言葉は本当だったのか。

「あんなことを言って、ごめんよ。あんたは最初から馴れ合わないタイプだったしね。あんたは自分のこだわりを抱えてて、俺にも自分のつまずきがある。ただ……」

ボーが大きく息を吸った。

「俺たちはもう六ヵ月も会いつづけてるって言うのに、俺があんたについて知ってることは、フロリダの仕事で一緒に住んでた頃からちっとも増えてない。ちょっと変だと思わないか？」

「四ヵ月だ」とラッキーは呟いた。部屋を丹念に見回し、この前来た時と比べてあちこちの小さな変化に気付く。組み立てを手伝った本棚にはいろいろな本や置物が置かれ、飾りの多くはドラゴンやガーゴイルで、わずかの乱れもなく鉤爪や足先のラインをそろえて正面向きに並べられていた。ファンタジーオタクだったのか？

「え？」

「四ヵ月だろ、俺が死んだふりしてたクズな二ヵ月を引けばさ。それに別々の仕事でいなかった期間も引けば、三ヵ月だ」

ラッキーはリビングの残りを見回した。異常なし、場違いなのは枕と毛布、それに多分ラッキー自身だけ。

「わかった、じゃあ、俺たちはもう三ヵ月会ってる。でもたとえ三ヵ月であろうと、あんたの誕生日にどこかの店につれてくくらいの権利は、俺にもあるよな？　なあ、ラッキー。そのくらいわかってくれてもいいんじゃないか」

そう言われても、ラッキーからしてみれば、腰を据えてこれまでの人生について語って聞かせたりしないのは、きわめて当たり前の話だ。ヴィクターはあれこれ聞くような男ではなかった。そりゃあいつには、聞くまでもなく知る方法があったが。ラッキーがある日帰ると、新品のマスタング、ラスベガスへの週末旅行チケットが待っていた。ヴィクターからのプレゼント、ラッキーが誕生日を切り捨てるより昔の。どうやってラッキーの誕生日やほしいものを知ったのかなんてことは悩んだりしなかった。あいつは金で情報を買う。ボーは、どうやら本人の口から聞けるものだと思っているらしい。

「お前に隠してたとかそんなんじゃねえんだよ。知りたいことがありゃ聞いてくるだろと思ってた」

それかラッキーのようにネットで検索するか。グーグルが正解を吐かないのなら、そう、ウォルターに指名されてボーに容疑者追跡の指導をしたラッキーが、ちゃんと情報操作について教えこんだってことだ。

ただ、ボーの持ち前の正義感は、自分の技能を職務外で使うなんてことは許すまい。またも〝良心のとがめ〟ってやつだ。

「俺の家ではそれは〝いらぬ詮索〟って言われた」とボーが言う。

「うちは違ったな。俺の家族なら〝転ばぬ先の杖〟って言うね」

小首をかしげたボーの、額のしわがゆるんだ。

「実家はどこ?」

答える前にラッキーは間を置き、質問の裏の意図を探った。

そう気を張ることとか。どこで生まれ育ったか知りたいだけだろ。

真実を言っても害はない。

「ローリーの北にあるタバコ農家さ。両親はまだそこで暮らしてる。末の弟も、多分まだいるだろうよ」

「連絡は取ってないのか?」

「十年前に勘当されたのさ、俺が捕まって」

「そんな」

「気にすんな、あいつらも気にしてねえよ」ラッキーは喉の塊を呑み下した。「去年の十二月、家族には俺が死んだことにしてあるし」

ボーの口がぽかんと開いた。

「家族に、自分は死んだと思わせてるのか？」

「本当のところを言う理由がねえからな。あると思うか？　それにな、俺はこれまでそれなりに敵を作ってきた。俺が生きてどこにいるか知ってると、あいつらが危険だ」

この半分だけの真実をボーが信じてくれますように。両親と連絡を取ってないという話を追及せず、ラッキーを見逃してくれますように。

電話一本、言い訳だけでもさせてもらいたかった。ラッキーが求めたのはそれだけだ。三回、電話に出た途端に一言もなく切られて、思い知ったのだった。

ボーが身を寄せてきた。

「きっと正しい判断なんだろうね。でもつらいだろ。だってさ、俺も父親にひどいことをされたけど、それでもまだ父親なんだよ。だろ？」

ボーの同情を、ラッキーは肩をすくめて流した。家族を失ったことを気にしてないフリならお手の物だ。

「人生はしんどいもんさ。もう慣れた。まだシャーロットとあそこのガキがいるしな」

ボーの表情を笑いがかすめた。

「だね。ガッツのある女《ひと》だよ。あんたに似てる」

ラッキーはとまどった目でボーを見た。

「どうして知ってる？」

ボーから「いい加減にしろ」という目つきとしかめ面を二重に食らう。

「まず、あんたは彼女の写真をデスクに置いてて、どんなに散らかってても見えるようにしてる。それに忘れた？　俺は、あんたが生きてるって気がついて探そうとしたんだよ。彼女は俺をショットガンで追い払った」

そうだった、忘れてた。シャーロットのやりそうなことだ——今の彼女なら。暴力的な元旦那相手にどうしてやり返せなかったのかは、謎のままである。

「悪かったな」とラッキーは言った。

「妹が銃を突きつけて悪かった？」

「お前に何も言わずに消えて悪かったよ。あの時はそうしなきゃって思ったんだ」

「いいよ。どうせ気がついたし」ボーは二人の指を絡めるとソファに体を預けた。きつく握る手が痛むほどだ。「母さんはいつも、相手に言わせっぱなしにしないためなら、俺はどこまでも追っかけるって言ってたよ」

胸にずしりとした重みが生まれる。あの時、ボーを放り出すのではなく、別の形で何かできていたなら。

「言い訳になるかは知らねぇが、お前に何通もメールを書いた。送るだけの度胸はなかったけどよ」

言いながらひるんだ。ビール二本にキーボードがあれば、あり得ないくらい感傷的な文章を綴ってしまったものだった。ありがたいことに、そんなタワゴトは送る前にゴミ箱に叩きこんだが。

「どうして送らなかったんだ？」

「どうしてって？　俺を見ろよ。ろくでもない前科者で、家族からも見放されてる。お前は大学出で、出世間違いなしの優良品さ」

「忘れてるだろ。俺だって後ろ暗いところがある」

「でもお前は、その暗さからちゃんと抜け出しただろ」

そしてそれこそが、一言で言えばラッキーをボーに惹きつけるきらめきであり、ラッキーを暖める炎なのだ。ボーはその場で淀みはしない。しんどさを乗り越えて前に進む。どうやってそんなことができるのか教わりたいくらいだ。

「俺は、過去から学んで現在を生きるようにしてるから」

ラッキーは笑いをこぼして、胸に詰まっていた息を吐き出した。

「そいつはいかにも、お前みたいな新人類のたれそうな能書きだな」

ボーが身をこわばらせる。彼の前向きな発言を、ラッキーは散々からかってきた。

「あんたも時々やってみるといいよ」

「いーや、そいつはお前に任せる。お前だって仕事があったほうがいいだろ？　俺専用ニュー・エイジ教祖様だ」ラッキーは唇をつき出す。「ムハハハハハ！」

「栄養士もだろ。栄養士は忘れるな」とボーがニコッとする。

生意気なことを言うな、とラッキーはキスで思い知らせようとした。ゆっくりとした舌のじゃれ合い、急かさない愛撫が、ほかの誰との激しい行為よりずっと熱い火をつける。夕飯なんか誰が要るか。呼吸すら必要ない。

ボーの質問はまだ終わっていなかった。

「もう一つ聞かせてくれ……あんたはカップルの片方になることに慣れてないよな？」

カップルの片方？

ヴィクターと一緒だった頃ですら、ラッキーは自分をカップルの片方として見たことはないが。

「お前には言ったが、俺はヴィクターと暮らしてたことがある。でも俺たちは、バラバラにいる時は好きなことをしてた。俺はヴィクターに、仕事以外では従わなかったし、あっちも俺の言うことなんか聞かなかったね。そっちは？」

「俺は大学で何人かの男とつき合ったけど、大して真剣じゃなかったな。大体は大学の中で、お楽しみとして。年齢こそ近かったけど、それ以外はまったく共通点がなかった。その後は、海兵隊でとあるストレートの男に、望みがないのにのぼせてね。こんなんじゃ、俺たちは二人とも、目の見えないままドングリを探してる二匹のリスみたいなもんだね」

今回もラッキーは「目隠しプレイだな」というしょうもない返しを飲みこんだ。親密な瞬間というのは、多分茶化すのにいいタイミングではないだろう。そんな瞬間の経験がたくさんあるわけではないが。二人は沈黙のまま寝そべっていたが、そのうちボーがカウチのリクライニングを起こした。

「そろそろ腹が減ったな。食事にしよう。話の続きはキッチンで」

ボーのキッチンは、今の彼の生き方とそっくりだった。ほとんど強迫観念レベルにまで片付き、整頓されている。数個の、ボーが存在を許した缶が（普段は缶入り野菜は塩分が多すぎると避ける）整然と棚に並び、ラベルはきっちり正面向き。ナイフやフォークは引き出しの仕切りに分けられて、放りこまれたスプーンやフォークが絡んで出せないラッキーの引き出しとは大違いだ。

ボーがマリネの準備をする間、ラッキーはキノコをきれいにして軸を取り、教わったとおりに内側のひだをこそげ取った。ポータベラ・マッシュルームを自分で焼こうとしてもボーのようにうまくいかない原因はこれか。今でもまだまだだが、ボーが毎回完璧に料理してくれるのに、わざわざ自分で失敗のリスクを冒すこともなかろう。

「昨日、炭焼きにできたらもっとおいしかったんだけど」

ボーが説明しながら、野菜と切った豆腐をフライパンに放りこんで炒めた。

「ゆうべのことに俺は何の文句もねえけどな」あるわけない、ゼロだ。

「で、ほかに聞いておきたいことはある？」

あるだろうか？　寝てる相手について何を知っておくべきなのだろう。ボーがウォルターによる綿密な身元調査に合格している以上、一番やばい問題はクリアしてると見ていいのだし。もっとも、マジな犯罪歴があるかなどと聞くのは超神経質な人間だけだろうが。普通の人間は何を知りたがるんだ？

「出身はどこだ？」

これはおかしな質問じゃないよな？

「アーカンソー州のパインブラフ。じゃ、今度は俺の番。子供の頃、ペットを飼ったことは？」

ラッキーはキノコの傘をすすいで拭き、ボーに渡してマリネと焼きの手順をまかせた。

「俺が住んでた農場にゃ動物はたくさんいたが、あれはペットじゃないだろうな」

「犬とか猫はいなかった？」

「家畜小屋にいつも猫が十匹はうろついてたが、かわいがるなって子供は言われてて」

今よりずっと小さかったラッキーが、家の中に子猫を入れようとした時のことが思い出される。父親に反対されたものだ。

「なつかれでもしたら、猫たちは裏口に餌をねだりに来て、家畜小屋のネズミを狩らなくなるからな。当然、母さんはいつも一匹家に置いてネズミ係にしてたよ」

「へえ、猫。あんたは犬派って感じだけど」

「犬もいたさ。グレート・ピレネーズ二匹にヤギの群れをまかせて、子ヤギをキツネやコヨーテから守ってた」

「すごい。俺の見たことのない犬だ」

「きれいな犬さ。いつもはおとなしいが、一瞬でキツネを血祭りだよ」

ボーがふっと息をついた。

「ペットもしばらく飼えてないよ。この頃じゃ留守が多くて面倒見きれないからね」

「グリッグスのばあさんに頼めばお前にあそこのちっこいやつを抱っこさせてくれるだろうよ」

大家の軒先に座ったボーの、膝いっぱいに猫がいる光景が思い浮かぶ。

食事の間、学校のことや昔の友人の話をして、片付けの頃には昔の恋の話になっていた。ボーには海兵隊仲間に激しい恋をしたが相手の結婚で心破れた話を打ち明けられたが、ラッキーは二十四時間以上続いた交友関係については深く考えないようにしている。ボーにはそんなこと言えないが。過去は過去のままおとなしくしているべきなのだ。

ラッキーは、肘まで泡だらけでシンク前に立つボーの背後に近づいた。爪先立ちで耳元に囁く。

「お前は俺に舐め回されるのが好きだよな？」

ボーが呻いて反応した。

ラッキーはボーの耳元で息を吐いた。

「俺にまたがるのも好きだろ。あとは？　ほかに何にムラムラする？」

今度はボーの首筋に熱い息を吐きかけてやった。ぶるっと震えたボーが前を向いたまま答える。

「どうして、あんたをこの部屋に誘おうとしてたと思うんだ」

洗いかけの食器をシンクに残し、ボーは布巾で手を拭うと、黙ってキッチンを出た。ラッキーは迷わず廊下を、ひとつしかない寝室までついて行った。

「座れよ」とボーが命じてベッドを指す。

ほほう、新人くんは主導権を取りたいと？　いつもとはいかないが、今夜くらいは手綱を渡してやってもいい。ラッキーはベッドにゆったり座ると、今夜の成り行きをすべて受け入れることに決めた。

ボーが二本のろうそくを灯し、頭上の明かりを消す。数枚のＣＤをひっくり返し、一枚をべッドサイドの時計がわりにしているプレーヤーにセットした。

エレクトロニック・ダンス・ミュージックが流れ出して、くるりと振り向いたボーはいきなり自信にあふれ、小生意気にすら見えた。ラッキーの脳の血が急降下してベルトより下に殺到する。

体をビートに合わせてくねらせるボーの動きは、『腰振ってみた』というような遠慮がちのものではなく、腰をゆすってはつき出して、立位でのセックスシーンそのもの。虚空を犯しながら唇をかみしめて、目は熱っぽくけぶっている。いつものおとなしく行儀のいい人格はエプロンとともに床へ滑り落ちていた。

ビートの脈動に完璧に同調しながら、ゆっくりとシャツを開く。ボタンを一つずつ外し、肌をチラ見させてからまたシャツで隠した。そのシャツがはらりと床に落ち、ラッキーは叫びかかる声をギリギリでこらえた。

「いいぞ、ベイビー。全部脱いじまえ」

ボーはベルトのバックルをいじりながら扇情的そのものの笑みを投げ、外したブレイドベルトをゆっくり、一つずつループから抜いていく。エプロンとシャツの上に、ベルトも落ちた。

腰をわざとらしく振り、ゆっくり回って、ラッキーにじっくりと尻を見せてくれる。

締まった尻を上下左右に揺らしながら、ズボンを下ろし、二つの丸みをのぞかせる。ズボンを下げ、さらにじりじりと下げていって、見事な張りのある尻をあらわにした。ハーイ、ボー

イズ！　会いたかったかい？

ラッキーは手を下へのばし、ジーンズの生地ごしに自分の屹立を包んだ。この曲はいつになったら終わるんだ？　ボーはもう素っ裸になっててもいいんじゃないか？

世界一長いリミックスは流れつづけ、もう苦痛と言える域まで焦らされる。ボーはズボンを落とし、蹴りとばした。ダンスは続き、腰の動きがもっと際どく、生々しくなった。ランニングで絞ったボーの体型はラッキーがこれまで見てきたストリップダンサーに比べれば細いが、いやいや、動きは完璧だ。

「大学の頃、小金稼ぎに時々ストリップしてたんだ」荒くなりはじめた息でボーが言った。汗でしっとり濡れた素肌に手のひらを這わせる。「男性客が下着にドル札をねじこんでくれたよ」

下に手をのばし、屹立をさする。それは今やボクサーパンツの前を盛り上げていた。膝を折ると、腰を振り、相手を突き上げる動きを見せる。

「客と夜をすごしたことはあんのか？」

ラッキーの股間はひたすらに誰かの手を、口を、何でもいいから受け入れてくれる穴を痛いほど求めていた。自分でさする手に力をこめる。

「たまにはね」ボーがラッキーと目を合わせる。「金のためには、一度も。そういうダンサーもいたけど、俺は踊ると体が熱くなったから」

肌の汗がろうそくの炎で光り、ボーは呻いて、いきなり自分のものを離した。照れたような笑顔になる。

「もう少しこっちに来て」

どうやら音楽は放棄したようで、ボーは四つん這いで前に出てくるとラッキーの股間に顔を押し付け、デニムごしに屹立に口をかぶせてきた。

物静かで控えめなボーが半裸になったところを、顔のない他人が取り囲んで、彼との一夜を求めていたのだ。手に入れた者もいれば、かなわなかった者もいた。今夜、ボーはラッキーだけのものだ。ラッキーのじゃじゃ馬。

いやちょっと待て。俺の？

ボーがラッキーのジーンズのファスナーを開け、ラッキーの思考がぼやける。ベッドに倒れて、この専属ストリッパーに後をまかせた。ジーンズとパンツを膝まで下ろされて、自分のペニスが大きく開いた口に飲みこまれていくのを見た。来た来た！

熱く、きつく、ラッキーのものがなめらかに包まれていく。熱さもきつさも物足りないし、もっと速く動いてほしい。たのむからもっと強くしゃぶれ！

ボーの舌が、ゆっくりとした動きでラッキーのものを上下になぶっていく。素敵な口が引いていくと、ラッキーは不平の呻きをこらえた。ボーは手際よく靴、靴下、ジーンズ、下着と脱いでいく。ラッキーの脳細胞も少しだけ回復し、自分のシャツを脱いだ——途中まで。そこからはボーが引き継いだ。

音楽が、ハードなリズムからもっとゆったりと落ちついた曲に変わる。ボーがベッドサイドテーブルの引き出しを開けた。

「何にムラムラするかって、聞いたよな」と言う。「これだよ」

7

コンドームとローションを予想していたが、意外にもボーが取り出したのは細長い箱だった。ラッキーと目を合わせずにその箱を開ける。生々しい色をしたゴム製の男性器が入っていた。十八センチほどの長さだ。

ラッキーは自分のモノの根元を握って、突発的な昂揚をこらえた。マジか！　このディルドーがボーの肉体に出入りして……何という想像。

ラッキーはしゃべろうと口を開けたが、ボーの体がこわばった。とりあえず黙るか。口の悪い男は何も言わないほうが良さそうだ。からかわれると思ったんだろうし、確かに、ちょっと前ならそうしたかもしれない。ボーにとって、自分のおもちゃを、脳から口まで直通のラッキーに見せるのは相当な賭けだったはずだ。

どんな反応にするか迷って、ラッキーは結局言った。

「それをお前に使えばいいのか？」

ボーがうなずく。

マジでか！　ラッキーはいつのまにか眠ってしまって大好物の妄想夢を見ているんじゃないだろうか。いきなり砂のように乾いた口から、何とか絞り出した。

「そこに寝ろ」

自分は横にずれて、ボーがベッドに寝そべる場所を空ける。ボーの勃起は萎えており、かわいそうに、まだラッキーと目を合わせようともしない。ラッキーはかがんでボーにキスをしながら、その手から箱を取り上げて横に置いた。

「気持ちよくしてやるからな」と約束する。

揺らめくろうそくの光が汗ばんだボーの筋肉の上に踊る。ラッキーは片手でボーのモノを握ると、包皮を上下にずらして愛撫した。強さを増していくと、ボーが呻きを上げて身をよじらせる。

「駄目だ」と声を上げた。「イキそうだから！」

ラッキーは手を離すとボーの脚をつついて開き、その間に収まった。指にローションを勢いよく出してボーの穴をさすり、力をこめていって、ついに二本の指先を押しこむ。入れて、引いて、入れて、引いて、ローションを足して、入れて、引いて――。

手を止めた間に急いでディルドーを箱から出し、濡らして、膨らんだ先端を穴に当てた。ボーが、ゴムの塊に体をこじ開けられながら、低く長い息を立てた。

「たまらねえ」とラッキーは呟く。息をつめ、ボーの襞がなじんでその侵入を受け入れるのを見つめた。俺のモノが入る時もこんなふうになっているのか——。

ぶるっと身震いした。誘惑に負けてディルドーを床に放り出してこの男を組み伏せ、何も考えずに腰を振って一つになりたい。だがここでの主役はラッキーではない、ボーの願望だ。偽のペニスを、思い切ってできるだけ押しこんでから、ゆっくり先端すれすれまで引き抜き、また奥まで挿入する。ボーの襞がすぐに締まった。ラッキーはそのオモチャをまたさし入れた。少し荒っぽく。

「ああ、それ」とボーが呻いた。

手の勢いを増し、ラッキーはボーの至福の笑顔へ目をやる。膝を大きく開いて、ボーはベッドの上で体を揺すり、ラッキーをさらにうながす。

「しゃぶって！」

ラッキーはボーのものをくわえ、挿入と同じリズムで頭を動かした。

「あああっ、ああっ！」

ボーが声を立てる。

ラッキーは頭を上げ、口のかわりに手を使いながらボーの表情を見つめた。

　焦点の合わない目で、ボーは全身を震わせて獣じみた声を喉から上げていた。ディルドーを引き抜いて自分のものでその体を満たしたかったが、ラッキーはこらえた。ボーの屹立から白い奔流が上がり、ボーがラッキーの手をひっつかんでもっときつく握らせる。その胸板に精液がとび散った。

「あ、あ、あ！」とラッキーも声を立てた。ディルドーを抜き、ベッドにひっくり返ると急ぐ手でペニスを握り、逆の手で陰嚢の根元を握りしめた。地震のような衝撃とともに、股間からビクビクとほとばしりが上がる。

　いつのまにかボーが動いていたようで、気がつけばラッキーは彼の胸にへばりつき、切れ切れの息で喘いでいた。

「今の……すげえ……」

「すげえとんでもなくよかったよ」とボーが先を引き取る。

　ラッキーは満ち足りて朦朧とし、しばらく経ってから暗闇で目を覚ますと、ボーの胸を枕にしていた。セックスの残り香にペニスが微弱に反応した。おまけにローション、コンドーム、ボーの匂いまでしている。

　ボーの腰をつつく。ボーが何やら呟いた。「考えるなよ」というふうに聞こえた気がする。

　ラッキーは笑みを浮かべたまま眠りに落ちていった。

「お前何してるんだ？」

ラッキーはボーのキッチンの入り口に立った。パーティーに寝過ごしでもしたか？　一晩浸けたままの皿以外、ほとんどきれいなままキッチンを後にしたと思ったが。

なのに、数時間経った今や、シンクにはジャガイモの皮が山盛りになり、コンロには湯が沸いた鍋が置かれ、ボーは小さなキッチンを動き回っては混ぜたり切ったり味見したりしていた。

口に唾が湧きそうないい匂いがしていて、一杯ずつしか入れられないボーのちっちゃいコーヒーメーカーからはコーヒーの重厚な香りがしていた。

「忘れたのか？　今日は職員ピクニックの日だよ」

ボーが肩を揺らし、唇の片側を上げたので、あのえくぼが一瞬姿を見せた。

「本当は昨夜のうちにポテトサラダとベイクドビーンズを作る予定だったんだけど、別のことに気を取られて」

重そうな足でコーヒーメーカーに向かい、ラッキーを片腕でさっとハグしてコーヒーを渡してくれた。

「あんたは何持ってく？」

何かがチンと鳴り、ボーはコンロへ駆け戻る。

そんな回覧を見たような記憶はあった。メールも。チラシも何枚か来ていた。加えて、ボーにもついこの間言われた。ラッキーは時おりの懇親行事をこの八年間、ずっと避けてきた。同僚とはたっぷり一緒にすごしているのに、どうしてわざわざ自由時間までつぶしてもっと顔を合わせる必要が？

「ってか、俺は行かねぇぞ」

「え？」ボーがかき混ぜる手を止めた。「どうして」

どうして？　理由なんか数え切れない。

「ボー、俺は嫌われてる。俺もあいつらが嫌いだ。なのにどうして今以上に顔をつき合わせなきゃならねえ？」

「逆にさ、もっと一緒にすごしてみたら好きになれるかもしれないじゃないか？」

あー、ピュアか。

「もっと顔見てたらお互いイヤになるかもしれねぇだろ？　ああ？」

ラッキーはコーヒーに口をつけた。いや待て。ボーはピクニックに行くつもりだ。ラッキーにその気はない。そもそももっと二人ですごすつもりだったのだ。どうすればボーはピクニック行きをやめて、うるさい同僚抜きで一対一ですごす気になるだろう？

「それとりあえず片付けて、俺とどっかに行かねえか？」

「無理だよ。料理を持っていくって約束してあるんだ」

「届けて戻ってきたっていいじゃねえか。その分の埋め合わせはしてやるぜ？」

ラッキーは眉を上下させてみせた。ボーはかわいいものが好きだ。かわいげで口論が避けられるなら、ラッキーだってチャレンジしてやろうじゃないか。

「どうしてだよ。あんたは人付き合いが好きじゃないかもしれないけど、俺は好きなんだ。俺は人が好きなんだよ、ラッキー。みんなを知りたい。リサの旦那さんと赤ん坊に会いたいし、アートと戦場の話をしたい。彼もアフガニスタンで従軍してたんだ」

アート、はわかる。だが。

「リサって誰だ？」

ボーから『まさか本気で聞いたのか』という目でにらまれた。

「毎朝あんたが出勤するたび前を通りすぎている受付の人だよ」

「子供を産んだのか？」

一時期ちょっと太めに見えた時があった気がするが、しかし……赤ん坊？　ラッキーはぞっと身震いした。赤ん坊はわけもなく泣き叫ぶし、うんちやゲロをかけてくる。シャーロットに一度、トッドという名のもぞもぞする布包みを渡されたことがあるのだ。そのちっこい鼻と口を見て驚き、指をつかむ小さな手に感嘆した。その布包みが叫びだすまでは。ラッキーはその塊をつき返した。

「リサへのプレゼントは用意して、なさそうだね？」

ボーの唇のすぼめ方からして、議論を避けられる望みは薄そうだ。

「俺が何だってそんなことを？」

「それが優しさってもんだからさ」

「俺は優しいことなんかしねえ」

「みたいだな。とにかく、一緒に来て俺とのんびりしないか？ 楽しいから、絶対。俺はフェイスペインティングを仕切るんだ。子供たちはがっかりさせられないからね。それに、俺たちは同僚だろ。一緒にしゃべってたところで誰も気にしやしないさ。それにさ、蹄鉄投げやフリスビーもあるんだよ。経理部とロジスティクス部門で綱引きのリベンジマッチを企画してるし」

　SNBの局全体が一堂に会し、家族づれでやってきて、うんざりした目を向けてきたり、もっとひどければそっけない態度を、ラッキーが近づくたびに取られたりするのだ。ラッキーは首を振った。

「行けねえよ。家でやる用がある」

「でも俺に何かしようと誘ったのはたかだか二秒前だろ？ 用はどうするつもりだったわけ？」

　ああもう、引こうとしない相手との口喧嘩はめんどくせえ。

「俺は行きたくねえんだよ、いいか？ そんだけだ」

「そう、俺はあんたと一日すごすのを楽しみにしてたけど、一緒に行く気がないなら、夜にまた会おう。そっちに暇があったらね。ただしあんたがやろうとしていることの中に掃除があるなら、きっと何日もかかるよ」

二人でボーの車にタッパーを運んだ。ボーがもう一度聞いてくる。

「やっぱり気は変わらない？　だって、誕生日なのに一人で残していきたくないよ」

「だから誕生日じゃねえし、ああ、気は変わらない」

ボーがラッキーにキスをした。公共の場所でだ。ラッキーは人前で甘ったるい真似はしない。駐車場にさっと目を走らせた。よし、目撃者なし。

「じゃあ、また今度会おう」とボーが言った。「ピクニックは正午から五時までで、後片付けを手伝う約束もしてるから。七時くらいにまたここに来てくれるか？」

俺の家に来いよ、という提案を出すのが遅れた。ボーの車は走り去ってしまい、残されたラッキーは自分の家に戻って一人きりで日をつぶすしかなかった。

だらだらと掃除をし、出張にそなえて洗濯をして、正面ポーチに座った。グリッグス夫人の猫たちも一緒だった。

「時々、ボーがわかんなくなんだよな」とその猫たちに愚痴る。返事こそなかったが、ぼってりしたぶち猫が一声鳴いてもっとかけと顎を上げた。

今日、何をしよう？　妹に電話したっていいが、メールのほうが慣れている。妹が仕事中だったらどうする？　忙しくて話せなかったら？　話したくないとか？　子供たちのどちらかが電話口に出たら？　大体、妹の声を聞けたってますます孤独が深まるだけだ。

　前のめりさを悟られないように、わざわざボーの家へ行くのを七時半に遅らせ、ピクニックの残り物にしては上等の夕飯にありついた。作りたてのほうがうまいかもとか、ボーが語り倒している人々と一緒に囲んだほうがうまいかもとか、そんなことは認めてたまるか。ずっと無視してきた相手だってのに、今さら。


　ラッキーは布団から頭を出して鼻をうごめかせた。夢か？　いや違う！　ほらまた！　魅惑の――ベーコンの香りだ！

　目を開けながら、夢から覚めてがっかりするのを覚悟した。だが大丈夫だった、ボーがそこにそびえ立ち、トレイを片手に、裸に笑顔だけをまとって待っていた。濡れた髪がなでつけられていて、シャワーを浴びてきたとわかる。

「起きろよ。ベッドまで朝食を運んできたんだから」

　ボーがサイドテーブルにトレイを置く。

　ラッキーはしゃきっと背をのばし、ボーのもてなしを見た。カリカリに焼かれた、絶対に料理しないとボーが言いきっていた代物。

「俺を試してるのか？」

二つの目玉焼きの隣には全粒粉のパンのトーストとオレンジのスライス、そして彼を誘うベーコン。

「ほほう……お前、裸で料理したんじゃないだろうな？」

「エプロン着けてたよ。それに、違う、試練なんかじゃないって。誕生日だから、大目に見てもいいかって。これは七面鳥のベーコンなんだ。やっぱり塩分過多だけど、豚のよりも発がん性が低い」

またこの話か。

「誕生日じゃねえよ」

「違った？　そうか、じゃあ片付ける」

ボーがトレイに手をのばす。

ラッキーは奪われる前に皿をひっつかんだ。

「これにさわったらぶっ殺す」

「誕生日のお祝いを言っていいかな？　何日か遅れたけど」

ラッキーは皿からボーへ目をやり、また皿を見た。ベーコン。ボーがベーコンを焼いてくれた。

「気がすむならな」

心変わりされないかとこの健康オタクに目を光らせつつ、ラッキーは皿の端に置かれたフォークは使わず、至福のカリカリベーコンを指でつまんで口元に運んだ。

「たまんねえ。セックスより最高かも」

豚肉だろうが七面鳥だろうがどうでもいい——よだれが出そうなこの一品はベーコンの見た目をしてベーコンの匂いをさせているし、ちょこっと想像力で補えばベーコンの味がする。ラッキーはうっとりとベーコン天国に浸った。

ボーが顔を引きつらせ、腕組みした。

ちょっと挑発してみたくなる。

「かも、と言ったんだ。ってか、本物のベーコンならセックスより上かもな。こいつはせいぜいポルノ鑑賞レベルだ。本物を思い出させるし、一時しのぎにはなるが、本物のベーコンの前にはかすんじまう」

ラッキーはフォークで卵の黄身を割り、ぐちゃっとした中味にトーストを浸け、卵とベーコンを乗せて口に放りこんだ。卵と混ざると、ベーコン——であってほしいもの——がさらにそれらしい味に思える。少なくとも代用の大豆ベーコンではないし。あれはぞっとする……。

「ターキーベーコンとポルノなら、どっちがいい?」ボーが自分のペニスを上に向けてしごき、半勃ちにする。「じゃあ、これをお気に入りのポルノ雑誌の一ページだと思って見てろよ。よし、そのまま食いながら、比べてくれ」

ボーがくるりと回って、腰から体を倒す。

ラッキーはトーストのかけらを口から吹いたが、大切なベーコンは死守した。

ボーが大げさに諦めの息をついてみせる。

「ご勝手に。コーヒー淹れてくるよ」

そうしろよ、とラッキーは答えたが、口がいっぱいだったので「ほうひろお」としか出なかった。戻ってきたボーがサイドテーブルにコーヒーを置き、ささっとまた部屋から出て行く。

ラッキーはトーストの切れ端で朝食の残りを拭いとった。また現れたボーは、靴箱サイズの包みを持っていた。けばけばしい赤、白、青の包み紙にはスマイルしているボートや飛行機や列車が散りばめられていて、恋人というより子供向けのプレゼントに見える。それも幼児の。

「こんな包みでごめん。遅くに行ったんでギフトショップがほとんど品切れで。後はこの紙か――」と手で、ニコニコしている乗り物たちを示した。「キティちゃんだけだった」

「いいチョイスだ」とラッキーは答えた。

ボーが彼にプレゼントを？　突然に、誕生日っていうのもそこまで悪くない気がしてきた。

シャーロットと甥っ子からの毎年のバースデーカードを除けば、ちゃんとしたプレゼントをもらうのは――ヴィクター以来だ。ラッキーの気持ちが陰る。彼のマスタングは誰のものになったのだろう？　ヴィクターの逮捕後に押収された高級時計や、もらったほかのプレゼントも。

ヴィクターにもらった指輪やチェーン類を売れば何年も遊び暮らせるはずだった。全部なくしてしまった。

（振り返るな）

ボーが包みをベッドに置き、皿を回収した。

「ほんのちょっとしたものなんだけど。気に入ってくれるとうれしい」

ラッキーはその包みを振ってみた。ボーのプレゼントは何だろう？　レンガか？　めっぽう重い。ビリビリと包みを破くと、中身は白い紙箱で、その蓋を開けると……。

ドラゴン？

箱から出してしげしげと見る。

「へえ……こいつは……そうだな……ええと——」

ボーのうかがうような微笑が消えた。

「気に入らなかったんだ」

「気に入ったさ。てか……」

ドラゴン？

「守護と幸運のお守りなんだよ。中国の龍だ」

「そうなのか」とりあえずボーに驚かされたのは本当だ、ベーコンとこのプレゼントで。「ありがとな、ボー。気に入ったよ。本当だ」

この龍とやらをどうしたらいいのかはわからない。立派な凶器にはなりそうだ、あちこち尖った鉄の塊。刑務所に入っている時にこれがあったら！　もっとゆっくり眠れただろうに。

「金曜に知ったから時間がなくて、特注とか頼めなくて、でもあんたの誕生日だろ――何かあげたかったんだ。今回の任務が終わったらすぐ一緒に出かけよう。俺たち二人だけで、週末いっぱい、何の邪魔もなくすごすんだ。どうかな?」

「別に何もくれなくていいんだぞ」

ボーが皿をサイドテーブルに置き、ベッドに寝そべった。

「それは嫌だよ。大体あんたと違って、俺は誕生日が大好きなんだ。次の九月には俺をちやほやしてくれよ? でも今日はあんたのための日だ。とにかく、仕事に出かけるまではさ」

ボーが体を横倒しにして、ラッキーの耳たぶを口に含む。

「誕生日の思い出を作ってやるから」

「俺の誕生日じゃねえよ」

ラッキーはぼそっと言ったが、くねるように下がったボーにペニスをくわえられて、たちまち気がそれた。ベーコンを食わせてくれて、今度はフェラチオだと?

「このままだと誕生日が大好きになるかも!」と呻いた。

ボーがクスっと笑う。「はいはい、そうだね、ベーコン舌くん」というような呟きがラッキーのペニスをくわえる口から聞こえた気がした。

ラッキーの体はますますベッドに沈みこみ、自然と目がとじる。ボーの頭に手を乗せ、動きを少しばかり誘導した。朝の素敵なブロウジョブに勝るものはない。ベーコンですらかなわない。

ボーがうなり、ラッキーは目を開けると、恋人の口使いを眺めた。スゲェ。とにかく、スゲェ。

「うつ伏せになれ」

ラッキーは命じた。朝のブロウジョブに勝るものがここにあるかもしれない。

ボーが横倒しになって背をしならせ、ミシシッピ川東岸一のそそる尻を上げる。ラッキーはごろりと体を返し、締まったカーブをなで回した。

何てカラダだ。ムキムキすぎず、細すぎもせず、締まった筋肉にそばかすが散らばり、いい具合のほくろがところどころ。片方の尻を揉みあげながらもう片方に優しく歯を立てた。ボーが喘ぎ、尻を押し付けてくる。立派な尻に恵まれただけあって、その場所をいじられるとこいつはすごく燃えるのだ。

ラッキーはざらつく指で滑らかな肌をなで、ハアッと息を吹きかけた。吐息の通り道に鳥肌が立つ。よしよし。手と歯を使いながらボーの肩までたどっていき、そこからまた下へ、夢に住み着いていている双丘まで戻った。両手をそっとのせ、肉を左右に分け、舌でボーの襞をなぞる。ボーが身をよじって呻いた。もう好きにしろ、という意味だと受け取る。

ボーの陰嚢、後孔、その間の部分に思う様集中する。石鹸、雄、欲情の匂いが鼻を満たし、片手をボーの太ももの下にもぐらせてペニスをつかんだ。

「うわ、それいい」とボーが喘ぐ。

ラッキーは唾で濡れた肌を指でなぞり、押しこんで、ボーの筋肉の抵抗を越え、ほんの指先だけ差し入れる。あのオモチャを出せと言ったほうがいいんだろうか？　金曜の続きで。

ボーがのたうち、呻き、うわ言のように言った。

「ああ、挿れて、ラッキー」

今日はオモチャの時間はなしと。

サイドテーブルを誰が動かした？　元からこんなに遠かったか？　ラッキーは引き出しを求めて体をのばした。勢いよく引きすぎて中身を床にばらまく。

「要るものだけ取って、引き出しはほっとけ」とボーが凄み、腰の下に枕をさしこんでいた。

ベッドから半分落ちかけで、ラッキーは箱とチューブをひっつかんだ。コンドームの袋で指がもつれ、二回落っことす。

「おとなしくしろ、こいつ！」

フィルムの袋が一向に破れない。

「貸して」

ボーがやけにあっさり袋を開け、ラテックスの円盤をラッキーに渡した。

ラッキーは記録的なスピードでコンドームを着け、ローションを塗りつけ、甘やかに締め付けてくる快楽の中に沈んでいった。こいつは……おかえり、と迎えられるかのようだ。恍惚の呻きにボーも同じ呻きで答えた。鋭く、幾度か突きこんだ末、ラッキーはボーの尻に腰をぴったり寄せる。かがんで、ボーの肩甲骨の間にキスをした。ラッキーは恋人の胸に力強い腕を回し、体を倒して側位になると、片手をボーのものにかぶせた。

ボーの体に出入りしながら、突き上げと、しごく手のリズムを合わせる。その間にも肩に誘惑されて、張りつめた筋肉に舌を這わせた。

背後のラッキーへ腰を突き出し、貫かれながら、ボーが乱れた息で呻いた。ラッキーはリズムよく突き上げる。ボーの全身がこわばった。

「もう、イく」

予告した。ラッキーは精一杯腰を振り、引いては突く。高い声と荒い喘ぎの和音が流れ、マットレスがきしみ、枕でこもった一連の悪態が続く。

内側がぎゅっと収縮した瞬間、ラッキーは動きを止め、解き放った。どくどくと波があふれ出していく。手がぬらついた。余韻の中で息を整え、ボーを固く胸元に抱きこむ。こいつとだと、こんなに凄いのだ。

そのまま静かに横たわっていた。ボーは自分の胸にのせられているラッキーの腕を指で上下になぞっていた。

「まだベーコンがセックスよりいいと言えるかな？」と聞いてくる。

「かも、って言っただろ」

「じゃ、まだセックスよりベーコンがいいかも?」

ラッキーはぼそぼそと何か呟いた。ボーのほうでいいように解釈するだろう。

「今なんて言った? 聞こえないよ!」

くそう、こいつセコいな? ラッキーはまたぼそぼそ呟く。

「まだ聞こえない」

「わあったよ。セックスは、ベーコンよりいい」

「やっぱりそうだろ。健康にもこっちのほうがいいんだ。さて、空気を壊すのは忍びないけど、そろそろ起きないとね」

ラッキーのペニスがボーの体から抜ける。彼が骨抜きで横たわって体力を回復している間、ボーがサイドテーブルに引き出しを戻した。

ふくらはぎがちくりとして下を向くと、ドラゴンの赤い目と目が合った。仕事以外ではむしろ無頓着と言われるラッキーでも、これと似たような置物がここのリビングにあったのは覚えている。

「ボー?」

「ん?」

「ドラゴンにどんな意味が?」

この重さと大きさなら、もらったやつはドアストッパーにしようか。蹴つまずいて爪先を痛めるのがオチか。

「言っただろ。守護だよ」

「ああ、だがお前のリビングに並んでるのはどうしてだ？」

ボーはベッドの縁に座ってラッキーを見下ろした。焦げ茶色の目は真剣だった。

「うちの親父との間に何があったか、話したのは覚えてるよな？」

「あー、まあな？」

「俺がベッドで眠れなかったことも？」

「あー、まあな」

「叔母さんのところに引き取られてから、俺はよくうなされて叔母さんを起こしちゃってさ。そしたらガーゴイルの置物を買ってくれて。大聖堂では昔から魔除けとして飾られてたんだって教えてくれた。その年のクリスマスに、弟からも中国の龍の置物をもらって。それからずっと集めてるんだ」

「ドラゴンとガーゴイルを？」

「これまでに色々増えたね。コイン、お守り。大体は叔母さんと弟がくれたやつ」

そうなのか。

「効き目は？」

「寂しくはないよね」

「一人でいるのが嫌なのか?」

「質問はここまで、支度しよう。俺たちは今日中にアンダーソンに着いて準備をしないと」

「お互いをもっとよく知るべきだって言ってたろ?」

「また今度ね。さ、起きてシャワーだ。俺は荷作りもしないと」

嘘つきが。ボーの荷物は荷作りを済ませて寝室のドアのところに置かれている。どうしていきなり一人になろうとする? 一人でいるのがあまり好きでもなさそうなのに。


「ほら、これ少し持っていけば」

ボーがポテトサラダや豆、残り物のキノコを詰めたタッパーをいくつも小さなクーラーボックスに入れた。

ラッキーとしては、まだあと何日かかけてこれまで気にしてこなかったあれこれを知りたいし、ボーがどうして、一人でいるのが嫌かという質問を避けるのか知りたい。あと何時間か経てば、二人は振り出し地点に戻って、同僚になる。しかも今回はお互い知らないふりをするのだ。

ボーが自分のスーツケースをリビングへ持ってきた。あのゴムのディルドーを入れてるかもしれない。そんなよこしまな予感に反応した自分のモノの位置を、ラッキーは直した。だがそ

ういえばさっき引き出しが落ちた時にあのディルドーを見ていない——気にしてたわけじゃな
いが。しかしこれからはこの男を見るたびに、金曜の夜の乱れまくったところを思い浮かべてしまいそうだ。

ため息をつき、腕時計をにらんだ。もう一ラウンドできるくらいの時間があれば。できたらボーのオモチャをまた使って、こいつに火をつけるものがほかにもないかお話し合いといきたかった。

「逃げ出すわけじゃねえが」ラッキーは一言一句、本心から告げた。「家に帰らないとならねえ。準備があるし」

ああ、昨夜ダッフルバッグ持参でくればよかった。

「わかったよ。クーラーボックスは俺が持ってくから、オフィスで合流して車をもらおう」

日の光の中で見るボーは内気そうで、遠慮がちだった。局のピクニックに参加しなかったり誕生日のことを伝えなかったラッキーをまだ怒っているのだろうか？　背中側から近づき、ラッキーはボーの腰に両手を回した。嫌な空気で別れたくはない。

「お前はマジでそそるよな」と首筋に唇を這わせる。

「本当に？」

ボーがラッキーの腕に体重を寄りかからせ、ほっとした息をついた。

「本当さ。チャンスがあり次第、ほかにどんな隠れた顔があるのか、じっくり探してやるからな」

ボーの背中を挨拶がわりにポンと叩いて、ラッキーはコーヒーテーブルの上からプレゼントを回収し、ドアへ向かった。振り向いたらきっと帰れなくなってしまう。

8

ラッキーとボーは、日曜礼拝にでも行こうかというようなよそゆきの格好の若い女性に案内されて駐車場を歩いていった。

「この車をどうぞ」彼女がラッキーにキーのセットを渡す。「こちらにサインを」

ちょっと待て、ふざけてんのか？　どんな神経のヤツがわざわざ鳥の糞みたいな緑色に車を塗りやがったのか。それも昔からありがちな緑グソ色ではなく、じつに胸糞悪い、暗がりで光るタイプの緑グソ色ときた。ロードアイランドレッド種のニワトリに蛍光色のコーンでも食わせたようなクソ色。

ポン引き御用達という感じのシボレー・マリブをにらみつけ、ラッキーはクリップボードの書類にサインを書き殴った。ホイールを試しにはじく。スピナーホイールだあ？　こんな馬鹿みたいな車に誰が乗ってたんだ。

「派手なふわふわダイスを吊り下げて売春婦の一人でも乗っけときゃ完璧だね。こんな代物しかねえのか?」

「そうなの」女が上辺だけの甘ったるさで返す。「前はちゃんとしたマツダ車があったけど、誰かさんが去年スクラップにしちゃったからねえ」

「いやちょっと待ちやがれ!　あれは——」

「この車で結構」

ボーがラッキーの言葉をさえぎった。

「あら、それは彼の車だから。あなたの車はこっち」

カツカツと、信じられない高さのヒールで柱を回りこみ、ラッキーとボーを従えて移動すると、彼女は新型のアキュラRDXのキーをボーに渡した。

「この車は大事にしてくださいね。押収品で、来月にはオークションにかけられるので」

ボーが点線の上にサインをする。ラッキーよりはるかに乗り気だ。

「どうして俺のはクズ車で、こいつにはアキュラなんだ?」

ラッキーは深いワインレッドのSUVを指さした。

「彼は病院のお偉いさん。あなたは冷や飯食いの荷物係。ほかにご質問は?」

彼女は栗色の髪を一筋さっと払い、にこやかにボーに微笑みかけてから、つかつかと歩き去っていった。

「何をして怒らせたんだ?」とボーが聞きながらラッキーの車まで先に立つ。

「あんな女、見たこともねえぞ。新人か?」

「ジュディが? 一年くらい前からいるよ。あの態度からして、どこかでやらかしたんだろ。あんたのことをあまり好きじゃないみたいだった」

ラッキーはボーを鋭く見た。

「ジュディだと? スタッフとも仲良しってわけか?」

ボーの眉が上がり、口の端が下へ曲がった。

「任務に行く時、車が要るだろ。ジュディが手配してくれる。彼女とリサで、俺がいない間はサボテンの面倒を見てくれるんだ。そうだよ、彼女の名前はジュディ、二十七歳で、二歳の娘がいて、野球はブレーブスのファン。こういうの、世間話って言うんだよ。相手と話して色々聞く。あんただって昨日のピクニックに来てればこれくらい聞けたはずだ」

どうしてラッキー以外の世の中は、周囲の人間のことを気にするのだろう? ラッキーはほかの人間が何をしてようがどうでもいい。とにかく、大体いつもは。

ボーが靴先でポン引き仕様車のホイールをつついた。

「確かに、見た目はちょっとあれかな?」

返事をする必要は感じなかった。そこでラッキーは車のトランクを開けると、自分のカマロで運んできた二つのダッフルバッグを積み込み、その間にボーはルイ・ヴィトンの旅行鞄をアキュラに運んだ。夕食入りのクーラーボックスは助手席に鎮座している。ノートパソコン入りのバックパックと一緒に。

荷物を置き終えると、ボーがそばに立っていた。

「ちょっと寄って俺の住むところを見てく気はない？」と聞かれる。

「そうしたいがな、部屋に落ちつく頃にゃもう寝る時間だろ。俺もお前も、明日は朝からだ」

このままグズグズ一緒にいても仕方ないし、初日から正体がバレるようなリスクを冒す必要もない。

二人の目が合い、視線が絡んだ。こういう時、何を言えばいい？『気をつけてな。暇を見て一発ヤろうぜ』か。それとも『じゃあなハニー、ごきげんよう』とか？

結局、「達者でな」とだけ絞り出した。

「そっちもね」とボーが返す。

ボーと拳を合わせてから、ラッキーはマリブに乗りこんだ。ボーの車を追って駐車場から出る間、バックミラーで自分の顔を眺める。

「達者でな、だと？　ダセェな俺」

「はあああ？　地獄に落ちやがれ」

ラッキーはアパートの建物を見上げ、もう一度住所を確認した。そう、ここだ。そりゃそう気取れるほどの育ちじゃないが、実家の農場の家でもこのオンボロアパートの百倍はマシだ。

入り口の前には、青いデニムを履いただけの格好のガリガリの二十代の男が、折りたたみ椅子にだらりともたれて座っていた。ラッキーは身震いする。シャツぐらい着ろってんだ。確かにここはサウスカロライナだが、四月の陽気はそこまでのどかじゃない。しかも日陰だ。

ラッキーはダッフルバッグを二つとも片方の肩に担ぐと、クーラーボックスとバックパックをつかんで一度に持ち出した。戻るまでマリブがあるとは限らないからだ。あまり治安がいい地域じゃなさそうだった。三時間も渋滞に苦しめられた後なので、かまっちゃいられないが。この不細工な車なんか元の持ち主にこっそり盗み返されりゃいいのだ。

「エレベーターはどっちだ？」

ラッキーは気温十五度の中で半裸をさらす男に聞いた。そう悪いカラダじゃなかったが。ボーの肉体にはかなわないが、ベッドを温めるお相手には困らないレベル。

シャツなし男は笑い声を上げた。

「エレベーター？　ここがリッツだと思ってんのか？　階段ならあっちだぜ」と建物の入り口を指でさす。

荷物だらけのラッキーはのろのろと七階分の階段を上った。

「ゴミみてえな仕事、ゴミみてえなアパート、ここを見つけてきた奴の頭もゴミだ。クズ鉄のマリブをよこしやがったあの女か？」

行く手をさっとゴキブリがよぎる。くそったれが！　こんな地獄には、そりゃ当然こいつらが住んでるに決まってる。階段にいるからには、部屋への侵入を遠慮しているなんて期待するだけ無駄だろう。あー最高。

７Ｃの部屋のドアを押し開けるのに少し手間取った。荷物をドサッと置いてせっせと部屋の中を回り、明かりをつけて足が多めの侵入者たちを追い出す。狭苦しいリビングを確認し、ままごとサイズの寝室をのぞき、体の向きを変えるのがやっとのバスルームを見た。最後はリビングにつながるキッチンで、むしろクローゼットくらいの空間に冷蔵庫とコンロが押しこまれていた。逃げ出す生き物はいなかったが、キッチンシンクの下に設置されたネズミ捕りを見る限り、害虫害獣と無縁の暮らしは送れそうにない。

どこかのリサイクルショップからくすねてきたみたいな家具だが、そこそこ暮らせそうではある。ラッキーは仕事用の携帯を取り出すとウォルターに到着報告を入れた。それをこなしてから、私用携帯でボーにメッセージを送る。〈うちよりマシな部屋だといいな〉

電子レンジが見当たらないので、持ってきた豆とキノコをガス台のオーブンで温め、冷たすぎる豆と熱すぎるキノコの、食べられないこともない夕食をもごもごと食べた。携帯電話の通知にとび上がる。飯は忘れ去られ、リビングに駆けこんで画面を読んだ。

〈問題ない。一緒ならいいのにな〉

俺もそう思う――ラッキーは手にした携帯電話に微笑みかけた自分にぎょっとした。何やってんだ。脳ミソがぶっ飛ぶくらい気持ちいいセックスを何回かしたくらいで、恋愛脳のガキみたいなことを。まあ、何回かどころじゃないか。

ノートパソコンを立ち上げ、ネット接続の電波が入ることに、ネットの神へ感謝を捧げる。

さて……どう言うか。三回、下書きを没った。四つ目はややマシ。

〈シャー、相手との関係がヤバくなりそうだって、どうやってわかるんだ?〉

バッグから物を出したり片付けていた数分後、パソコンの前に戻ると答えが来ていた。

〈彼の歯ブラシが家にある? 二人のどっちかが相手のために料理をしたことはある? 彼は兄さんにとっての唯一、それともまだほかとも遊んでる?

歯ブラシ+料理+相手だけ=〝関係〟って初めて言えるの〉

シャーロットからの返事を三回読み返し、ラッキーはその方程式を脳内で少し組み替えた。

〝歯ブラシ+ボーの料理+相手だけ=めんどくさい〟。

目をとじる。記憶の中で、ボーの鍛えられた尻にチラチラとキャンドルの灯が踊った。ボーには、めんどくさいだけの価値があるかもしれない。ま、絶対言わねえが。

ボロアパートの前の通りに置いたマリブは朝になっても無事そこにいた。ただし、ホイールとタイヤは無事ではなかった。

「昨日の今日で、俺に車担当へ連絡させるようなヤツは地獄の中の地獄に落ちろ」

ラッキーは歯をむき出した。ボーに丸投げしてやろうか、あの女と仲が良さそうだったし。

どうやらシャツを持ってないらしい昨日と同じ男が、入り口の前に座っていた。

「盗ったヤツを見たか？」

「いんや」

「だと思ったよ」

ろくでもない一日の始まりになったので、ラッキーはブロックの上にのっけられている車をそのままにしてタクシーを呼んだ。この地獄から別の地獄行き――九時から五時の労働地獄へ。タイヤ泥棒についてはウォルターにメールしておいた。そっちで何とかしやがれ。


「おーい！　レジー！　こっちだ！」

レジー、こっちだ。壊れたレコードみたいにそればっかり言いやがって。ラッキーは小走りに同僚へ向かった。俺の耳から吹き上がる煙でそろそろ火炎報知器が鳴るんじゃないか？

ずんぐりむっくりの、酒も飲めないようなガキに見えるニキビ面のサミーが、クリップボードを配送車のドアにもたれている男へ手渡した。その運転手がタカのような目を光らせる中、ラッキーとサミーは灰色の、何ともありがちな荷物を車から下ろす。規制薬物の輸送に使われるような二重封印の荷物はない。

それらの授かり物をカートに積み込む。運輸管理の女が小さなオフィスから出てきて荷物から伝票を剝ぎ取り、受領の入力をして、伝票をラッキーへ返した。

「それを薬局に持ってけ」

サミーは新人を顎でこき使うのが趣味らしい。

ラッキーは笑みを押しつぶした。彼の靴下（の大体）より年期の浅そうな若い上司に、やる気なんか見せるのはよくない。ラッキーがどれほど病院内に入って相棒を一目見たいと思っているか知られたが最後、地下から出してもらえなくなるかもしれないのだ。

エレベーターで二階へ上がり、長身の茶髪を目で探しながら薬局までカートを押していった。

「うちのかな？」

活力みなぎる女性が、ＩＤバッジをスキャンして入ってきたラッキーへたずねた。病院のほかのエリアに入るにも同じようにしなくてはならない。要塞顔負けのセキュリティ。さすがだ。

「ダンバースさんは？」とラッキーは伝票の名前を読み上げた。

ハゲた男がやってくる。前にフロリダのペイン・クリニックでボーが薬剤師に化けていた時と同じような白衣を着ていた。その服とほぼ同じくらい顔も白い。こいつは屋外に時々出ることすら禁じられているのか？

「ミスター・ダンバースはこんな下々のところにはおいでにならないよ」その薬剤師が嫌味っぽく言った。「よっぽどでなきゃ、宮殿からは下りてこないんだ」

「宮殿？」

「四階のこと」

さっきの女性が補足してくれる。そのピンク色のスモックは、ボーによる薬局の階級制の説明によれば、調剤技師だろう。薬剤師は白を着るが、技師は着ない。

「あの人は購買主任で、あまりここには下りてこないの」

薬剤師が鼻で笑った。「もう二度とココにはツラを出さなくなるかもな。あそこに新しく入った助手、見たか？」

「見たわよ。あんたのかわりに彼と一緒に働けるなら、私は絶対遅刻しないわね。トラックでも止められそうなカラダだった」

女がニコッとすると褐色の肌にきらめく白い歯が映えた。ラッキーはこの二人の首根っこをつかんで頭をカチ合わせてやりたくなる。彼女がさらに付け足したので、少しだけ評価が上がった。

「でもダンバースはストレートすぎるから、あのイケメンにも気がつかないでしょうねえ。私なら、どんな色のどんなタイプの神の創造物でも愛でてあげるのに」

「ハニー、昔の俺なら、あのイカした男をこの指一本でメロメロにしたもんさ」

薬剤師が派手なサインをして荷物を受け取り、ふらりと遠ざかった。ほかに二人の薬剤師と調剤技師が一人、カウンターの後ろにひしめいている。

この妄想野郎が、クズめ。

「あの人は気にしないで、害はないから」女が言った。「私はアヴァよ、あの人はマーティン」とそのマーティンを親指で示す。

「俺はレジーだ。今日から入った」

レジー。けっ！

「よろしくね、レジー。あんまり下でサミーに好き勝手やらせちゃダメよ。彼は自分をとにかく大物に見せたがるのよ、この言い方で伝わればいいけど。ガツンと言ってやって。そうすれば引き下がる」

脇腹を空想上のボーの肘がつついて『お行儀！』と耳打ちしてくるのを感じながら、ラッキーは少しだけ心のこもった返事をした。

「ありがとう」

「いいのよ。じゃ、これで。シリンジに薬入れてこないと」

時間は少しずつすぎていく。ラッキーは荷物を運んで薬局へ、厨房へ、あるいは庶務へと往復した。

午後五時に退勤する。ボーは何時上がりだ？　携帯電話にメッセージが届いていた。

〈卸売の営業と夕食。また今度〉

くそう。今夜もひとり寝か。ボーはもう何か情報をつかんだのか？　夕食会ってどんなやつなのか。ラッキーも行って物事に目を光らせておくほうがいいのかもしれないが――それだけが行きたい理由か？　と良心が聞いてくる。

どこかのカスがボーとワイン飲みながら夕食の間、ラッキーは中華のテイクアウトを頬張り、狭いアパートのカウチから動かない。ドゥン、ドゥン、ドゥンと、隣の部屋からの音で壁が揺れた。「おい！　ボリュームを下げろ！」と怒鳴ってラッキーは壁を叩いた。

音量は下がった、十分後にまた大きくなった。「低脳が」ラッキーは膝の上にノートパソコンを乗せる。ウォルターからもボーからもメールはなし。シャーロットからもなし。またもや忌々しい職場イベントのお知らせ。ＦＤＡのウェブサイトでは二つの薬が品薄のリストに追加、リストから外れた薬はなし。

ラッキーはため息をついた。ヴィクターのところにいた頃なら、とっとと国境まで行ってくれば、この病院が数週間使うくらいの薬なんか簡単に手に入ったものだ。ＦＤＡの承認は受けてないやつだが、入手はできた。

営業マンはボーをどこにつれてったんだろう？　ピザ屋？　それとも布のナプキンやクリスタルのゴブレットがあるような小洒落た店か？　いつもボーが行きたがるがラッキーが断るタ

イプの店。営業屋は口うるさいおっさんか、大学出たてのどこかのボンボンか？　うれしそうなボーが、ペラッペラな薬売りの世辞で笑っているところを想像する。

多分、ついて行かなくてよかったんだろう。そこにいたら、営業野郎が意味ありげな目つきでボーを見た瞬間にその顔を粉々にしていたかもしれない。どうせ行きたくたって行けないが。彼の車はブロックにのっけられたまま、どこかの経理担当者が保険やら書類手続きやらと格闘中だ。しかも車がアレではもう一台貸せと言っても通るまい。もうタクシーでいい。

することもないのでベッドにもぐりこんだ。ごろごろと寝返りを打つ。

目をとじた次の瞬間、ドカン！　と隣で音がして、ぎょっと起きた。覚醒剤ラボの爆発か？　クンクン嗅ぐ。煙なし。消防のサイレンなし。ベッドサイドのランプをつけてウォルターにメールを送った。

〈令状持ってきて俺の隣をとっつかまえてくれよ〉

9

「これで全部か？」

サミーが配送車の後部をのぞきこんだ。

「三箱だよ」とドライバーがバンのドアのそばに置かれた発泡スチロールの保冷箱を指す。

運輸管理係が荷物を記録してオフィスに戻っていった。働き出して二日になるが、ラッキーはまだこの女の声を聞いたことがない。

「くッそ」サミーが保冷箱をカートにのせた。「レジー、こいつを薬局に持ってけ。がっかりされるけどな。いつもの半分しかねえ」

ラッキーはエレベーターで上がりながら箱を見つめた。中身が何であれ、三箱というのは二百床ある小児がん専門病院には少なすぎるようだ。

ドアが開き、見慣れた焦げ茶頭が見えて、ラッキーの息がつまった。ボーだ。顔のいい年上の男が、ボーの腰に手を当てて会議室からつれ出したところだった。

ボーはうなだれて髪をかき混ぜた。ラッキーは己の保護欲を押しつぶす。ズカズカ迫って男の手を払いのけ「どういうつもりだ」と問いただすのは、潜入捜査のマナーではない。

何人かがボーに続いて出てきた。誰の顔にも、笑顔どころかそのかけらもない。

女がボーとラッキーの間に入る。彼女が通り過ぎると、ラッキーはボーとまともに目を合わせていた。一瞬、見つめ合ってから、先にボーが誰かに話しかけられて横を向いた。グループに混ざってラッキーの前をすぎ、廊下を去っていく。一体何があった？　誰か死んだか？

その日ずっと、ボーのことが頭から離れなかった。夜になってタクシーでアパートまで戻ると〈〝帰る〟とは言いたくない〉新しいタイヤと新しいプラスチックのホイールが付いたまったく同じマリブが停められていた。

コンロで缶入りスープを温めながら、ラッキーは私用の携帯電話を確認する。ボーからのメッセージ。〈そっちに行く〉

ラッキーはシャワーを浴び、ひげを剃った。九時まで待ったところで、隣室からのやかましい音楽を貫いてノックの音が響く。ドアを開けると、ボーにぐいとつかまれ、ラッキーの息が奪われた。

「なんだここ、ひどいね！」

ラッキーはボーを中へ入れる。「車、道に停めてねえだろうな？」

「冗談だろ、こんなところで？　まさか、タクシーで来たよ。なかなか見つからなかったし、着いても運転手から『本当にここでいいのか』って四回も聞かれたよ」

ボーが袖で目を拭った。

「どうした、ボー！　何があった？」

ラッキーはボーを奥へつれていくと、キッチンに走ってペーパータオルをいくつか引っ付かんだ。ボーがぐったりとカウチに沈みこむ。

ラッキーはその隣にドサッと座りこんだ。

「ほら話せ。何が起きてる」

渡されたペーパータオルで、ボーが顔をこすった。

「こんなことになってるなんて全然知らなかった。思ってたよりずっとひどいんだよ」

「どういうことだ？」

まだヘマをしたってことはないだろう。任務について二日だ。

「今日、俺は会議に出て、医者や看護師に向けて、正規の業者からはいくら払っても必要な薬が入手できないって説明したんだ。すると皆は、患者一人ずつについて、わずかな手持ちの薬をどう分けるか、効果の低い薬を誰に投与するか、薬を一切使わずにすませるのは誰か、決めはじめたんだ」

ボーは拳を握って太ももに打ちつけた。

「子供たちの話だよ。ラッキー、罪のない命のことだ。なのに戦場の兵士みたいに優先付け《トリアージ》して分配している。国内トップクラスのがんセンターなのに、患者の苦しみをやわらげるどころか、命を救う薬すら足りない。足りてないんだ。子供たちに必要な分を与えようにも、全然そんな量がない」

澄んだ滴がボーの睫毛で小さくきらめいた。ラッキーの肩にぐったりもたれかかる。

「病院がモルヒネさえ手に入らないなんて、どうなってしまったんだ？」

「昨日会った営業屋はどうだったんだ？　うまくいかなかったのか？」

ラッキーは相棒の体に腕を回した。ボーの身震いが二人ともを揺さぶる。

「時間稼ぎだよ。卸売業者の営業マンだ。会社はうちの病院との取引を切られたくないけど、何を注文したところで待機リストに回される。メーカーにじかに電話してもどうにもならない。向こうだっていつ設備が復旧してフル生産できるかわからないんだから」

ラッキーはぎこちなくボーの腕をポンポンと叩いた。シャーロットなら、泣いてる相手にいつもぴったりの言葉をかけられた。一家の中で彼女が癒しの遺伝子を受け継ぎ、ひねくれ屋の遺伝子はすべてラッキーのところに回ってきたのだ。黙ったままボーを抱いて、背中を丸くさすってやった。

「午後からずっと悩んでるのに、どうやれば解決できるのか、これっぽっちも浮かばない」

ボーがため息をつく。

こいつは。個人的感情と仕事の間にしっかり線を引く時間だ。

「それを解決するのはお前の仕事じゃない。お前の仕事は、怪しい取引をしようとする奴を止めることだ」

「怪しい取引? 怪しい取引! あの子たちに生きるチャンスを与えるためなら俺だってどんな取引でもするよ! でも院長が頑として許さない!」

そんな取引をしたせいでラッキーによって牢屋に放りこまれた人間がどれだけいたか、それを持ち出すタイミングじゃなさそうだ。動機がいかに高尚だろうが、法は法であって、妥協の余地はないのだ。

「心に隙がある時にそういうもんに飛びつくと……マトモな物が買えるかもしれないが、毒をつかまされることもある。ギャンブルだ。院長はそれをわかってて決断したんだろ」

ドゥン、ドゥンという振動がリビング全体を揺らす。

「何だこれ、ラッキー！　隣はいつもこんなやかましいのか？」

「まあな」

ウォルターから口酸っぱく「潜入捜査中は目立つな」と言い含められていなければ、クローゼットの38口径を出してきて隣室のステレオを蜂の巣にしているところだ。

「お前、何か食ってきたか？」

「腹は減ってないよ。ベッドに行かないか？　疲れる日だったしもう寝たいんだよ。お隣のアルマゲドン騒ぎの中で眠れるもんならね。でも言っとくけど、俺は眠りたいだけだ」

ラッキーはリビングの明かりを消し、ドアの鍵を閉め、壁をドンドン殴って薄っぺらい壁の向こうに怒鳴った。

「いい加減静かにしやがれ！」

むしろ隣からの音楽はでかくなった。マリファナの匂いでもしてくりゃ一時間で令状を頂いてくるんだが。いや……いけるか？　さっき隣からした料理の匂いは少しばかり……ハーブっぽかったような。

「ラッキー？　来ないのか？」

　ボーが寝室からわめく。

「行くよ。今夜はイケそうにねえけどな」というラッキーの呟きは音楽のリズムにかき消された。

　服を脱いでベッドにもぐりこむ。ボーがしがみついてきて、ラッキーの肩に指を食いこませた。数分後、その指が少しずつゆるみ、ボーの息もおだやかになっていった。

　ラッキーは天井を見つめていた。どこにあるかわかっていれば、ボーが必要としている薬を喜んでかすめ取ってくるのだが。


　午前五時五十三分、ラッキーは自分のアパートとは別世界のマンションの駐車場に車を停めた。

「お前こんなとこに住んでんのか？」

　犯罪者もまだ起き出さないような時間。タイヤが一晩無事だったのもそのおかげだろう。

「今のところ」それが車に乗りこんで以来、初めてボーが発した言葉だった。「なあ。よかったら、ここに住んでもいいよ」

　ラッキーは清潔なマンションを見上げた。エレベーターもちゃんと動くだろう。三階までしかない建物だが。

「お前がスラムを見物しに来ても誰も文句は言わねえが、ここじゃポン引きの車が一晩停まってたり俺がうろついてたら誰かが窓から見てるだろうよ」そしてきっと通報される。「危険すぎる」

　そうでなきゃとうに押しかけてるところだ。

「俺がここにいる間、あんたがあそこに住んでるのは落ちつかないよ」

　ボーが車のドアを開けて外に出る。

「俺が住んでるわけじゃねえよ。とある低賃金の男が住んでるだけだ」

「上がってってコーヒーでも……それか」

　大きな茶色い目はすがるようだった。

　もしラッキーがボーの部屋に上がれば、きっと二度と去らないだろう。人の部屋にいるのは苦手だが、選択肢が今の仮住まいかボーの部屋なら、迷わずボーのところを選ぶ。

　全身の力を振り絞って、やっと言った。

「また今度な」

　開いた車のドアごしに、二人はしばらく見つめ合っていた。

「そうか。ならいい。また、仕事場で」

「ボー?」

「ん?」

「これはただの仕事だ。それを忘れるな」

自制心が尽きてコーヒーの誘いに応じてしまう前に、ラッキーは道に立つボーを置き去りにした。


クソが、あれが会える最後だと知ってりゃ誘いにノッたのに。

ラッキーは携帯電話のメッセージをにらみつける。〈残業。行けない〉

アパートの部屋に座って、これ以上限界なら上司のウォルターの声に慰めを得ようとしてしまいそうだ。終わりのない低いビートに窓がガタついた。今夜眠ろうとするなら、バカ強い睡眠薬が要る。それかボーが。

運転でちょっとは気がまぎれるだろうか。ラッキーはレザージャケットの前をしめて野球帽をかぶり、部屋を出た。ネズミサイズのゴキブリが、隣の部屋のドアの下から出てきて廊下を走った。ラッキーは片足を上げる。

その足をゆっくり下ろして、虫を見逃してやった。哀れな奴だ、７Ｂの部屋にいたなら、これ以上の責め苦は必要ない。

この地獄界隈でもとびきり不細工なマリブが下に停まっていた。くそう、まだある。グローブボックスをあさってｉＰｏｄのアタッチメントを見つける――隣人が四六時中流すクズ音楽からの救いがここにあった。パッヘルベルのカノンで心を癒される。

　クレムソン通りの交通量は日が沈んでも減っていなかった。すぐにラッキーは、この通りが嫌いな理由を思い出す。どんな時間に出ても、すべての赤信号に引っかかるのだ。出発、何メートルか前進、停止、病院の入り口までそのくり返し。

　夜のこの時間には病院の建物はいつも以上に物々しく見え、ほとんどの窓に明かりがともり、前庭のでかい紫のカバにスポットライトが当たっていた。

　ぐるりと建物を回りこんで、従業員用の駐車場へ向かう。そこに、ボーの高級SUVが停まっていた。ラッキーはその向こうへ視線をやる。管理職のオフィスは最上階だ。どれがボーの部屋だ？　窓の一つが薄ぼんやり光っているだけで、仕事に十分な光量には見えない。明かりを消して部屋にいるなんてことがあるか？

　ボーの新しい上役は、どう見てもこれまでの人生でぶちのめされたこともなさそうだし、高級そうなスーツと美容院でセットされた髪型で、ああいう奴こそ信用ならないとわかってなければ魅力的かもしれない。あの、エヴィだかエヴァだったかという女はボーの上司を「ストレート」と言ってたが、裏の顔を隠している男なんかこのダンバースの前にも山といるのだし。

　ダンバースのBMWが見当たらないからって、この辺にいないとも言い切れない。あの男の何かがラッキーの〝クソ野郎警報〟に引っかかっていて、きっと後ろ暗いネタがぞろぞろ隠れてるに違いないのだ。クソを知るのは同じクソ同士？　とラッキーの良心がなだめてくる。邪魔くさい良心だ。こいつを麻痺させて何年もうまくやってきたのに、今さら元気に復活してきて居座っている。良心なんか役立たずだ。こんなもん誰がほしい？

ふっと会話のかけらがよみがえってくる。ボーが、処方薬の誘惑に屈しそうになったという告白。この病院のどこかで、ボーには今、ガツンと言ってやれる誰かが必要なのか？　くそ、取り越し苦労ならいいんだが。

ラッキーは携帯電話をポケットから引っ張り出した。簡潔に、直接聞けばいいことだ。ボーが答えればそれでこの話にはケリがつく——ボーが正直に答えれば。

かわりにラッキーはメッセージを送った。

〈夕飯に食いたいもんは？〉

古い暗号。〝我慢できてるか〟の。

ボーがあのイケオジのダンバースとどこかでプロレス中なら、返事が来るわけがない。数秒して携帯の通知音が鳴り、ラッキーの息が楽になった。返事が表示される。

〈あんただ。明日の夜〉

ラッキーは安心して自分のアパートに戻り、一晩中の隣室ライブの中でも数時間眠った。薬局で買ってきた耳栓に感謝だ。

「今夜は来んだろ？」

ため息と長い沈黙が返ってきたので、今夜は右手とデートでストレス解消になりそうだとわかった。ラッキーは肩と耳で携帯電話をはさんで、パンにピーナツバターを塗り付けた。『疲れてるから』ボーの口調には生気がなかった。『部屋に帰ってサラダが何か食べて寝るよ。うちの課の〝接触禁止〟リストにあるメーカーの名前をメールで送っておいたよ』

ロザリオ小児がんセンターで働き出して四日、セックスレスも四日。

「そうか？　よければ俺がそっちに行こうか」

『いや大丈夫だから』妙に急いで答えた。『もう遅いし、そっちも寝ないと』

そんなんでごまかせるとでも思うのか？　ラッキーもボーも、相手なしではろくに眠れないのに。セックスでつながる関係っていうのはよく聞くが、彼とボーは文字どおり〝二人で寝る〟関係だ。

ボーだっていきなりの変化でもなければ、ラッキー以上に一人きりではうまく眠れないはずだ。病院で何をしてそんなに疲れ果てている？　ボーの言い分なんかラッキーはかけらも信じていなかった。熟練の嘘つきである彼からすると、ボーのような初心者なんて片手間でも見破れる。もしボーがこの任務のプレッシャーに耐えられないのなら、ラッキーは彼を外してアトランタに送り返すだけだ。

『明日は行くよ。約束だ』あくび混じりにボーが言った。『おやすみ』

一人の夜が決定したので、ラッキーはサンドイッチをつまみながら、病院と定期的に取引している正規の薬品会社のリストを調べて時間をつぶした。五年前にＦＤＡから勧告を受けて是正された一件を除けば、きれいなものだ。

次に、ボーが仕事場の〝接触禁止〟リストから送ってきた名前を調べる。いくつもの覆いを引っぺがしてオーナー、従業員、とにかく何か気になる人物を拾っていく。一件、ニュージャージー州で偽の避妊具を売って業務許可を取り消されていたところがあった。そのオーナーはさっさとケンタッキー州に会社を移して社名を変更した。

ラッキーは局の法律部門にメールをとばし、ニュージャージー州とケンタッキー州の法律を問い合わせた。州によっては身元確認をしっかり行うが、一部では人手不足でそこまでやらない。そこに悪徳業者がつけこむというわけだ。この感じだとケンタッキー州の会社もすぐ業務停止になるだろう。

思考は落ちつきなくさまよい、毎回ボーのことに戻っていく。ラッキーは上着をひっつかんで部屋を出た。

クレムソン通りの渋滞のいいところは——ラッキーにとって唯一の利点は、カタツムリのごとくのろい進みのおかげで通りの店に詳しくなるところだ。数日前に目をつけたイタリアンレストランに寄った。ボーはレタスの葉っぱ数枚とキュウリのスライスだけでなく、もっと食わないと。大好物のナスのパルミジャーナで食欲が出ないなら、どれでも無理だ。

三十分後、マリブの車内にはテイクアウトからのスパイスとトマトソースの香りが立ちこめていた。ラッキーはボーのマンションに車で向かう。ヤバい、どの部屋だ。

　仕事用の携帯を少しいじるとその答えが出てきた。車内で待ち、ボーがもうじき帰ってくるだろうと見込む。十五分が経ち、三十分が経った。

　一時間で諦めると、ラッキーは病院へ車を走らせた。ボーのＳＵＶが駐車場に停まっている。最上階に明かりのついた部屋はない。くそう。小児病院の中で何かがボーの気を引いて、ラッキーはそれに負けたのだ。諦めてアパートに帰った。

「やるよ」と、アパートの前に座っている男の手にボーの飯を押し付ける。自分の部屋に戻る前に、隣の部屋に近づいた。

　やかましい音楽の中、しばらくドンドンとドアを叩いて、やっと中の注意が引けた。ドアを開けたのは、ブルーデニムに、かつては白かったらしい染みだらけのランニングシャツを着た男だった。

「ああ？　何か用か？」

　口から煙草を垂れ下げて、血走った目でラッキーをにらむ。どう見ても二日酔いなのにこの轟音に耐えられるのはどういうわけだ？　息からは何日かぶんのジャックダニエルの匂いがした。

「音を下げてくれと、礼儀正しく頼んでるところだ」

「知るかよ。こっちは家賃払ってんだ。好きなようにするぜ」

　ラッキーの目の前でドアを叩きつけて閉める。すぐに、音量は耳が痛むほど上がった。

偽の身分を守る必要がなければ、ラッキーの名が明日の朝刊に重大な傷害の犯人として載るところだ。かわりに、彼は大股で一階に戻り、いつもの椅子に座って指についたトマトソースを舐めているシャツなし男へ向かった。

「ブレーカーがどこにあるか知ってるか？」

「おいおい、何企んでるか知らねえけど、俺は……」

ラッキーはしゃがみこんで男と目を合わせた。

「あんたには飯を食わせてやったし、俺はもうグダグダ言い合いする気分じゃない。どうする、ブレーカーの場所を教えるか？」

自分の内側にいる殺人鬼の顔をとっくり拝ませてやった。

「おいおい、わかったよ、落ちつけって。ブレーカーだろ、知ってるよ」

男は立ち上がると、腰からずり落ちそうなオーバーサイズのデニムのポケットから世界一バカでかい鍵束を出した。

「こっちだ」

「あんた管理人だったのか」

「しーっ。言うなよ。皆が、ここをどうにかしろって頼みにくると困るだろ」

共犯者っぽくニヤッとラッキーへ笑いかける。

ラッキーは首で「行け」という合図をした。

男が地下へ向かうと、いくつか鍵を間違えた末にドアを開ける。中は作りかけのコンクリートブロックの部屋で、モップやバケツ、脚立、建築現場の道具でいっぱいだった。

奥の壁には探し求めた灰色のパネルドアがある。ラッキーはそれをぐいと開けた。

「このブレーカーはアパート全体用、それともフロア別か?」

「アパート全体だよ。夜ぐっすり眠りたいってことだよな?」

ラッキーはうなずいた。男が手をのばしてスイッチを切る。夜がぐっと静かになった。

「ありがとな」とラッキーはポケットから二十ドル札を出した。

「いいってことよ」

途中、車に寄ってから上の階に戻り、ラッキーは自分のｉＰｏｄを部屋にあった安物のスピーカーにつなぐとボリュームを最大に上げた。隣の部屋からは一音も聞こえてこない。ラッキーは自分の〝クレイジー〟のリスト(同乗者をクレイジーにする曲リスト)をスクロールして、大好きな嫌がらせを再生ボタンでスタートさせた。

できるだけ隣室との壁にぴったりくっついて座ると、調子っぱずれの大声で、音を外しながら、ビリー・レイ・サイラスの甘い歌声に合わせて金切り声を張り上げた。

10

翌朝、ラッキーはたまたま病院のコーヒーショップでボーと出くわした。ストーカーだって？　誰がだ、まさかラッキーが？

「なあ、明日は土曜だろ。ウォルターからアトランタに戻れって言われてんだ。お前も来るか？　ここは州境に近いから、明日の夜、チェロキーあたりで帰りに泊まってきてもいいだろ。山ん中をドライブするとか、カジノに行くとかさ。山じゃシャクナゲが咲いてんだろ、たしか？」

チェロキーなら、人目を気にしないですむくらい地元からも離れている。

「悪いけど、仕事があるから。そのうちまた」とボーが言った。

は？　お互いについてもっと知ろうとかクドクド言ってた当人がこんな絶好の機会を逃すって？

「どうして仕事がある？　お前らみたいな病院の幹部は土日は休みだろ」

ボーが、聞いたこともないくらい長々した息を一気に吐き出した。

「医薬品不足の危機だから、とにかく働きづめで、国中のありとあらゆるメーカーに電話をかけまくってるんだよ。薬局のスタッフもほとんどが残業続きだ」

茶を見つめ、紙コップの形が歪むくらいきつく握りしめる。へえ？　ボーはそうそう嘘はつかない。重要なことについては。少なくとも、最近まではそうだった。

「だから、今度にしよう」

「じゃあ今夜はどうする？　うちに来るって言ってたろ」

「ごめん、ラッキー。本当に悪いんだけど、仕事があるから」

またもや一人きりの夜をすごして、ラッキーはアトランタに戻るといくつか報告書を仕上げ、前回の任務でパクった盗聴器を手放した。無念。ウォルターに告げ口するとは、キース、あの野郎。

自宅で週末をすごす気でいたが、スーパーに寄るつもりなのに曲がり損ねたことに気付いた時には、もうアンダーソンまで半分の道のりを来ていた。

土曜の夜の九時じゃボーが勤務中のわけはないのに、彼のアキュラは病院の駐車場のいつもの場所に停まっていた。あいつ何やってるんだ？

週末に電話が来ることもなく、同じ車が駐車場に日曜の朝七時にも停まっていて……午後にも見たし、夕方六時にもまだあった。ボーはいつ家に帰ってるんだ？　ウォルターに連絡しようかとも思ったが、何を言えばいいのやら。「ボーがすっげえ仕事してますけど」か？　それでもラッキーの腹には重いものが残った。

月曜の朝、薬局のアヴァが言った。

「エリックのほうが、ダンバースなんかよりずっとずっといいじゃない。成果を出すためにやることとやってくれてる」

エリック？　ああ、ボーのことか。というかエリック・スコット購買補佐のことか。

「それにさ、ハニー！　彼のあのすごい尻！」とマーティンが歓声を上げて妄想の尻のラインに沿って手を動かした。

ラッキーは目からレーザーを出してこの男を焼き殺そうとした。うまくいかない。

アヴァがマーティンへ冷たい目を向けた。

「あの子についてそんな口をきかないでよね。彼は根性ある仕事をしてくれてるんだから。ほかの人たちとは違ってね」

一体何の話だ？

ラッキーはアパートへ戻るとすぐさまメッセージを送った。

〈今夜は来い。言い訳はなしだ〉

毎晩遅くまで病院にいるまともな理由がボーにないのなら、介入すべき頃合いかもしれない。

アヴァはボーを高く評価したかもしれないが、そもそもボーのオフィスは四階にある。なのに下にある薬局で何をしていた？

今夜の隣室は、打って変わって静かだった。まあ連中がいつもの騒ぎを始める気なら、ラッキーは奴らをぶち殺すか、さもなきゃクローゼットにしまってあるバッジとＳＮＢのロゴ入りのシャツと帽子を引っ張り出してくるしかない。

数秒して、通知音がボーの返信を知らせた。

〈ＯＫ。タクシーで行く〉

盛り上がりのない返事だが、それはいい。

ラッキーは汚れた皿を食洗機に突っこみ、床から服をすくい上げてクローゼットに押しこみ、ボーに緑茶を淹れようと水の入った鍋を火にかけた。ノックの音を引き立てるように隣からバドゥーン、バドゥーンというリズムが響き出す。畜っ生が！　カス野郎は一晩くらいまともな隣人として振る舞えないのか？

ドアを開けるとボーが壁にもたれ、シャツはよれよれで、髪は毛の流れなんか無視してボサボサだった。

「お前、うんこみたいなナリじゃねえか」

ラッキーはドアを押さえてやる。薬物にまた手を出したかという疑念が再度頭をもたげた。

ボーは心がろくにこもらない微笑を返した。

「こっちこそ、会えてうれしいよ」よろよろと部屋に入ってカウチにひっくり返る。「ああ、信じられないくらい疲れた」

「疲れた？　お前、毎日何してるんだ？　机に座って電話かけてるだけだろ？」

意地は悪いかもしれないが、何日もないがしろにされて、いい顔をしてやる気分じゃなかった。

「日の出から必死に働いて、薬を売ってくれそうな相手を探しては行き詰まってるんだよ」

ラッキーは唇に指を当てる。「しー……声を下げろ。低能のお隣さんに〝クスリ〟なんて聞かせたらぶち上がっちまうだろ」

ボーがどんよりした目でラッキーをにらんだ。

「隣に住んでる奴なんかどうでもいいよ。恐ろしいのはこっちの世界のほうだ。言ったように、病院のためにいろんなツテを追って、医薬品を探してるんだ」

わかったか、という顔をする。

「どんなツテだ？　気になるやつはあったか？」

ボーは首をそらしてカウチの弾力に頭を預けた。

「今日は十七の卸売業者から連絡があって——あんたに送ったリスト外の業者だ——とんでもない値段で売り込もうとしてきた。連中が最初に聞くのはどんな薬が足りなくて困ってるかということで、それを買い占めて途方もない高値で売りつけようとするんだ。ひどいだろ。規則でどうせこっちは答えられないんだけどね。グラハムは明日、幹部会議を呼びかけてる。グレーマーケットのブローカーと取引させてくれって、また頼みこむつもりだ。俺たちは切羽詰まってるんだよ」

「グラハムって？」

　しかも俺たちだと？

「ミスター・ダンバースだよ。購買主任の」

　グラハム・ダンバースのファイルならラッキーも見ている。ざっくりとだが。じつに気味が悪いくらい清廉潔白な男で、まさしく表彰モノ。どうやら地元慈善団体にかなりの時間や金を費やしてもいる。

　アヴァはあまり彼が好きではないらしいが。あの物怖じしない調剤技師は、ラッキーの新たな親友になりつつあった。

「ボー、容疑者と個人的に関わることについて、俺が言ったことを覚えてるか？　客観性を忘れるな」

　ボーが勢いよく立ち上がった。

「ふざけんな、ラッキー！　グラハムは容疑者じゃない！　あの人は薬の購買担当なんだぞ。あらゆる相手を疑わないと気がすまないのか？」

　何を今さら。

「ああ、そうだよ。俺の仕事には必要だ。雇用契約にもそう書いてあるんでな」

「俺も同じ仕事だろ。雇用契約書も読んだしサインもした。〝人間不信〟なんて要件は書いてなかった」ボーはさらに口の中で付け足す。「〃根性悪〃も」

「そりゃお前のは改訂された後なんだろ。キースを見ろよ。あいつの職務要件には〃根性悪〃って入ってるぞ絶対」

ボーが親指と人差し指で鼻根をつまんだ。

「ラッキー、俺はグラハムの下で働いてるけど、本当に、彼は生真面目すぎるくらいの人間なんだよ」

「おいおい！　自分が何のために病院に来たのか、そいつに言ってないだろうな？」

アトランタへの送還がますます可能性を増してくる。

腕組みしてボーがにらみつけてくる姿は、ラッキーに自分を思い起こさせた。

「俺を馬鹿だと思ってるのか？」

返事をしようと口を開けたが、ボーにさえぎられた。

「答えなくていいから。でも言っとくけど、俺は薬学部を首席で卒業したしアフガニスタンで従軍したんだ。間抜けじゃないし、そういう扱いをされたいとも思ってない」

一瞬の間を置いて、ラッキーは踏みこんだ。

「それで？」

「何が？」

「言ったのか、言ってないのか？」

宙に手を振り上げて、ボーはドスドスとリビングを歩き回った。

「言ってないよ、この勘ぐり野郎、言ってない。でもな、あの人を〝容疑者〟だと思うならあんたの頭はイカれてると思ってるよ！」

カウチにドサッと戻ってきて、苛立ちの息をつく。

ラッキーは立ったまま、キッチンとは名ばかりの空間とリビングとは言い難い空間を隔てるカウンターにもたれていた。相棒を観察し、限界を示すサインをじっくり探す。疲労？　確認《チェック》。感情的？　チェック。非社交的？　太線でチェック。

南東部薬物捜査局《SNB》での仕事にどうしても不向きな人間というのはいて、ラッキーは初めて会った日から、ボーは持たないのではないかと疑っていた。まあそりゃ、キースにも「向いてない」と言ったし、名前を認識する程度に長持ちした相手全員に同じことを言ってきたが。

「腹は減ってるか？」

ラッキーはたずねた。もっとも今、ベジタリアン向けの食材なんかろくに手元にはない。ピーナツバターとジェリーのサンドイッチの材料を出すしか。

「いいや」

ボーは窓から隣の建物のレンガ壁を見つめた。

「緑茶を淹れようか？」

弱々しい「お願いできるなら」という声は、やっと聞き取れるくらいだった。

キッチンをうろついて茶の支度をする一連の動作の間、ラッキーはじっくりと考えを整理した。部屋のドアを開けた時、ボーは熱意も示さず、感情の起伏もほぼなかった。ラッキーから見ても、今のボーと自分が仕事上の同僚以上のものには思えない。

ボーを失うのはつらいだろう——彼だけがラッキーの心を動かすものが何なのか、理解に近づいてくれた。というか、理解できないことを受け入れ、ラッキーの屈折ぶりを彼の一部として受け止め、ラッキーがラッキーであることを変えようとはしなかった。ボーはただ彼の背を押し、もっといい方向に誘導しようとしただけだ。カフェイン断ちをさせて睡眠の質を上げたりとか。あと、そう、「自分のことを教えてくれ、ラッキー」とかいうアレも。ボーは薬剤師じゃなくカウンセラーになるべきだったのかもしれない。

要はだ、この男は今回の仕事に適応できてない。もっとも、病気の子供たちの相手をしながら変わらずにいられる人間がそうたくさんいるとも思えないが。以前、プレッシャーに耐えかねたボーは抗不安薬《アルプラゾラム》に救いを求めた。今回も、薬に手を出してるのか？

気にかけるようになった男が、また中毒の泥沼にゆっくり沈んでいくのを見るのは、その先に逮捕すら待つかもしれないのは、ラッキーには耐え難い。とにかく何が何でもどうにかして、もっといいタイミングでボーと話し合い、それで駄目なら最後はウォルターに報告だ。

今夜は忘れよう。ボーが許すなら、今夜は彼を抱きしめて、やるべきことをするその前にただ一度、彼を愛そう。もしこの勘が正しければ、きっとボーは二度と許してくれないだろうから。

　胸苦しく、一瞬、息ができずにいた。ボーをつき出すなんてできるわけがない。でもほかに何ができる？　見て見ぬふりをしていつか本人が立ち直ってくれるのを期待するわけにはいかないだろう？　そんなのは無理だ。

　だが任務への悪影響がない限りにおいて、この相棒をあらゆる手段で守ろう――ボーが気配りと干渉を受け入れてくれるなら。その後、アトランタへ戻ったら、セラピーに行けばいい。

　畜生が！　目が水っぽくなって、ラッキーはパチパチとまばたきした。ボーの茶に甘味料を入れ、かき混ぜてからカップを持って、冷徹な真実の待つリビングへ戻った。

　ボーは慎重な表情を浮かべていた。

「喧嘩しに来たわけじゃない」と言う。「今日の報告はもうそっちに上げたし、ほかには大して何もなかったし。来たのは、会いたかったからだよ」

　ラッキーの手からカップを取り、小さくうなずいて感謝すると、何口か飲んだ。そのカップをテーブルに置いてから、ラッキーへ手をのばした。

「ベッドに行こう」

　ラッキーは毎晩寝ている極小の部屋へ向かった。毎晩空っぽすぎるダブルベッドへ。ベッドサイドのランプを付けた。

　ボーは白いボタンダウンのシャツをさっさと脱ぎながらローファーから足を抜いた。ラッキーも手伝ってちょっと素直じゃないベルトを外し、ズボンを引き下ろして脱がせる。

ボーの小言でムードが台無しにならないよう、シャツをドアノブに掛け、ズボンはたたんでタンスの上に置いた。視線の先でボーがTシャツを頭から脱いだが、ランナー風の締まった体はラッキーの記憶より痩せて筋肉が落ちていた。記憶が違っているだけかもしれない。ひと月ほど別々の任務だったので、あまり会えてない。

ボーがベッドに横たわると、ラッキーは自分のTシャツとジーンズから体を抜いた。

「会いたかった」とボーが腕をのばす。ラッキーはその中に滑りこみ、ボーの唇を奪った。かすかな、なつかしいコロンの香りと、際立つ緑茶の味。ああ、これだ。ラッキーの胸が締め付けられた。これを失ったらどうすればいい？

ボーの脇腹に手を這わせて、荒れた指でなめらかな肌をなぞる。喘ぎ、ピクンとした痙攣、ハッと呑んだ息を道しるべにして快楽の探求を進める。重い不安を振り捨て、ラッキーは没し、太ももの付け根を愛撫してボーに長い呻きを上げさせた。雄の匂い、ボーが同じベッドにいる安心感に圧倒されて、今夜はボーだけに奉仕しようという心づもりが押し流される。頭をもたげたペニスが、まばらな産毛が残る恋人の太ももに寄り添った。

外の世界が流れ去る。時も場所も、今、ここだけしか存在しない。ボーの喉元をキスでたどり、途中で止まって、唇を震わせるボーの規則的な拍動を味わう。今何を考えているのだろう？　いつから、二人はすれ違いはじめたのだろう？

　この瞬間。そんなことは考えたくなくて、ボーの体をくねるように舌でたどった後、固い肉棒を口に含んだ。これだけが最後に残された二人の対話法だというなら、全力を尽くすだけだ。吸い上げ、深く含み、唇を先端へ滑らせて、根元近くに浮き出た血管を舌でなぞりあげた。

　ボーがもがき出す――ラッキーはすぐさま押さえつけた。ボーにつき放される。

「そうじゃない。こうじゃなくて」

　ベッドサイドの引き出しをあさって、ラッキーがあわよくばと持参してきた必要物資を見つけ出す。視線が合った。ボーの暗い色をした目の奥に、苦悶のようなものが見えたが、はっきり形になる前に消えてしまった。

　片手に要るものを握り、ボーはたちまちラッキーを仰向けに押し倒すと、ペニスにコンドームをかぶせてくれた。お！　つまりこれは、そういう。

　ボーが二本の指を濡らしてラッキーに馬乗りになり、命がけのような必死さで唇を重ねた。呻き、喘ぎ、そして体の揺れで、ボーが自分を準備しているのが伝わってくる。

　ボーが腰を押し出し、ラッキーはうなりをこぼして、彼を待ち受ける肉体の中へ、じりじりと飲みこまれていった。

「ああ、これを待ってた」ボーが呟く。

　俺もだ。ラッキーはボーの腰をつかんだ。自分の脳みそに今日はもう休めと言い渡し、ぬちぬちと音を立てながらきつい襞に締め付けられ、喘ぎと細い声が絡むリズムに没頭する。

ボーの声が切迫感を増し、低く、喉で抑えた「ああ、すごい」というすすり泣きがこぼれた。ラッキーは深々と息を吸うと、ボーの太ももを指でつかみ、己を引き抜く。

「ちょっ……」

抵抗をキスで封じ、ボーを仰向けにひっくり返すと、またたまらない熱の中へ戻った。顔を合わせて、素肌を這う手の官能を楽しみながら、ぶつけるようなキスをした。

ベッドがきしむ。ラッキーは酸素を求めて喘ぐ。ボーが言葉にならない乱れた声をこぼす。深い、体の芯からの震えが来た。ラッキーは動きを止め、目をきつくとじた。体を固め、抗い、戦う。何とか圧力をやり過ごした。ボーのペニスをつかみ、また突き上げるリズムに合わせてひたすらしごいた。大波が戻っていく。筋肉がきしみを上げ、ボーに倒れこまないよう片腕で自分を支えた。

一瞬、一秒。そしてすべてが止まる。音もなく、感覚すらなく、無すら感じない。最後の一突きで、すべてを解放した。波が砕け落ちる。

「ああっ、ああっ！」ボーが声を上げた。

ラッキーの手は精液にまみれて、楽にすべる。重力と力の抜けた腕との争いに負けて、ただボーにしがみついた。

トクン、トクン、トクンと耳の中で音が鳴る。隣の部屋からのリズムではなく。甘い、これ以上ない空気を吸いこんだ。ボーの筋肉が収縮し、ラッキーの体を余韻でぶるっと震わせる。

これは――これは……マジか。

いつものようにボーが離れてバスルームで体をきれいにしてくるだろうと待った。ラッキーの耳に、おだやかないびきが聞こえる。どういうことだ？

肘で体を起こし、ゆるみきったボーの顔を見下ろした。眠っている。イッてから三十秒で寝ちまった。これが勝ちでなければ何だ。

ボーの目の下のくまで大体のことはわかる。哀れなヤツ、完全にへばっていたのだろう。ラッキーは彼をかかえて、腕の中の重みを心に刻みつけた。ボーを悩ませている原因を消すためなら何だってするのだが。

膀胱が存在を主張してきた。それを無視して、横向きになるとボーを胸元に抱きこんだ。膀胱がまたきしむ。もっと楽な体勢になった。またもや膀胱が――わかったよ！

寝室の空気の冷たさが、ベッドでぬくぬくしている塊と嫌なコントラストを作っている。肩ごしに目で名残を惜しみつつ、ラッキーはトイレに向かった。

手を洗いながら、鏡の中の自分をじっと見る。

「てめえは何でもわかった気でいるんだろ」と毒づいた。「そんで、今はどうだ？」

ベッドに戻ると、濡らした布でボーの体を拭いてやる。ボーが身震いした。その上に毛布をかけてやり、ラッキーも隣で落ちついた。

何かが、とても異常なことになっている。いつも活力の塊だったボーが、まるでゾンビ映画のエキストラのようだ。ラッキーはボーの瞼を片方上げてみた。ボーが「んー」とうなってそっぽを向く。瞳孔は拡大も収縮もしていないようだが、ボーは自分の居場所について嘘をつき、身なりにも構わず、感情の起伏が激しい。燃え尽き症候群？　ドラッグ？　二つの症状は似ている。しかもそこに戦地でのＰＴＳＤまで加わってくるときた。ラッキーは鼻を鳴らした。確かに、ボーの経験したことの半分でも食らっていたら、ラッキーだってクスリに逃げていただろう。（役に立たない意見だ、ラッキー）わかってるさ。

ラッキーとしては、全身全霊で助けるだけの借りがボーにある。その一方、ウォルターへの法的な借りは返し終わっていても、精神的な借りがまだ残っていて、いつまでも隠し立てはしていられない。

任務、自分のキャリア、そして最近手に入れた己への誇りが、正しいことをしろと口をそろえて彼に迫る。だが〝正しいこと〟とは何だ？　これ以上ボーから〝人間不信のクズ〟と思われずに「なあ、お前ラリってんのか？」と聞く方法が一体どこにある。

解決法が何であれ、今目の前にパッと出てきてくれたりはしなさそうだ。ラッキーは明かりを消してボーの隣に落ちつき、恋人の体に抱きついた。いつまで恋人でいられるかはともかく。

11

ゴツン！

一体何だ？

ゴツン！

ラッキーの頭を手が打った。またひっぱたかれる前にボーの腕をひっつかむ。

「ボー！ ボー！ 起きろ！」

ボーががばっと起き上がった。まばたきし、ぼんやりしていた目が覚醒してくる。

「しまった！ 今何時？」

ラッキーはかすむ目を時計に向けた。

「四時半だ。寝ろ。まだ早い」

「いや、急がないと！」

ボーが明かりをつけてベッドからとび出した。バタバタと服を着たがボタンを掛け違えている。

「何言ってんだ」ラッキーは頭の横をさすった。「お前の勤務は九時からだろ。後で送ってくよ。それかタクシーを呼べ」

「全然わかってない！　俺は六時までに薬局に行かなきゃならないんだ」

とび跳ねながら、ボーがズボンに体をねじこんでいく。

ラッキーは勢いよく立ち上がった。

「そのとおりだ、わかんねえよ。だから俺が納得するまで部屋から出さねえぞ」

ボーをよけて戸口に立つ。素っ裸だし一六七センチではボーの一八三センチの前に大した迫力はないだろうが、何があろうがいくらも説明を聞かずに行かせる気はない。

「薬だよ、ラッキー！　薬の準備をしないとならないんだ！」

ラッキーはボーの腕をつかみ、ベッドに引きずり戻した。「座れ！」とにらんで指をつきつける。

「そんな時間は……」

「クソが座れと言ってんだろうが！」

ボーは座った。「犬みたいに言うのはよしてくれ。大体、俺の名前はクソじゃない！」

ケチな言い争いに時間を使う気はなかった。

「お前はこの何日も病院に遅くまで残ってたし、どこにいるのか嘘まで──俺に、──ついて隠した。もしお前が再発してたり、問題を抱えてるなら、俺はそれを助けたい。だがまず、全部白状しろ。どうして薬局に行かなきゃならねえんだ？　お前の職場とは離れてんだろ」

「でも俺だって薬剤師だからね」

そんな適当な言い訳で見逃してやるには、問題が重すぎた。

「もう違うだろ。お前はウォルター・スミスの下で働いてて、あいつとどんな契約をしてるか知らねえが、その契約を守るためにあの男から言われたことは何でもやるんだよ」

「保護観察の条件には違反してない」

ラッキーはボーの両肩をつかみ、立ち上がろうとする彼を押し戻した。

「ならどういうことか話せ。うっかり手を出したのか？」

ボーは肩を動かしてラッキーの手を外した。

「そんなこと考えてたのか？　薬が必要で瀬戸際の子供たちから、俺が薬を横取りするって？　そこまで落ちぶれたと？」

それでも頑として譲らず、ラッキーは言い返した。

「中毒は善悪の境目をあやふやにするもんだ。そんなこと、お前がするとは思いたくねえが――」

二人は食い入るように見つめ合った。先に目をそらしたのはボーで、虚勢がため息とともにしぼんでいく。すでに乱れている髪を指で混ぜた。

「うん、そんなことはしないけど、思われても仕方ないのはわかる。もっと早く話せばよかったんだろうけど、止められるかと思ったんだ。お前の問題じゃないって言われるかって」

ラッキーの体がこわばる。これから嫌なことを聞かされるだろうと、賭けてもいいくらいはっきりわかった。

「何が、お前の問題じゃないんだ?」

ボーがぐったりと崩れ、ベッドの上で前かがみに丸まった。

「病院が薬不足で大変なことになってるのは知ってるよね?」

「ああ」

「病院側が、グレーマーケットから薬を買う許可を出そうとしないことも」

「ああ」

初めて聞く話ではない。

「俺たち……何人かの薬剤師と俺は、勤務時間外に作業して、何とか足りるだけの薬剤をかき集めてるんだ。充塡済みシリンジが在庫切れなら、どうにかなるなら液体で買って自分たちでシリンジに充塡する。カプセルにも充塡する。最後の手段だけど、原材料を調達して自分たちで調剤もする。もうみんな疲れきってる、ラッキー。全員くたくただ。でも手を止めたら、患者が死んでしまう」

膝の上に置いた指をねじり合わせた。

「お前は、グレーマーケットからでも薬を買いたいんだな」それは問いではなかった。

「今すぐにでも。もう限界なんだ」

本当は聞きたくなかったのだが、問いが勝手にラッキーの口から出ていった。

「ダンバースはお前らの終業後の集まりに混ざってんのか？」

「いや。あの人は家で家族とすごしてるよ」

ほう。どうやらダンバースの人道主義は人目につくところだけのもので、栄光が伴わない影の善行は専門外のようだ。

ラッキーはボーの顎をつかみ、持ち上げて、目を合わせた。ボー・ショーレンバーガーはラッキーの知る限りきっと誰より心のきれいな男だし、前科者といるにはもったいないような男だ。だがラッキーがそばにいてこの男の自己犠牲を食い止めてやらなかったら、たちまち世の中から食い物にされてしまうような男でもある。

守ってくれるはずの相手から受けた虐待は、人間を変える。道を歩きながら今にも住人に撃たれるんじゃないかと身構える緊張は、人間を変える。目の前での友の死は、人間を変える。そのすべてを体験しながらもボーは折れることなく、どうやってかその優しい姿の下には今も、傷から癒えつつある戦士がひそんでいる。少しの時間と癒しの後で、鉄の海兵隊員《マリーン》が復活してすべてを蹴散らすだろう。

その日が来るまでは、こいつの分も、ラッキーが悪役をやればいい。

義務感にあふれ、ラッキーは口を開くと、厳しい現実を突きつけてやろうとした。だが結局、悲しげな目でどうにも理解できないものを求められて、つい言っていた。

「俺にも何かできるか?」


ラッキーはボーをマンションに送った。シャワーを浴びて仕事に行くのだろう。その日ずっと、彼は頭を悩ませつづけ、解決法を探して脳ミソをフル回転させた。何をバカなことしてんだか。ボーのように賢いヤツがどうにもできないでいるのに、ラッキーにどうにかできるわけがない。物資の流れを数日間観察できたら、ボーがほしいものをトラックごとかっぱらってきて病院に乗り付けてやれるのだが。ハッ。来年の人事評価に見事な黒星がつきそうだ。


IDをスキャンして、薬局に入っていった。

「ハレルヤ!」アヴァがカートに乗った密封箱を見て叫んだ。「エリック! こっち来て。一足早いクリスマスだよ! この規制薬品《コントロールズ》の受け取りサインをして」

「クリスマス? 必要な分の三分の一じゃないか」

ボーはラッキーと目を合わせないようにしながら伝票を確認し、医薬品のカートを薬局の関係者限定エリアへ押していった。つまりこういう仕組みなのか。マーティンは規制対象外の薬品をサインして受け取る、上物は購買担当者が受領する。これはひどい。この一週間でこれが初めての〝上物〟の配達なのか。こんなに大規模な病院で？

ボーがカートで体を支えて、受け取りのサインをした。どうしようもなくなるまで、どこまで自分を追いこむ気だろう。空の箱が戻ってくると、ラッキーはカートを押して廊下へ出た。

追いこしていくボーの肩がラッキーをかすめる。「また会議」と通りすぎながら囁いていった。ボーは会議室の前で立ち止まり、短く視線を合わせてから、開けたドアの中へ消えた。

「この大惨事のど真ん中か」ラッキーは苛々と息をつく。「近づきたくもねえ」

エレベーターに乗って地下階のボタンを押した。

ドアが開くと、女が乗ってきて、ラッキーは下りたが、派手な色の壁に〈3〉と書かれているのを見た時にはもう遅かった。縄跳びするキリンと、ブランコに乗った子ライオンを押す親ライオンが廊下の壁に描かれていた。

さっと身を翻して下行きのボタンを押そうとしたものだから、カートを車椅子にぶつけるところだった。小さな女の子がラッキーを見上げている。青い目がとても大きくて、頭はつるつるだ。立ち上がってもラッキーの腰にも届かないだろう。彼女そっくりに禿げたバービー人形が床に転がっていた。女の子は車椅子から手をのばすが、腕の長さが足りない。

「俺が拾う」

ラッキーはしゃがんで人形をつかんだ。返そうと顔を上げると、憧れのまなざしが彼を見つめていた。ニコッとした女の子の両頬にえくぼができる。

「ありがとう、ミスター。はじめてのかたね？　わたしはステファニー。でもみんなステフってよぶの。あなたは？」

「レジ……」と言いかけた。だが天使のような愛らしい顔を見ると、とても嘘はつけなかった。

「みんなからはラッキーと呼ばれてる」

「ラッキー？」少女はくすくす笑った。「それは人の名前じゃないわ。わたしのこねこの名前だよ！」

きっと今頃地下では、サミーが配達する荷物を前に、ラッキーがどこをほっつき歩いてるかと思ってるだろう。どうでもいい。

「そうなのか？　どんな猫だ？」

彼女がどんな猫を言おうと、グリッグス夫人のところに似たような奴がいるはずだ。

「タキシードをきてるみたいな、白と黒のねこなの。わたしが家にかえると、いつもいっしょにねるんだよ」

がんセンターの小児病棟で車椅子の脇に膝をつき、ラッキーの心は引き裂かれそうだった。愛らしい少女はきっと幾度となく苦しい目にあっているだろうに、こうやって初対面の男に微笑みかけるのだ。

「このお人形、どう？　兄さんがかみを切ったの」

それを嫌がる口調ではなかった。ラッキーは昔、シャーロットの人形をやはり丸坊主にした

ことがあるが、こんなふうにいい顔はされていない。

「兄さんはね、この子はわたしの人形だから、おそろいがいいって」と少女はバービーのつるつる頭を指でなでた。

何を言っていいかわからず、ラッキーはどうにか絞り出した。

「いいお兄さんみたいだな」

「でしょ！　ねえ、カレンおばさんがしたこと知ってる？」

ラッキーは驚いたふりをする。

「いや全然！　おばさんは何をしたんだ？」

「かみをね、おしりまでのばしたの」少女が声をひそめた。「ママは、おしりはわるいことばだからダメって言うの。パパはね、おばあちゃんの前で言わなければいいって。それでね、カレンおばさんはそのかみを切っちゃったのよ！　わたしのカツラにするんだって」

えくぼがキュッと深くなった。

何が言えただろう？

「よかったな」

出会ったばかりの少女を見つめ、妹の幼い頃の姿を重ねた。嫌な息苦しさが胸に膨らむ。エレベーターのチャイムが鳴り、ラッキーは立ち上がる。

「そろそろ仕事に戻るよ」

ドアが開いた。ラッキーは立ったまま、閉じるドアを見送った。次のやつに乗ろう。

「また、あいにきてね？」

「そうするよ、ステフ」

次にドアが開くと、ラッキーはエレベーターに乗りこんだ。心臓が乱れ打っていて、息がうまくできない。

「天なる主よ」記憶にある限り久々に祈りを唱えた。「もしそこにいるんなら、あの子を救ってやってくれ」

目を拭う。くそ、どんなワックスを使ったらこんなに目にしみるんだ？

その夜、ラッキーはウォルターに電話をした。

「ボス、あんたからは口酸っぱくして個人的な感情を入れるなって言われてきたけど、助けてほしいんだよ」

ボーの必要品リストの薬品を並べ立て、昔のワル時代に縁があったがそこそこまっとうで起訴を免れた相手の連絡先を付け加えた。

『ボーと話したらしいな。あちらからも今朝そのリストが送られてきたよ。その時と同じ返事をしないといかん、ラッキー。我々は薬の仲介業ではない。今、全国的な危機が訪れている。グレーマーケットの息の根を止めようとする我々の活動が、いい波及効果をもたらしてくれるよう願うよ。それ以外、我々にできることはない』

ウォルターは一息置いてたずねた。

『何かあったのかね？　任務の本筋以外のことを気にするとはきみらしくない』

そう、彼らしくない。ボーの影響に違いない。

「年くって丸くなっちまったらしいや」

ラッキーはこめかみを指でさすった。隣室のステレオのドンドンという振動が頭を抜けていく。携帯電話を握りしめて、壁に投げつけたいのをこらえた。隣のクズは気づきもしないだろうし。

ウォルターがため息をついた気がした。音楽がデカすぎてよくわからない。

『何か情報が入ったら連絡しよう』

ラッキーは電話を切ってカウチに投げた。一体俺は何に首つっこんでるんだ？　うろうろと歩き回る。ドサッとカウチに倒れこむ。はね起きてまたうろつく。神経がざわついて、隣からの音楽より激しく脈打っている。コーヒーテーブルを引きずってキッチンへ片付け、カウチを壁に寄せて、いくらかの空間を作った。

げ……このカーペットはひどい、ゴキブリやもっとヤバいやつが踏み荒らしていそうだ。タオルだ、たくさんのタオル。四枚使ってやっとラッキーが動けそうな広さを覆った。

深い息を吸い、しゃがんで、腕立てをしてから、跳ね上がって腕を振り上げる。

「1！」

また屈み、隣からのドゥムドゥムドゥムドゥムというリズムに動きを合わせた。ドンドンやかましくてカウントしていられない。曲の最後までやり切ろうと決めた。このメロディーのないクソ曲も何かの役に立つらしい。

五分くらいバーピージャンプをやってから、サイドプランクのポーズを取り、上の手を頭の後ろに当てた。下側の膝を上の肘に引きつけ、その動きを、筋肉の限界までくり返す。五分の休憩をはさんで逆サイドに体を返し、足がまるで上がらなくなるまで続けた。

へとへとになったがまだ苛立ちは消えず、ラッキーは部屋のキーをつかむと鍵をかけ、階段を走った。駆け上がり、駆け下り、上り、下り、七階分を十往復した。自分の呼吸だけに集中し、ほかのことは考えず。

部屋に戻る頃には日が暮れていた。ボーはどれくらい遅くまで働く気なのか、残業の間、せめて何か食ってるのか？

「相棒の面倒は見ないとな」とラッキーは誰もいない部屋に呟いた。

手早くシャワーを浴び、デニムとTシャツを着て靴を履き、手近なピザ屋へ向かった。

三十分後、ラッキーは〈トニーのピザ屋〉のでかいピザの箱をカウンターにドサッと下ろし、ピザ配達人のふりをしていた。これだけでかい病院だ、ラッキーの顔などわからないだろう。

「野菜のピザとペパロニのピザ一枚ずつ、薬局宛だ」

そう伝える。一枚買えばもう一枚タダのフェアだったのでボーの同僚にも一枚余分に買っただけだとは、わざわざ説明しない。だがとにかく、善人だって腹は減る、だろう?

アパートに帰って何時間かパソコンに向かいながら、ウォルターが何か情報をつかんでないかと待ちわびる。何度確認しようが携帯に新しいメッセージは届いていなかった。

ベッドに入る十分前になって、ついに携帯電話が小さく鳴った。ベッドサイドからひっつかんで見ると、短く表示されていた。

〈Thx《ありがとう》〉

12

新たな一日、またもや一人きりの夜。ラッキーは何ともみすぼらしい荷物をいくつか薬局に運んだ。アヴァとマーティンを一目見れば、昨夜のボーのドラッグパーティーに彼らも加わっていたのが丸わかりだ。ラッキーは、半徹などまずしていないすっきりした顔の支給の白衣の女に、殺意の視線を向けた。

「げっ、これで全部?」アヴァが呻いた。「半日も持たない」

いい人たちだ。もしかしたら休暇では肌を青く塗りたくって焚き火を囲んで裸で踊ってるのかもしれないが、いや知らないが、真剣に仕事に取り組んでいる。アヴァにニコッとされても次は唸り返さないようにしようと、ラッキーは思った。

昼食どきになるとラッキーはカフェテリアの混雑に混ざって、ボーをチラ見くらいできないかと期待をかけていた。いつまでもあんな働き方を続けてはいられない。

ランチの列を半分すぎたところで、自分よりボー好みの皿を取っていたことに気がつく——野菜スープ（「いえ、肉は入っていませんよ」）、リンゴ、全粒粉入りのパンで作った卵サンド。

ほぼすべての椅子が制服姿の職員やその手の人間で占められていたが、外れに二人掛けのテーブル席を見つけた。自分のトレーを下ろす。ボーは今日ちゃんと食ったのか？

テーブルに影が落ちた。

「邪魔をするのは気が引けるが、空いている席がないようなので。相席、かまわないかな？」

ボーの笑みは、目にまでは届いていなかった。あ？　今度は何があった？

「どーぞ、地下労働者と一緒の席でもかまわねえなら」

ボーの顔をかすめた表情をラッキーは読み取り損ねた。羞恥だったか？　ラッキーが地下労働者であることへの？

「コールスローがおすすめだよ」ボーが言った。「なかなかいい味だから」

ラッキーの予想どおり、ボーは野菜スープと卵サラダのサンドイッチを選んでいた。何やら意味のよくわからない話をだらだら続けながら、食事は少ししかつままない。ラッキーは自分のトレイからボーのほうにリンゴを移してやった。

話すにつれてボーの口調が速くなり、膝の貧乏ゆすりがひどくなる。しまいには「じゃあ」と出口のほうへ行ってしまい、ほとんど足を止めずにトレイとゴミを備え付けのゴミ箱へ放りこんだ。は？　リサイクルしないのか？　よっぽど疲れてるか、気が散っているようだ。

ラッキーは食べ終えて立ち上がったが、ボーのグラスがあったところに折りたたんだメモが残されているのに気付いた。テーブルをナプキンで拭いながら、そのメモを自分のトレイの下に滑りこませる。カフェテリアを出る途中、トレイを手放してメモをこっそりポケットに入れた。

手近なトイレに入ると個室にこもって、ボーからの手紙を読んだ。

〈院長はグレーマーケットとの取引を拒否、でもダンバースはそれに従う気はない。彼からこの番号に連絡しろと言われた。相手は、何が足りてないか聞きもせず、向こうからうちで欠品しているものを並べ立ててきた。こっちが何週間も手に入れられてない薬まであると言うんだ。どうしてそこまで知ってる？〉

地元の局番の番号が書かれていた。

グラハムではなく、ダンバース。さすがに少し距離を取ろうと考えたか？　上司への不信が芽生えている？　トイレのドアが開いて、閉じた。誰が入ってきたのかはわからない。ウォルターに、電話のかわりにメールを送った。〈動き出したぞ〉

無駄な時間にうんざりし、動きたくてうずうずしているラッキーは、仮住まいの七階の掃き溜めに帰ると、スニーカーを履いてランニング用の短パン姿になった。五月が近づいて夜は暖かい。特に目的地は決めずに走り出した。

頭を空っぽにして、ただ吐いて吸う息に集中し、体をめぐる重い脈動と自分を追いこむ規則的な足音で意識を満たす。

男と、その肉体。背景の雑音を消して。仕事も、ウォルターも、未来も、過去も忘れて。今この瞬間だけ。

ボーがランニングに夢中になるのもわかる。

少しずつ思考が戻ってきて、ラッキーは足取りをゆるめ、この何日かの出来事を頭の中でおさらいした。毎回、ダンバースへと考えが戻る。

慈善家、と新聞記事にはあったが、妻と子についての記述はなかった。いつもに比べて調べが甘いな。離婚か？　いや違う、ボーが言っていただろう、ダンバースは時間外勤務を断って家で妻子とすごしていると。

このガメつい高給取りのクソ野郎にとって、口で言うほど病院と患者が大事なのであれば、怪しげな供給元に頼る前にもっとまともな手段で窮状を変えようとするんじゃないか？　たとえば時間外の作業を手伝うとか。

吸って、吐いて。呼吸をする。吸う、吐く。

どうしてダンバースは突如として病院の命令に反して、怪しげな供給元との直接取引に踏み切ったのだろう？　グレーマーケットの何百という業者の中で、どうしてボーにただ一つの番号を渡したのだろう。業者を探して選定するのがそもそも仕事のボーに？　顎で使える下っ端がいるのだから、よもやわざわざ自分で交渉なんかなさったりはしてないだろうに。

ダンバースのおすすめ業者は、SNBのデータベースには名前がなかった。このうさん臭い連絡先に何がある？　業界の新参者チェックも業務のうちだから、知らない名を見るとは予想外だ。

このプリメロ・ケア社ってのはどこのどいつだ？　ダンバースとのつながりは？　合法非合法問わず、SNBの調査網に引っかからずに長くやっていられる業者は数少ない。

汗みずくで息荒く、アパートに戻った。入り口のそばで、シャツなし男がバイク雑誌をパラパラめくっていた。

「よお、Gメン」雑誌から目も上げずに声をかけてくる。「あんたのボスが来てるぜ。部屋に上げといた」

「Gメン？　上司《ボス》？」

ラッキーはごくりと唾を飲む。この管理人、彼の部屋を嗅ぎまわったのか？

「おいおい勘ぐるな。俺しか気がついてないと思うぜ」

左右をチラッと見て、ラッキーは誰にも聞かれていないことを確かめた。

「あんたの根拠は？」

「その1、ここに住んでて俺からヤクを買おうとしなかったのはあんただけ。その2、時々来てる男がいるだろう？　あいつはまさにＦＢＩでございって波動を垂れ流してる。あの後輩《ジュニア》にそうしゃかりきになるなって言っとけよ」

ボー。しゃかりき。まったくな。

「んで、そういうあんたは何者だ？」

シャツなし男は立ち上がった。ぐんぐん知能が上がって見える。

「俺は世の中を眺めてるだけの男さ。ま、心配すんな。あんたがここにいるのは気に入ってるんだ。俺のジイさんが買った時にはこの辺もマトモなとこだったんだよ。あんたみたいなのがいてくれるとワルが減る」

男は背を向け、建物の周りをぶらつきはじめた。

何なんだ一体。ラッキーは駐車場を見たが、ウォルターの目立つ黒いレンジローバーは見当たらなかった。まあタイヤを盗まれたくはないだろう。

階段をバタバタ上っていった。あたりが珍しく静かなので、ウォルターには到着予告が届いたはずだ。隣人はステレオが焼き付いて新しいのを買いに行ったのかもしれない。

ドアの鍵は開いていて、カウチでは上司がでんとくつろいでいた。

「こちらヤク販売所、ご用件は？」とラッキーは聞いた。

　ウォルターは手をのばし、コーヒーテーブルに並んだ小瓶の列を指した。

「持参したから大丈夫だ、ありがとう。プリメロ・ケア社について大したことはわかっていない。新しい業者だ、どうやら一年も経っていない」

　体を起こし、ウォルターは木の幹のようにむっちりとした両太ももに肘をついた。

「薬局として許可を得ているが、患者に薬を出した記録は一切ない。購入した薬はすべて他の法人に売り渡しているようだ。座りなさい」

　ウォルターが膝に図面を広げた。

「ちょっと待ってくれ」ラッキーはキッチンへ行ってタオルと水のボトルを取る。「何か飲むか？」

「結構、遠慮しよう」

　ウォルターの隣に座って、ラッキーは水のボトルを一気に飲み干した。汗まみれの髪をタオルで拭う。

「で、何を見せてくれんだ？」

　ウォルターは膝に置いた略図を指で示した。

「理想の世界でなら、製薬会社は」と図の始点を示す。「卸売業者に製品を売る。ここだ」指を次の四角形へ滑らせた。「卸売業者は、それを病院や薬局へ販売する」三つ目の四角形が出てきた。「しかしながら」

ウォルターはその紙をもっと複雑な図の後ろへ滑りこませた。

「ボーが入手した製品名とロット番号によれば、今回、製薬会社から薬を購入した卸売業者は、別の卸売業者へそれを転売し、途方もない利益を得ている。その購入者も、また別の卸売業者へ転売する」

名前と数字がところ狭しと紙に記入されていた。

「最後の業者がプリメロ・ケア社に製品を渡し、そのプリメロ・ケア社がロザリオ小児がんセンターに薬を流そうとしている」

ラッキーは口笛を吹き、卓上の瓶の列へあらためて感嘆の目を向けた。図にはとんでもないお値段が書かれていた。業者同士での〝ちょっとした取引〟なんか珍しくもないが、こんな数字は見たこともない。

「これって、製薬会社が七ドルぽっちで売った薬を六百ドルで買うヤツがいるってことかよ？」

マジか。ラッキーとヴィクターが失墜した後、グレーマーケットは大いに発展したようだ。図に書かれた中には信じられないような値段もあった。足を洗うのが早すぎたか。

ウォルターが小瓶を光にかざした。

「これは、白血病患者の生死を分ける薬だ。この小さな恵みのためにコネを使ったとも」

ラッキーはウォルターのフローチャートを見つめながら、卸売業者間での品物の移動時間を計算していた。

「こんなに大勢の手を渡ってくと、薬の運搬時間はどれだけだ？　品質は大丈夫なのか？」

「スタートからゴールまで五日間、と聞いている」

「五日？　たったそんだけ？」

ラッキーとヴィクターが品物を動かすまで一月かかったこともあるのにか。

「業者の中には自分では製品を物理的に所有せず、前の所有者から次の買い手に届けさせるだけのものもいる」

「それで、俺にこいつをどうしてほしい？」

ラッキーは小瓶に向けて手を振る。

「ボーに渡してくれ。明日、プリメロから初めてのフルオロウラシルの荷が病院に届く。気をつけてほしいのは、事態はまだ境界線上にあるということだ。プリメロ側は、在庫の五パーセント以上を他の業者に転売してはならないという州法に違反している以外、法的に問題のある行為はしていない。審議中の法案が通るまでは、卸売業者同士の転売は、完全に合法なのだ」

「苦しんでる連中がいるのにか」

「だから彼らの商売を潰したいのだ」

いつも感情の起伏がなく〝ギアがマイナス〟とまでラッキーから言われるウォルターだが、不機嫌にうなった。

「彼らを見せしめにするのだ。現時点で、転売業者は救い主のように見えるかもしれない。さっと現れて日々必要な物をくれる。だが実際の彼らはハゲタカであり、我々はそれを止めねばならない。これらの薬瓶は、明日きみが受領する予定の薬と同じ製造メーカー、同一ロットのものだ。ボーにこれを、届いた薬の一部とすり替えてほしい。分析のために必要だ」

「分析？　怪しいと思ってんなら、押収しないのか？」

「ただの疑惑で、がん患者の治療を止められると？　言ったろう、取引そのものは合法なのだ」

「ちっ」

うんざりする。この何年かで法を守る大事さを学んだラッキーだが、細部のあやが納得しきれないこともよくあった。プリメロをじかに止められないと言うのなら、協力者をつぶすことで銭ゲバどもの商売を邪魔するしかない。

「ダンバースについては何かわかったか？」

「まだだが、調査は続けている。何か報告していない情報があるのかね？」

ウォルターが灰色の毛深い眉を上げる。

「ただの勘さ。ダニと一緒にすごしてきたおかげでヒルの臭いにゃ鼻が利く」

「きみの直感はどんな調査レポートより頼りになるものだ。ダンバースについて集中的に調べさせよう。ほかには？」

ラッキーはこの人生の先輩を眺めた。誠実な顔、前にのり出した〝何でも聞かせてくれ〟のポーズ。ああ、裏切り者の気分が今ならわかる。

深々と息を吸って根性をかき集めた。

「俺は、ボーのことが心配だ。入れ込みすぎてる」

ウォルターは悲しげに微笑んだ。

「それが彼のやり方だからな、ラッキー。きみは表面から爪を立て、こじ開けて問題の核心まで掘っていく。ボーは、心の中心から始める」

「心の中心から」

ラッキーも前に似たようなことを言った。

「きみは粘り強い」ウォルターは続けた。「ただ、引き際を見極める鋭い判断力も持っている。とびこまずに待つべき時をね。ボーも、きみから学ぶだろう。一緒に残業している薬剤師たちの愚痴から、ボーがどれほどの内部情報を得ていると思う？」

げ、残業のことまで知ってるのか。ラッキーから言わなくてすんだ。

ウォルターが重々しい手でラッキーの肩を叩いた。

「さて、そろそろキースが迎えに戻ってくるな。私は朝までにはアトランタに戻っていないと。この先の働きも期待しているよ」

ウォルターがいなくなった後、ラッキーは長いことカウチにひっくり返っていた。ラッキーとボーはうまくやっている。二人はいいチームだ。

　くそう、ウォルターの予言どおりだったなんて、ムカつく。


「フルオロウラシル！　これにどれくらい価値があるかわかるか？」

　ボーが大切そうに薬瓶をなで回した。

「元のお値段よりずっとお高くなってんだろ。こいつを、明日届く分とすり替えてくれ。そしたら俺がそのブツを持ってアトランタに戻るから」

　ドゥム、ドゥム、ドゥムとBGMが響きわたる。お隣の個人ディスコは大盛り上がりだ。畜生が。

「ここを離れるのか？」

「当たり前だろ？　帰れる日が待ち遠しいよ。今日までで、お前が知らせてきた業者の大体を調べ上げた。残りも時間の問題だろ」

　ボーが動きを止める。やがて発した問いそのものより、目に多くの疑問が渦巻いていた。

「それだけ？」

「何がそれだけだ？」

「その卸売業者を取り締まるのか？　彼らの薬だけが頼りの患者たちはどうなるんだ？」

「それは俺たちの問題じゃねえだろ」

「俺たちの問題じゃない？」

にらむボーの視線の威力で、ラッキーは煙になって蒸発してもおかしくなかった。

「いかがわしい業者をいくつか俺たちで潰しゃ、後はそのうちグレーマーケットを違法にする法案が通るだろ。イカサマ連中が消えればマトモな供給網が機能するようになる」

ラッキーは局の公式見解を引用した。自分がすでに一度、病院を助けてくれとウォルターに頼みこんだことなんかは言わなくていいことだ。

「くそ、ラッキー！　そんなに冷たいやつだったのか？」

「あ？」

「患者がどうなってもいいんだな！」

どこからこんな話になった。

「いいわけねぇだろ」

「今、病院のベッドに寝てるのが自分の甥だったらどう思う？　こんなにあっさり手を引こうとするのか？」

「ボー……」

ラッキーは大きく息を吸いこむ。手をのばした。

ボーが後ずさった。

「用はすんだから。帰るよ」携帯電話を取り出すと、隣室からの大騒音の中でラッキーの住所を怒鳴る。通話を切ると「明日、サンプルを持ってくる！」と言い残して別れの言葉もなく出ていった。

午前二時に、ラッキーは寝ながら天井を見上げ、シャーロットの息子の片方がロザリオ病院のベッドに横たわっているところを想像した。ステファニーを思い浮かべる。がんと闘いながらもあの大きな目と溌剌とした笑顔。胸がずっしりと重くなった。ステファニーより政治家をちやほやするような連中をボコボコにしたい。たかり屋どもをのさばらせている仕組みを変えたい。

「ラッキー」自分に文句を言った。「入れ込みすぎだ」

「お届けものだ！」

ラッキーはカートから、最後の荷物を院内のギフトショップに下ろした。

雑誌数冊と笑顔の赤ん坊が印刷された箱を持った客が、カウンターへ歩いてきた。

「こちら、包んでくれる？」

「少し待ってて」と中年の店員がラッキーに言った。「何分かですむから。確認してサインしないとならないし」

ラッキーは「わかった」と聞こえそうなうなりを返した。

仕事を急ぎもせず、店員は客の家族やら仕事やらあれこれについて世間話を始めた。どうやらこのキラキラしたプラチナカードの持ち主は知り合いで、色々とゴシップ交換をしたいようだ。

ラッキーは投げつけたいセリフを飲みこんだ。のろくさい店員を苛つきのはけ口にしたいのは山々だが。手持ち無沙汰は苦手なので、ギフトショップ内をうろつきながら暇つぶしに商品を眺めて回った。もっと安い店もあるのにどうしてこんな値段で買う奴らがいるんだ？

棚を回って、ぴたりと止まった。まず緑の目が見えて、ヒゲと、黄色い毛皮が目に入る。ラッキーは近づいた。この猫のぬいぐるみは、大家のところにいる猫の一匹を思い出させた。

黄色の山に埋もれて、ぽつんと黒いものが見えた。引っ張り出すと黒と白の猫で、黒い蝶ネクタイをしてシルクハットをかぶっている。ステファニーは自分の猫を何て言ってた？　タキシードを着てるみたい？

見えない力に導かれてラッキーの手が動き、柔らかいぬいぐるみをなでてから、レジカウンターまで持っていった。

店員に受取サイン用の伝票を出し、ぬいぐるみの代金を払うと、「あらお子さんがいたの、ピックルシマーさん？」という店員の声を無視してそそくさと立ち去った。

廊下を歩く間、ずっと猫が彼を見上げていた。「何見てんだ」とエレベーターの中でぬいぐるみを脅す。エレベーター横にカートを置いて、ナースステーションまで走った。

マジもんの馬鹿か？　ステファニーという名前以外、言葉を交わしたあの子のことを何も知らないのだ。もう退院してたら？

カウンターの前に立ち、看護師が気がつくまで待った。

「あら荷物、レジー？」と彼女に聞かれる。

「いや。その……ええと……」

ラッキーはぬいぐるみを掲げた。笑ったらただじゃおかねえ。

彼女がぱっと顔を輝かせた。

「かわいい！　誰にあげるの？」

さて、ここが厄介だ。

「ステフに。えーと、ステファニーに。名前しか知らない」

「大きな青い目で、丸坊主のバービーを持ってて、口から先に生まれたようにおしゃべりな子？」

ラッキーは笑いをこぼした。「その子みたいだな」

「ステファニー・オーウェンズちゃんね」看護師が顔を曇らせた。「かわいそうに。もうずっと入院してるのよ」一息置いて続けた。「とても喜ぶと思うわ。誰からもらったって言えばいい？」

猫の首輪についた空白のカードをのぞく。

「ラッキーからと」

「ラッキー？　ラッキーって誰？」

ラッキーの顔が熱くほてった。

「えーと……あの子の猫だ。家では、一緒に寝るって言ってた。病院でもそばに猫がいたらどうかなと」

「まあ、天使みたいに優しいのね！」

天使？　ラッキーはこれまで悪口なら色々言われてきたが――天使にたとえられたのは初めてだ。

別の看護師が通りかかった。

「ブレンダ！　見てよ、この人ったら優しいじゃない――」

ラッキーは廊下を逃げ帰った。的外れなほめ言葉なんて、今は一番聞きたくない。

13

翌日、ラッキーは一度に届いた配送分を薬局に届けるのに三往復した。これでボーも生ける屍みたいな姿ではなくなるかもしれない。アヴァとマーティンも。

空のカートを押してエレベーターから下りる。耳にはまだアヴァの歓声がこびりついていたし、マーティンが抱きついてきたのは感謝の気持ちからではなくケツをさわりたいだけだと確信していた。

「うっわー、驚き」サミーが荷受けオフィスから走り出してきた。「ダンバースが切られたってよ！　クビだって！　クビ切り！　警備班の奴から聞いたんだよ。今あいつを追い出すとこだって」

は？

「クビってどうしてだ？」

「ヤバいとこを怒らせたのさ。どうやら病院様からダメだって言われてたとこから薬を買ったらしい。そんで全部おじゃん、と」

両手をこすり合わせ、サミーは丸い顔に笑みを浮かべた。

「やっとだぜ。まあ我が物顔で威張ってたからな。金持ちと結婚したからってよ」

「うげ」

ダンバースがいなくなるということは、ボーが買い付けの責任者になるということで、それはあいつの命をすり減らしかねない。

「まさに〝うげ〟よ」いつも無言の管理係が大声を出した。「明日は地獄ね」

「どうしてだ?」とラッキーは聞き返す。

「明日になればわかるわよ」


「大丈夫か?」

ラッキーはベッドに寝そべって、胸元にボーを抱えこんだ。恋人の背中をけだるげに指でなでさする。閉じた寝室のドアがリビングをはさんだ隣室からの騒音をくぐもらせてはいたが、大した効果はない。ボーの正体がばれる心配がなければ、全部の責任をうっちゃって向こうの素敵なお部屋に引っ越すところだ。ポン引き仕様の車ごと。

「だと、思う。院長が今日、俺に後任が務まるか確認に来たよ」

「できんのか?」

「信用ないなって怒りたいけど、正直、わからない。いっぱいいっぱいで。前に、勤めてた薬局で買い付けを手伝ったことはあるけど、ロザリオの購入規模とは比べ物にならない」

「院長は何だって?」

「ウォルターも交えて電話会議をしたけど、ウォルターは後任が見つかるまで俺が病院の購入担当をする許可を出した。ダンバースの勤務期間はまだ一年もないけど、俺が聞いた話じゃ、勤め出して一週間足らずでプリメロ・ケア社からの医薬品購入を持ちかけたそうだよ」

じつにうさん臭い。

「そいつは変だろ。ウォルターはプリメロは新規参入組だと言ってたぞ」

ボーがすくめた肩がラッキーとぶつかった。

「高級取りではあったけど、ダンバースがどうやってあのご自慢の暮らしぶりを続けてられるのかも謎だった。五つも寝室がある週末用の別荘がハートウェル湖にあって、エディスト島にリゾートマンションを持ってて、机にヨットの写真を飾ってるし、家はゲート付きの高級住宅地だ。去年は家族とひと月のヨーロッパ旅行だって」

「配送係のサミーが、金持ちと結婚したとか言ってたぞ。嫁が金持ってるんじゃないか」

「かもね」ボーがあくびをした。「俺には別荘は無理だけど、もうじき夏だ。任務が終わったらどこか行ってみないか？　嫌ならアウトドアはしなくてもいいし。好きな場所を選んでくれ。遊びに行く約束してたろ。海は？」

「海は好きだ。ただ、お前、どこか行く時はウォルターに届けないとならないんじゃないのか？　俺はそうだったぞ」

ボーが体をひねったので、その動きでラッキーの胸毛が何本か持っていかれた。くつろぎすぎて文句を言う気にもなれず、ラッキーは少しビクッとしただけだった。

「州外に出る時は二週間前に報告するよ。ウォルターは細かいことは聞いてこないし」

きっかけが目の前にぶら下げられる。ラッキーはそれにとびついた。

「お前とウォルターの取引条件はどういうもんなんだ？　聞いてもかまわなきゃ、だけどよ」

ボーが頭をごろんと傾けてラッキーと目を合わせた。

「どうしてかまうんだ？　あんたは知る権利があるだろ」

「あるのか？」

「だってパートナーだろ？　違うか？」

反射的に否定の口を開いたところで、ボーが言ったのは仕事上での相棒《パートナー》のことだろうとラッキーは気がついた。

「そうだよな。だよな」

ボーの唇の片側が上がって、頰に魅力的なえくぼができた。

「俺は、二年の保護観察期間。でもあまり実感はないかな。薬剤師免許は持ってていいし、給料ももらってるし、部屋も自分で借りて、大体は好きなようにやらせてもらってる。マイナス面と言えば、定期的に薬物検査を受けて、自分の居場所をウォルターに毎回申告すること。はっきり言ってかなりいい待遇だと思う。ただし国外には行けないけどね。メキシコ旅行に行きたいなら、それはちょっと」

マジか。随分割のいい話だ。保護観察ですんで本当に運がよかった。ラッキーなんて十年の実刑判決だし、自分の名前すら残らなかった。

「期間満了の後、どうするかは考えてるのか？」

二年は大した時間じゃない。もうじき一年が経つことだし。

「ああ、考えているよ。保護観察があろうとなかろうと、俺は薬物の問題を抱えてる。今もまだ、薬剤師のリハビリネットワークに所属してる」

ボーのカウンセリングについてあまり聞いたことはなかった。時々ラッキーが夕飯を一人で食っているところにボーが、カウンセリングで疲れきっていなければ、寄っていったりする。一人ですごしたがる時もあった。ラッキーはただ、ボーが戻ってくるまで待っていた。ボーは必ず帰ってきた——今のところは。

「そうなのか？　別にお前はもう何の違反もしてないんだろ？」

まあ何日か前にはラッキー自身、ボーを再発の疑いで告発する覚悟だったわけだが。

「してないし、するつもりもないよ。ウォルターとの仕事は悪くないし、あんたと二人で見張ってくれるから道を踏み外せないって気合いも入る」

「つまりどういう話だ？」

「期間が満了して、もしウォルターから誘われたら、俺はこの仕事を続けるよ。反対か？」

ボーのその計画からすると、残る一年は結局、とても長い時間になるのかもしれない。職場の誰かが彼らの仲に目をつけたら？　ラッキーは自分の性的指向を隠してないが、かと言って仕事場で虹色の旗を振って宣伝しているわけでもない。ほとんどの同僚がすでにラッキーを近づくべきでない邪悪な存在と見なしてもいるし。

一方、誰もがボーには親しげだ。ボーがゲイだと明らかになったら、彼らは陰口を叩くだろうか？　ラッキーとしては、頭の古いクズを半殺しにしてウォルターに面倒をかけたくはないのだが。

ラッキーは嫌われて当然だ。人徳というやつである。だがボーはそうじゃない。

ガシャン！　と隣の部屋で音がした。ボーがとび起きてはっとそちらを向く。

「街向こうにある俺の部屋は居心地がいいし、静かだよ。あっちに行ってもいいんじゃないか？　隣の人には心ゆくまで騒がせておいて」

ごもっとも。ただし、ラッキーはやかましいステレオを持っているだけのカス野郎に負けたくはないのだ。

「俺はここでくつろいでんだ。動きたかねぇな」

「ここの音量は八十五デシベルは超えているよ。難聴になるかも」

ラッキーはボーの肩に腕を回し、引き下ろした。

「このやかましさが虫を蹴散らしてくれるのさ。あいつらもうるさいのが嫌いらしいや」

ベッドサイドのランプを消すと、騒がしいというのにあっという間に眠りに落ちた。

ボーが夜明け前にラッキーを起こした。部屋まで車で送るのだ。この時間だけはお隣も大体静かだ。

家を出る前に、ラッキーは自分のステレオをボリューム最大にすると、つないだｉＰｏｄでケニー・チェズニーの『あのコは俺のトラクターにお熱《ネツ》』をループ再生にセットした。お隣が朝寝坊したい日でありますように。

「あんたの怒りは買いたくないね」とボーが言った。

ボーをマンションまで送った後、病院の駐車場に車を入れたラッキーは、手書きのプラカードを掲げた怒れる女性に出くわした。

「私たちのヒーローを返せ！」

ラッキーは集まっているデモ参加者たちをかき分けて進んだ。見ただけでも二台の中継車が病院の芝生に停まっている。

「こりゃ一体何だ？」とラッキーは、横断幕を掲げる中でも理性的そうな一人にたずねた。

「ダンバースは病気の子供たちのために薬を手に入れようとしただけなんだ。なのに病院からクビにされた。おかしいだろ？」

それなら聞いてやりたい――「七ドルですむ薬に、お前の保険会社が六百ドル払わされるのはおかしくないのか？」と。だがボーの影響のおかげで、喧嘩には売り時があると学んでいた。

「あの新入りは何もしないわよ」プラカード女がぶつぶつ言った。「あいつがダンバースをクビにさせたんだ、自分が取ってかわろうとして」

「あそこにいるぞ！」

横断幕持ちが叫んだ。理性的でも何でもなかった。

ボーが、目の前の待ち伏せにも気付いていない様子で、自分のSUVからこの嵐の中に降りてきた。一部のデモ参加者たちがその姿を見つけて殺到する。

ラッキーは「おい！　ダンバースが来たぞ！」と怒鳴って病院の入り口を指した。ボーをつかむと運搬口に引きずりこむ。

「一体どうしたんだ、ラッキー？」

ラッキーはボーを備品庫につれこんだ。

「あいつらはお前を血祭りに上げたいのさ。ダンバースがクビになったのはお前のせいだと思ってる。昨日会議で何がどう決まったにせよ、それでダンバースは殉教者になっちまった。もう俺たちの手には負えない。上層部《うえ》に連絡してくるよ。お前は、サンプルをこっちによこしたら後はオフィスにこもってろ。俺が迎えにいくまで出てくるな」

ラッキーはドアを閉め、ボーを抱きしめた。

「俺はめんどくさい男だが。でも今日は信じてくれ」

ボーはうなずき、しゃんと背をのばした。ラッキーは一瞬、海兵隊の軍服姿を思い浮かべる。威風堂々。ＰＴＳＤで自信は多少損なわれても、口元を引き締めて鉄のような目をし、闘志が肌にみなぎっている。

　ボーをエレベーターまで送っていったが、誰の姿もなかった。週末の配送係は二人シフトだ。多分デモのバリケードを越えられないでいるのだろう。

　少々の腕っ節と脅し、威嚇でもって、ラッキーは何とか自分の車に戻った。部屋に向かいながらウォルターに電話する。

「ウォルター、ヤバい状況だ。今から俺は強硬手段に出るぞ」

『我々もすぐ行く』

　ラッキーはシャツなし男の横を走り抜け、一段とばしで部屋に駆け上がった。バボーン、バボーンと壁ごしに音が鳴り、ラッキーが仕掛けたカントリー音楽の反撃をかき消している。

　Tシャツを剝ぎ取るとクローゼットの奥にあるスーパーヒーローのコスチュームに手をのばす――〈SNB〉のロゴ入りネイビーのポロシャツ。そろいの帽子の角度を、トイレの鏡で直した。

　自分とは思えない、青筋立てた男が鏡からこちらを見返す。キレそうなヤバい奴。

　局で働く間、ラッキーが制服を着たのは数えるほどで、オフィスの服装規定の限界に挑む彼を周りは制服嫌いと思っていた。この縫い合わせた布切れへの愛着は、ラッキーが墓まで持っていく秘密だ。ほかの局員にとって制服は、任務で自分が〝善人側〟だと示す証でしかない。ラッキーにとってのこの紺のシャツとバッジは、苦労して勝ち取った成果だった。

これを着るのは、本気の時だ。

ホルスターと38口径で仕上げだ。脇の拳銃の重さが心強い。ラッキーは大体においては反逆児だが、こと銃に関しては最新の派手なものより伝統的なものを好んだ。刑期中は携行が禁じられていたので、拳銃はバッジ以上に、ラッキーが正式にウォルター・スミスのチームの一員になった証だった。

局での地位を象徴する、その証に指をすべらせた。スミス&ウェッソンがお気に入りの銃でなかったとしても、やはりこれを選んだだろう。

悪党《ワル》のラッキー・ラッククライターが死んで、捜査官《エージェント》のサイモン・〝ラッキー〟・ハリソンが生まれた。そしてサイモンの仕事初日、おかしな包みが彼を出迎えた。派手派手しい包み紙を破ると、中にはこの38口径があった。〈ウォルター・スミスより〉なんてカードは付いてない。必要もなかった。

階下に向かう前に、足を止めて隣室のドアを叩いた。前と同じ男が出てくる。

「言ってやったろ、カス野郎――」

言葉を切り、ラッキーの苦い顔からロゴ入りの帽子へと視線が上がって、それから銃へと下がる。

「こっちからも言うぞ。てめえが次でかい音を鳴らしたら、令状持って仲間と来るからな」

「やってみろよ。何も出ねえぞ」

瞼の上の神経質な痙攣、ドアフレームを細かく叩く指。ふん、この7Bの部屋のどこかに麻薬犬のお手柄になりそうな何かがあるらしい。

「そいつは誰をごまかすセリフだ？　俺か、てめえ自身か？」

ウインクし、ゆっくりとそこを去った。〝アンダーソン市警への匿名のタレコミ〟を自分のToDoリストに入れておく。

SNBはFBIや麻薬取締局《DEA》のように有名ではないものの、ロゴとキレ気味の態度、そしてバッジがそろえばドアは開けられる——というか、デモ隊を突破できる。ラッキーは誰にも止められることなく病院の駐車場を通り抜け、用度課を抜け、最上階へ上がった。無論、脇ホルスターのスミス&ウェッソンの威光もあってのことだ。

購買補佐のオフィスは簡単に見つかった。

「ラッキー、よかった！」

ボーが自分のデスクから叫ぶ。髪があちこちはねていて、朝からくり返し指でかき混ぜていたらしい。ラッキーの全身をまじまじと見た。口がぽかんと開く。

「そんな格好だとバチッとキマるのを忘れてたよ」

局のアトランタのオフィスではいつもラッキーが普段着で、ボーは隙のない格好だ。ボーは口元をゆるめて「いいね」と言った。

ラッキーはその賞賛を一つうなずいて流したが、体の内側がぞくぞくと熱を持つ。

「本気出す頃かと思ってな。お前、ダンバースのオフィスに入れるか？」

「ああ」

「よかった。行くぞ」

ボーについてドアを二つ抜けると、ボーのものよりはるかにきらびやかなオフィスに入った。部屋からにじむ金の匂いが嗅げそうなくらいだ。デスクにノートパソコンが置かれていた。電子機器はアトランタにいるキースとその技術マニア仲間に残しておこう。

ボーに言った。

「戻って、自分の仕事をしてろ。俺は応援が来るまでちょっとここをのぞいてく」

ボーがためらった。

「ラッキー？」

「何だ」

「冷たいなんて言って悪かったよ」

ああ、それか。

「本当のことだろ」

「それでも、面と向かって言うことじゃなかった。失礼だった」

ボーは不安の幕の向こうからちらりと微笑みを見せ、ラッキーが返事をできるより早くドアから出ていった。

「秘密だらけのお部屋に一人きり、と」

　全部根こそぎにしてやる。まずファイルキャビネットからだ。病院の証明書、業者向けの許可証が入っている。すべて最新版、制限なし。おおっと、ダンバースの名前は責任者の欄からとっとと消したほうがいいぞ。

　デスクを確認し、プリメロ・ケア社からの封筒を手に入れた。緑色の表紙のパンフレットを取り出して、脈が速くなる。頭から十ページに渡って取り扱い薬品名が並んでおり、「金額はお問い合わせください」とある。けっ。合法的なことで。商品に目を通してラッキーは口笛を吹いた。ＦＤＡが現在品薄として上げているほとんどの薬品の在庫がある――少なくともプリメロ・ケア社によればそうだ。どのページにも手に入らない薬が並び、どれも即出荷可能とされている――適正価格で、と。

　最後のページにはメッセージがあり、ＣＥＯのオリヴィア・カニンガムのサインがあった。

　ダンバースの卓上の番号リストから、ラッキーはボーの内線にかけた。

『何か出てきたか？』とボーが聞く。

「プリメロ・ケア社側の担当者は誰だ？」

『リックという名前の営業だよ。どうして？』

「オリヴィア・カニンガムという女の名前を聞いたことは？」

『そりゃあるよ。ダンバースの妻だ』

キャビネットの扉を開けたまま、ラッキーがほとんど知らない二人の新人がアトランタの局へ持ち帰る箱を次々と積んでいた。ポストイットに〈プリメロ・ケア〉とでもメモってあれば、丸ごと証拠扱いだ。

キースがデスクに座ってダンバースのノートパソコンをいじっていた。どうしてこのクソ野郎をラッキーとボーの現場につれてきた？　アトランタにパソコンを送るのなんて簡単だろうに。

ウォルターが、ついてくるようラッキーを手招きして廊下に出た。二人はつれ立ってボーのオフィスへ戻る。

ウォルターはボーの向かいの椅子に座った。

「サンプルはあるかね？」

ボーは机の上の丸くふくらんだ封筒を叩いた。

「移動記録は？」

ウォルターに書類の束が渡される。ラッキーは肩ごしにのぞきこんだ。製造者から最新の所有者までの製品の移動履歴が記録されている。ラッキーは口笛を鳴らした。

「すっげえ、このクスリのほうが俺よりよっぽど世の中見て回ってんな」

「製造メーカーが病院に直接売ればいい話なのに、何だって」とボーがぶつくさ言う。

「そりゃまた全然違う許可が必要になるからさ、別々の法律に合わせてな。メーカーから主要販売業者への取引だって、州ごとにいくつかの許可を取ってるはずだ」とラッキーが答えた。

「じゃあ、どうして販売業者はこんな転売業者に売るんだよ？」

それにはウォルターが答えた。「販売業者は注文を受け、相手が免許を持つ業者であるか確認し、製品を送る。受領した客がその品をどうするかは予測ができないのだよ」

ボーの眉間のしわが、渋面に変わった。

「我々には何もできないんですか？」

「提出中の法案が通れば、薬価を釣り上げるのは違法となるだろう。だが金が絡むところには常に仕組みに寄生しようとする低劣な輩がいるものだ。我々の相手は奴らだ」

ウォルターの笑みは、彼の最上級の獰猛さを見せていた。都合のいい時はのどかなテディベアぶりを発揮する彼だが、一皮むけば本性はグリズリーだ。

「じゃあ、今回は？」

ボーが椅子にぐったりともたれる。

「今から、見つけ出したものを分析し、どいつが悪い子なのか見極めることになる。ボー、グレーマーケットのサメどもは今以上に食い荒らす隙だと見て、きみを餌食として目をつけるだろう」ウォルターが非情とも言うべき視線をラッキーへ向けた。「病院への抗議活動が起きた今、我々はここに駐在する必要があるな。ラッキー、きみに任せるから、必要と考える捜査を何でも手配してくれ」

唇の端が上がり、深夜映画の悪役ばりの笑みを浮かべた。

「きみなら病院スタッフたちを恭順させることくらいたやすいだろう。とはいえ、病院というものの本質はないがしろにしないようにな。疑惑のある製品は、ボーに連絡して隔離、分析を行ってくれ」

ウォルターは立ち上がり、書類を握りこんだ。

「きみの偽装身分はそのままだ、ボー。SNBに協力している病院の購買担当者。ラッキーとは表立って接触してかまわない。きみが得たサンプルの分析をラボが終えたら、その結果を送る。私が決められることならもう丸ごと押収するんだがな。残念ながら、現在はまだそのような強硬手段に訴えるだけの法的根拠がない」デスクを回りこむとみっちりと分厚い手をボーの肩にのせた。「今後の働きにも期待しているよ」

サンプルと書類を手に、ウォルターは出口へ向かい、ラッキーをくいと指で招いた。

「エレベーターまで送ってくれたまえ」

ボーにひとつうなずき、励ましのつもりで目を合わせてから、ラッキーは上司に従った。廊下の途中でたずねる。

「用は？」

「ダンバースの解雇が連鎖反応の引き金になった。事態を理解していない両親たちが、病院側が適切な治療を惜しんでいると考え、子供を退院させて別のところに移し始めている。緊急の理事会が開かれた。病院は、信頼できない業者からの薬品購入は行わない方針を堅持する。ここで使う医薬品には、繊細な管理を要するものが多すぎるのだ。安全性が担保できない薬は使わない。そこで、我々の次の問題が浮上するというわけだ」

「問題はもう腹いっぱいだよ」

ウォルターは熱のない笑い声を立てた。

「キースが、ダンバースのコンピューターから証拠を発見したようだ。どうやらダンバースはかなり以前よりプリメロ・ケア社からの購入を押し進めようとしていた」

「ああ、ボーも言ってた。ダンバースはその間も子供たちを思いやるような顔を世の中に見せてたけどな。職場じゃ誰からも嫌われてんのに」

エレベーターの前で止まり、ウォルターは階下行きのボタンを押した。

「きみはダンバースを信用していなかったな？」

「ああ、してなかったさ。でも俺は、誰のことも信じられないらしいからな」

エレベーターが開いてウォルターが中に入る。

「そして、きみは大体は正しい。きみは単独活動を好むと明確に言ったが、ボーに目を配っておいてくれ」

「ボーに？　何でだ？」

心臓がぐっとラッキーの喉元までせり上がる。

「先の読めない状況で、皆が感情的になっている。病院には殺害予告が届いた」

「殺害予告！」

ボーをアトランタに戻せとウォルターに詰め寄る隙もなく、エレベーターのドアは目の前で閉まった。

14

ラッキーは一日かけて書類が残す痕跡をたどり、許可や免許を確認し、下準備を整え、報告書をアトランタの局へ送った。証拠品のファックスやファイリング、コピーほど嫌いなものはない。

どうもダンバースは、病院内の情報をプリメロ・ケア社に流し、偽のブローカー――どの業者もカニンガム家の親族によって所有されている――を通じ、結託して少なからぬ富を得ようともくろんでいたようだ。

認められてる以上の在庫割合を転売したこと以外、プリメロ・ケア社を営業停止に追いこめるような違反は見つからず、ウォルターが諦め気味の発言をした後も、ラッキーはなおも掘りつづけた。雇用記録によれば、ダンバースは前職では能力不足として解雇されていた。嫁が金持ちで良かったなこのクズ。ラッキーの好きにできるなら、全員まとめて文無しにしてやりたい。

時々、ボーの様子を見に行った。毎回ボーは短い――少しこわばっていても――微笑を返しながら、耳と肩で受話器をはさみ、キーボードをカタカタと打っていた。

それ以外には、駐車場を見に行ってデモはどうなっているか確認してきた。こいつら仕事はないのか？　ああ、週末なんだった。畜生が。

昼になるとラッキーはボーにサンドイッチを持っていった。それは四時になっても手付かずで机に置かれていた。

日が暮れて、何時間もの奮闘が実を結ばぬまま、新たな証拠も見つからず、ラッキーは空いている会議室からウォルターに電話をした。

「ここは済んだ。俺は空振り、パソコンはキースが持ってる、病院は購買担当の後任の面接中。奴らも本腰入れねえとな。サンプルはどうだった？」

『簡易検査では、製品の仕様は満たしている。病院は大金をむしられたが、その分は報われたようだな。きみとボーも仕事を切り上げ、月曜の朝には局に出勤するように。私は明朝そちらに戻って、院長と後始末の話し合いをする。キースは明日の午後までそこに残る』

「そりゃいい」

ラッキーは心にもない返事をした。

ボスがもう終わりだと言った以上、これでラッキーとボーが一緒にすごす時間もできるかもしれない。いい話を知らせに、廊下を小走りに抜けた。

「聞いたか？　もう今日で切り上げろってさ」

ボーがデスクに包まれた書類の山から顔を上げた。すでに机は、局にあるボーの整頓されたデスクより、乱雑きわまりないラッキーのデスクに近い。

「は？　無理だよ！　まだまだやらなきゃならないことが……全然……」

「ボー、俺を見ろ」

茶色い目がラッキーを見上げる。その奥には義憤が燃えていた。ボーが言葉を呑みこむ。

「よし、それでいい。さて思い出せ、お前の仕事は犯罪者を捕まえることなんだ。これは──」病院を示すように手を振った。「お前の仕事じゃねえ。経験から言わせてもらうが、ウォルターがどうこう言わない限り、病院はお前をずっと便利使いすんぞ」

「でも……でも……子供たちはどうなるんだ？」

「あ？　子供たち？」

ラッキーの言葉でマッチが燃え上がった。炎がガソリンに落ちていくのがわかる。

「あんたは本当に冷血なクズなんだな！」ボーが勢いよく立つと、椅子が床に倒れた。「子供たちに薬が足りるかどうか、全然気にならないって言うのか？」

いてて。

「気になるよ。本当だ。だがな、この病院だけのことじゃねえんだよ。国中の病院が大変なことになってんだ。朝から晩まで電話かけまくって営業や卸売やメーカーにまで薬がないか聞いて回ってんのが自分だけだと思ってんのか？　三回断って一回しか出荷できねえなんて事情を向こうが打ち開けてくれるとでも？　こいつは、俺たちにはどうにもならねえ問題なんだ。俺たちより経験のある連中がいっぱい解決に取り組んでる。奴らにどうにもできねえのに、俺たちに何ができると思うんだ？」

ボーの顔から表情という表情が失せ、血の気すら引いた。たちまちその血の気が倍になって戻り、紅潮が顔色の悪さを上書きする。

「〝クレイジーな人間だけが世界を変えられる。不可能を信じないから〟て聞いたことないか？」

ボーの迫力は、ラッキーに父親の農場にいた雄牛を思い出させた。突っこんで来られたが最後、赤いケープごときじゃとてもかわせない。

「聞け、ボー。ダンバースがクビになったのはお前のせいだと怒ってる奴らがいて、暴力に訴えてくるかもしれない。お前は、ここでは危険なんだ。それなのにどうしてだ？」

「言ってもあんたにはわからないよ」

「いいから言ってみろ」

殺害予告。どこかのバカが脅迫なんぞ。必要とあらば、抵抗されようが引きずってでもボーをここから出すつもりだが、とにかくこいつを守らないと。

「俺が海兵隊に入ったのも、薬学部に入ったのも、世の中に貢献したいと思ったからだ。一方的に利用するだけの人生はいやなんだ。俺は世界を良くしたいんだ」

ラッキーの顎がこわばった。感情をわかりやすく見せないからと言って、汗水垂らして稼いだ金を〈酢漬けのニシンを救え〉とかナントカの動物保護団体に寄附してないからって、無関心なわけではないのだ。

「俺がそうだって言うのか？　利用するだけ？　だったら何が悪い」言い返したが、ボーの言葉には芯まで深く切りつけられていた。「だってな、わかるか、自分でつかまなきゃ何も手に入らないんだ。人生じゃ誰も何も恵んじゃくれねえ。大事なもんは何も、な」

「どうしていつもそういう態度なんだ」そら来た、頑固に顎をつんと上げ、それと見合うだけの火花を瞳に散らして。「どこか行くところがあるなら、もう行ってくれ。俺は仕事があるし、今のあんたは好きになれない」

やらかした。言いすぎた。

「ボー……」

ボーが指を広げて、手を上げた。

「今は、聞きたくもない。話したくもない。たのむから、出ていってくれ」

ラッキーはダンバースのオフィスまでこそこそと戻った。キースが余計な口でも叩いたらあいつで憂さ晴らしをしてやろうと思っていたが、キースの姿はなかった。壁の時計は五時を指している。あのカス野郎はホテルに帰ったんだろう。底辺レベルのラッキーのアパートよりずっと上等なお部屋に。

ポケットで携帯電話が震えた。つかみ出し、文面を見て心臓が跳ねる。〈すぐ来てくれ〉

ボーのオフィスまで駆け戻り、ドアの前で立ち止まる。深呼吸をしてから、心の準備をして中に入った。

ボーがデスクの前に座り、両手に顔をうずめていた。肩が震えている。……笑っている？

その顔が上がり、指の間からボーがこちらを見た。悲嘆。どうしようもない、純粋な痛み。

「午後に、患者が二人死んだ。汚染された薬品の可能性がある」

15

ラッキーの血が血管で凍りついた。喘ぐように息をする。ステフの青い目が、生命を失ってとじていたら？　大きく唾を呑んでも、喉につかえた塊が動かない。

「それ……誰なのか、わかるか？」

鈍い舌でどうにか言葉を押し出した。

「名前はまだわからない、二階の男の子が二人とだけ。大変なことになった、ラッキー。ウォルターに、もう一日ここに残るって伝えたよ」

ラッキーはふーっと息を吐いた。ステファニーじゃなかった。それでも子供が二人死んだのだ、男の子二人が。人生を味わうチャンスも与えられなかった子供たち。ここで働く人々はどうやって耐えているのだろう。患者を失った日に、家で待つ家族のところへ帰るような仕事に。

「お前さ、俺と話もしたくないって言ってたけどな、アトランタに戻らないなら、今夜は俺んとこに泊まれ」

ボーを一人にできるわけがない。

「いや。考える時間が要るから。明日また話そう。ただ、直接伝えたかっただけなんだ」

ドアから出て行こうとする寸前のボーを、ラッキーはつかんだ。ためらい。ほんの一瞬振り返った視線で、ラッキーはいつもは正直な恋人の本音を読み取る。どうしてこいつは、一番抱きしめてもらわなきゃいけない時に逃げようとするんだ？

ボーはもがいたが、力がこもっておらず、抵抗もすぐやんだ。ラッキーの腕の中に崩れてくる。すすり上げる音がこぼれ、全身が震え出した。涙の間、ラッキーは彼をきつく抱きしめ、背中をさすって囁いた。

「大丈夫だ。俺がついてる。いいから我慢するな」

ほかの誰かが相手なら置いて逃げ出していた。だがボーのことは決して見捨てたりしない。

すすり泣きが、やがて小さなしゃくり上げになり、ボーはゆっくりと離れた。

「ごめん。気にしないでほしいんだけど、色々考えたいから、しばらく一人になりたいんだ」

ボーの顔が押し付けられたシャツには濡れた跡が点々と残っていた。

「運転できるのか？　せめて送ってくぞ」

ボーは首を振った。「何とかやれるよ」

（手伝わせてくれ。俺が必要だと、どうして今、それを認められない？）

ラッキーはドアから離れた。ボーがここから去りたいのなら止めるつもりはない。「後で電話をくれ。俺に、何か用があれば？」

またボーはうなずいて、視線を落とした。

ラッキーはわびしいアパートまで車を走らせ、飯を食う気にもなれずに寝ることにした。ステレオを消して、足を引きずるように部屋に向かい、ベッドに倒れこむ。隣から聞こえてくる毒気の強いラップミュージックが今のささくれた気分にぴったりのＢＧＭだ。

何回携帯をチェックしても、ボーからの通話もメッセージもなかった。


『ラッキー、迎えに来てくれないか？』

ラッキーは携帯を耳に押し当ててベッドからとび出した。

「どうした？」

『どうもしてない！』ボーが少し早口すぎる返事をする。『迎えがいるだけなんだ。たのむ』

任務だ。シャワーは後。ラッキーは前日の服をつかむとドアに向かいながら着込んだ。バクバクと心臓を激しく鳴らしながらクレムソン通りのマンションまで車で走る。「クソが！」と四回連続の赤信号でキレた。黒いトヨタ車に横入りされる。「チンポしゃぶりのマザーファッカーが――」

じりじりと前進する。前方にあるすべての車が標的に見えてくる。これだけの数をなぎ倒したらさすがにウォルターも大目に見てはくれないだろう。「運がよかったなてめぇ」とラッキーはトヨタ車のクズ運転手に言った。

二十分。十キロ進むのに二十分。

ボーのSUVを五、六人が囲んでるが、一体何事だ？　ボーが倒れてるとか何かか？

女が一歩下がって、ラッキーの喉に苦いものがこみ上げた。蛍光オレンジのスプレーで〝ひとごろし〟とボーの車のサイドに書かれていた。ラッキーは携帯電話を掲げてその写真を撮る。

どこからかいきなりボーがマリブの助手席側に駆け寄ると、ラッキーが車を停めた瞬間に乗りこんできた。パソコンバッグを後部座席へ放り出す。

「ここから離れよう！」

ラッキーはぐずぐずしなかった。「大丈夫か？」

道とボーを交互にきょろきょろ見ながら、傷や血や服の乱れがないか確かめる。

「あんまり」

ボーは助手席で震え、自分の体をきつく抱いた。

「このままアトランタに帰るか？」

本当は車を停めてボーを抱き寄せ、もう心配いらないと言ってやりたい。その後でボーの車に落書きしたクズを見つけ出して思い知らせてやる。

「いや。最後までやるよ」

手と手をきつく握りしめあった何分かの平穏は、病院に到着するや終わる。デモ参加者が叫び、垂れ幕を振った。報道クルーがボーとラッキーの顔面にマイクをつきつける。ラッキーは帽子を限界まで下ろして顔出しを防ぎながら、うなって先を急いだ。ボーのほうは、相変わらずの彼らしく、いちいち足を止めては「ノーコメント」と返事をしている。やめてくれ。

「ミスター・スコット、偽の薬によって患者が二人亡くなったというのは本当ですか？」

ラッキーはボーの手をひっつかみ、走った。


ラッキーはボーを彼のオフィスのカウチに座らせると、カフェテリアで買ってきたカモミールティーをさし出す。ボーはハーブティーを無視して虚空を見つめていた。ラッキーはハーブティーをローテーブルに置くと、カウチのそばで膝をついた。

「ボー。何か言ってくれ」

頰を手のひらで軽く叩く。反応なし。肩ごしに部屋を見て、染みついた習慣で誰の目もないことを確認してから、ボーを抱きよせた。ボーは一瞬だけもがいたが、息をついて力を抜いた。泣いていない。叫びもしない。ただ体の震えがあまりに激しくて、バラバラになってしまうのではないかと心配なくらいだ。

ボーはアトランタへ戻らないと。昨日帰すべきだった。

「大丈夫か？」

静寂。外の廊下でカツカツとハイヒールの音が遠く鳴って、その静けさを救う。しばらくして、ボーが呟いた。

「ううん。もう駄目かもしれない」

ラッキーはボーの頭頂部にキスをした。

「いいさ。俺だってもう何年も〝駄目〟なまんまだ。慣れたらそう悪かない。しかし、どうなってんだ？　あの連中が、患者の死をお前のせいだと思うなんて、わけがわからん」

「深夜に電話が来たよ。あの子供……患者たちは腎不全で亡くなったんだ」

昨日までラッキーは、この病院に来る患者は病気で入院し、元気になって出ていくのだと自分に思いこませていた。論理的かと言えば、違う。ラッキーの心の平穏のため？　そういうことだ。看護助手の妹なら言うだろう、「夢見がちねえ」と。

「言いたかないが、こういうとこじゃ患者が死ぬのは珍しくないいんじゃないか？」ほら来い、言え、俺は冷血だろう。

「そうだよ。でも腎不全はおかしい。当該の患者は容態も悪くなかったし、一、二日前には腎臓に何の問題もなかった」

「お前は薬剤師だろ。いきなり腎臓が悪くなる原因って何か思いつくか？」

「ああ。かなり昔の件だけど、似た事例を学生時代に読んだことがある。違っててほしいけど。その患者に投与された薬のリストが要る。それと、在庫にあるジエチレングリコールを調べないと」

「それ何だ？」

「不凍液に似た物質だよ」

「不凍液⁉」

ラッキーの故郷では、近所の農家が鹿の皮に不凍液をまぶしてコヨーテ駆除の毒餌にしていて、納屋に住み着いていた猫の何匹かがそれに引っかかったことがある。気分のいい光景じゃなかった。

子供が同じ目にあわされただと？

「誰かが子供たちに毒を盛ったってことかよ？」

「グリセリンは、多くの液状の薬剤に添加されている不活性物質だ」ボーが〝教科書読み上げモード〟に切り替わった。「過去には無責任な製薬会社がより安価なジエチレングリコールを代わりに使った事件もある。二〇〇七年、汚染された咳止めシロップにより、パナマで三百五十人以上が死亡した。九十年代にはワイナリーがワインに甘みをつけるためにジエチレングリコールを使用、複数の購入者が死亡」

「何てこった」

「ああ。すぐ手を打たないと、もっと死者が増える」

「電話をかけてくる」

ボーの指がラッキーの腕にかかった。ラッキーはまた腰を落ちつける。染み付いた癖はなかなか消えないもので、どうしても秘密主義が抜けないが、ボーに聞かせられないような話をウォルターとするつもりはなかった。

上司にボーの車の写真を送ってから、電話をかける。ウォルターは一度目の呼び出し音ですぐ出た。

『ラッキー、何が起きている？』

ウォルターのボストン訛りが鋭く尖る。

「昨日、子供が二人腎不全で死んで、どうやらヤバい薬の話が広まったらしい。それをボーのせいにしているヤツがいるのさ」

『ちっ』

ちっ？　あのウォルターが？　これは相当だ。

「ああ。ボーが、その子供たちに投与された薬にジエチレングリコールが入ってないか分析したいと。ここでの俺の権限はどれだけだ？」

『必要な分だけ』

「ボーが危険だ。ここから出したい」

『すぐに帰還させよう』

「駄目だ！」ボーが叫んだ。「病院にはほかに購買担当がいないんだ。離れられない」

『スピーカーにしたまえ』とウォルターが命じた。

ラッキーは携帯電話のボタンを押す。小さな端末からウォルターの声が流れ出した。

『ボー？　きみ本人が、その現場にいなければならない理由はあるのか？』

ボーが下唇を噛む。

「……ありません」

『よろしい。中立さを失ってほしくはない。ダンバースから情報を引き出すためにきみが必要になるかもしれない。今日はラッキーと仕事をするように。必要な情報とサンプルの入手をたのむ。疑わしいものはすべて隔離してくれ』

「車をよこした女に、ボーの車はオークションには出せねえぞって言っといてくれ」

ラッキーはそう言い捨ててカウチに深く座りこんだ。ボーは折った膝をかかえて体を揺すっている。

『了解した。今日の午後、キースはアトランタに戻る。ボー、彼に帯同してくれ。それと、ラッキー？』

「何です、ボス？」

『やりたいようにやってくれ。私もすぐそちらに向かう。着いたら、方針について話そう』

静かな言葉は、励ましのように聞こえたかもしれない。ラッキーは、それをゴーサインと取った。

「俺はいつも好きにしてるだろ?」

『よろしい。そろそろ地元警察に入ってもらう頃合いだろう。ダンバースとカニンガム家は聴取されることになるだろうな。正しい質問ができるよう、しっかりお膳立てをしたまえ』

ラッキーは通話を終わらせた。

「仕事だ」とボーに告げる。「お前、やれるか?」

陰鬱な決意がボーの顔にみなぎる。

「やるしかないだろ。あんたの〝クソ野郎成分〟を少し分けてもらえるか? 必要になりそうだ」


「マーティンに言ったのよ、あなたには絶対何かあるって」

アヴァがぶつぶつ言いながら、犠牲者の一人の処方歴をプリントアウトした。日曜だというのに彼女もマーティンも薬局にいたが、驚きではない。

「あなたみたいに根性ありそうな男がサミーにこき使われてるのはおかしいと思ってた。バッジ見せたらサミーはおしっこ漏らしてたでしょ?」

「いや。ってかサミーにはしばらく会ってない」

とはいえ、あのガキの反応は確かに楽しみだ。

アヴァが少し身をのり出してラッキーに耳打ちした。

「会ったほうがいいかもね。ここらでうさん臭いことがあれば、あいつが一枚噛んでるはず。覚えといて」

何枚かのプリントをラッキーに手渡す。

「これで全部。ほかに要るものがあればまた言って」くたくたになったティッシュで目の端を拭った。「ほんと、かわいそうな子たち」

ラッキーは片手を上げて、彼女の背中近くに浮かせた。背中を叩いて慰めるか？　ポンと一回、それともポンポンと二回？　どのくらいの力で？

マーティンがやってきた。ラッキーはさっとアヴァの背を叩くと、そそくさと引き上げた。

そのリストを持って、本部がわりのオフィスに戻る。ボーが机の前に座り、ノートパソコンをのぞきこんでいた。キースは見当たらない。まだダンバースのオフィスかもしれない。お偉いさんのオフィスでめったにできない管理職ごっことか。

「ほらこいつだ」とラッキーはボーにプリントを手渡した。

ボーはパソコンのキーを叩き、書類に指を滑らせ、また何か打ちこんだ。「妙だ」

「何がだ？」

「プリメロ・ケア社から届いた薬はフルオロウラシルだ。二人の患者のどちらにも、フルオロウラシルの処方はない。しかもここからが、もっとまずい」

「これ以上どうやって」

ラッキーは記録を見つめる。いくつかなじみの薬品名があった。大体は向精神薬だ。（久しぶりだな、抱水クロラール。お前とは古いつき合いだ）

「この患者たちは、化学療法の薬が品切れのため、延命用の薬のみを投与されるリストに入っていたんだよ」

「ん、要するに？」

「二人とも白血病の治療中だったが、もともと処方されていたパクリタキセルが無期限の入荷待ちになったんだ。医者はもっと入手しやすい薬に切り替えたけど、効能は低い」

「二人は効く薬をもらえてなかったってことか？」

ボーが肩をすくめる。「医者も手持ちの範囲でできる限りのことをしたんだ。でも、一番おかしな点は、カルテを見る限り、二人とも症状に改善が見られていたんだ。主治医と話をしないと。いや薬剤師のほうかな。記載漏れがあるはずだ。どちらの子供とも同じ主治医にかかってる。ドクター・スタンレー・グレイソンを探してくれないか？　俺は、彼が担当してるほかの患者を見てくるよ」

ラッキーはボーをオフィスに残し、ウォルターに連絡を入れようと部屋を出た。外でサミーが待っていた。

「レジー！　ああよかった、やっと会えた！」

は？　あまり言われつけない言葉だ。

「俺は今ちょっと忙しいんだが――」

「駄目だ、聞いてくれ」

ボーのものより少し明るい茶色の目がラッキーをすがるように見る。くそう、茶色い目の懇願には弱いのだ。

「ならさっさと言え」

「あんたマジで麻取《マトリ》の捜査官なのか？」

麻取。法の向こう側にいた頃、ラッキーが唾棄していた言葉。

「そんなところだ」

サミーはうなずき、床を見つめた。「五時になったら駐車場に来てくれないか」

ウー、ウー、と警報音がラッキーの脳内に響く。

「何でだ」

「俺は知らなかったんだよ、マジで何も知らなかった！」サミーがよろめき、壁にドンと手をついて体を支える。「今日は受け取りに行く日だ。だから一緒に来てほしい。とにかく、ドクター・グレイソンには言わないでくれよ」

ラッキーはこそこそ去っていくサミーを見送った。盛り上がってきたんじゃないか？　お気に入りの昼ドラより、この病院のドラマのほうがすごいぞ。

ウォルターの番号にかけたが、キースがダンバースのオフィスから顔をつき出したので足を止めた。

「お、そこか。探し回る手間がはぶけた」

そう言ってキースがぐっと口をとじる。顎がビクついた。これは嫌味じゃなく、怒りか？そうらしい、こいつのコーンフレークに小便引っかけたのはラッキーではない――今回は。

キースの存在に耐えているのは、ウォルターのためだ。口が裂けても言う気はないが、ウォルターのためならラッキーは大抵のことをやるだろう。妹のシャーロットのためでも――それかボーも。くッそ、いい加減〝こいつのためなら〟リストに名前を増やすのはやめないと。それでも、魂までのぞけるような大きな目を見てしまうと、ラッキーはありえないことまでやってしまうのだ。人に優しくするとか。そんなのキャラじゃないのにだ。キースの汚らしい茶色の目玉を見てもほとんど何の効果も感じないが。

「何だよ？」

「こっち来い」キースがくるりと背を向けてオフィスに戻り、ノートパソコンのキーをいくつか叩いた。

ラッキーは電話を切って、自分の車より高価《たか》そうな役員椅子に座りこむ。パソコン画面に出てきた数字と日付の羅列を眺めて、やがてその意味を悟った。

目をとじ、拳を握る。パンチングバッグ、アパートの部屋のボロいカウチ――そしてダンバースの野郎。殴れるならどれでもいい。キースの危機だ。これだけの発見をして殴られるなんて哀れだが、緊急時だし仕方がない、かもしれない。

少ししてノックが響き、ドアが開いた。ドアフレームの中いっぱいをウォルターが占める。

「病院の薬局が在庫を報告するたびに、このクソ野郎はそのデータをまんまプリメロ・ケア社に流してたんだ」ラッキーはウォルターに報告した。「奴らは病院に何が足りないか知ってて、そこにつけこもうとしてた」

ウォルターが急ぎ足でやってきて、ラッキーの肩ごしにのぞきこんだ。

「これのプリントがほしい。それと、このコンピューターのデータをすべて局のサーバーに送ってくれたまえ」

キースがうなずき、お手柄にニヤついた。

ひとまずラッキーはキースを放っておいた。今すぐダンバースを見つけて、汚い野郎めと叩きのめしてやりたくてたまらない。だが何より最悪でラッキーの胸が悪くなるのは……ダンバースは法律を一つも犯していないということだ。クビにされて当然だし、もっと痛い目に遭うべきだが、今のところ逮捕できるようなことは何もしていない。

「こいつはＦＢＩに調べられるだろ。そこでまた何か出てくるかもな。そうでなきゃ、このクズは無罪放免になる」言いたくもないし口は重いが、ラッキーはぼそぼそ付け足した。「よくやった、キース。……ウォルター、話したいことがある」

立ち上がるとずかずかとオフィスを出た。振り向いてキースの得意顔なんぞ見ようものならむしり取ってやりたくなる。あんな嫌な野郎でなければちょっとは好意的にもなれるのだが。

ウォルターが廊下までついてきた。

「ボス、ダンバースよりヤバい問題が出てきた。薬局のスタッフと看護師から、ドクター・グレイソンに知られずに話を聞かねえと」

「どんな疑いでかね？」

「ボーが見たところ、死んだ患者たちは、薬局で処方されてない薬を投与されてたかもしれない」

「病院側はそれを承認しないものの――」ウォルターが顎をなでた。「医師が薬を与えることは例のないことではない。とはいえ、州によっては医師が直接患者に薬を出すことを禁じている。薬物中毒者によるドクター・ショッピングを可能にしてしまうからな」

ドクター・ショッピング。最近のドラッグ業界の流行り。ボーですら一度はハマったが、医者を渡り歩いて適当な症状を訴えては向精神薬の処方箋をもらい、怪しまれないようにバラバラのドラッグストアで処方してもらうのだ。

ありがたいことに国の新しいシステムが始まり、共通データベースへの処方箋登録を各州で薬局に義務付けつつあり、ドクター・ショッピングなどもあぶり出せるようになってきた。それでも患者たちは抜け道を探すわけだが。

「聞き取りを手配したまえ、院長にも立ち会わせる。きみも来てくれ、ラッキー。二年前に医薬品不足が始まってからというもの、七十九の医療施設が疑わしい業者から薬を購入したことがわかっている。中には偽造医薬品もあった」

ニセ薬。あれとこれをちょちょいと大鍋で混ぜて、本物でございと売りつける。飲めば治るかもしれないし、死ぬかもしれない。さあ賭け金を置いて運試し。

「配送スタッフが、今日の勤務上がりに荷物の受け取りに行くと言ってた。俺にも来てくれだと」

「行きたまえ。ただし支援はつける」

俺は一人で動く、というセリフを、ラッキーはひとまず飲みこんだ。誰が言ったか知らないが〝天使も踏むを恐れるところ〟というフレーズは、薬の密売人のアジトを指していたに違いないのだから。

16

ラッキーは会議室に座っていた。部屋には病院の院長、薬剤部の部長、ウォルター、キース、ボーに加え、見るからに縮み上がっている看護師一人がいる。ボーは隅に座ってメモを取っていた。

「ドクター・グレイソンはとてもいいお医者さんなんです。誰からも慕われてます。患者さんのために尽くしてらっしゃる」

看護師はそう言って、ティッシュで涙を拭った。

「問題の患者二人について、普段と違うことは何かなかったかね？」

ウォルターが〝何でも話せるおじさんモード〟全開でたずねる。

「ええと、最適な治療薬が品不足で、必要な化学療法に使う注射薬が手に入るまでは容態を安定させようと、症状をやわらげる薬を投与していました。二人が回復の兆しを見せた時、私たち看護師は、奇跡が起きたんだと思ったんです」

「ドクター・グレイソンが看護師抜きで患者を診ることは？」

「申し上げたように、とても患者思いの方ですから。時々病室に来ては、ただおしゃべりしたり、ゲームをしたりされてました」

ラッキーがさっと左を向くと、ボーもこちらを見ていた。ボーがかろうじてわかるくらいに顎を引いてうなずく。興味深い事実。

ウォルターが向き直って院長に話しかけた。

「グレイソンのオフィスでサンプルを探したい。キース？　院長について行ってくれ」

看護師が手の中のティッシュをねじり上げた。

「私、何かまずいことに……？」涙があふれて睫毛から転がり落ち、黒ずんだマスカラの跡が頬に付いた。「ドクター・グレイソンが何かなさったんですか？」

「誰も責められてはいないよ」とウォルターが安心させ、ティッシュの箱をテーブルに押し出した。

まだだ、とラッキーは心で付け加える。

聞き取りは続き、ウォルターは人事ファイルを見ればわかるような細かい質問をくり返した。「ロザリオで働いてもうどれくらいだね？」とか「以前はどこで勤務を？」とか。

ウォルターが時おりドアをうかがっていることや、話しながら指が動いてることに気がついたのはラッキーだけだろう。これは時間稼ぎだ。ラッキーも加わった。「ドクター・グレイソンのことはいつから知ってます？」

院長が戻り、ウォルターの前に二本の薬瓶を置いた。

「グレイソンのオフィスのキャビネットにあった」

少し離れてはいたが、ラッキーは〈パクリタキセル〉というラベルを読み取る。一本ひょいとつかんで、じろじろ眺めた。

この偽ラベルを作った奴は、なかなかの腕だ。だが、全米医薬品コードはこれまでラッキーが国産の薬で見たことのない番号の並びだった。勘で言うなら、おそらくこれは中国製。

携帯電話でネットにつないでその番号を入れてみた。該当なし。嫌な予感。

「この瓶に見覚えは？」

ウォルターが透明なガラス瓶を、看護師に見えるよう持ち上げた。指の太さで瓶が小さく見える。ラッキーはウォルターとポーカーはしたくない——この男は何も読み取らせないからだ。だが今回は、ウォルターの唇がきつく結ばれて、顎に力がこもっているのが見て取れた。ウォルター火山、噴火寸前。

「えっ、どうして？　ドクターはどこからこの薬を？　もう何週間も手に入らなかったのに！」

看護師が目を見張って小瓶を見つめる。

ボーが何か書き殴る。その手が止まると、ウォルターが言った。

「話は以上だ。ありがとう、大いに助かった」

看護師は震える微笑を浮かべた。

「もう行っても？」

「ああ、かまわない。今の話は誰にも明かさないように」

「わかりました」

彼女は逃げるように出ていった。

ウォルターが院長のほうを向く。

「この薬を投与された可能性のある患者全員の名前を知りたい。これは回収する」

病院の人間がオフィスを出ていくと、ウォルターとボー、ラッキーだけが残された。

「グレイソンは休暇中だという話だ」ウォルターがそう切り出し、眼鏡の下の鼻梁をさすった。

「こちらには好都合だ。いると捜査がやりづらいし、妨害されかねないからな」

小瓶の一つを宙で振った。

「ボー、グレイソンは患者を訪問し、これを投与する時間を作ったとみなされるな？」

「はい」ボーはウォルターの指から小瓶を抜いた。「化学療法薬の中には、ゆっくり投与しなければいけないものもある。一時間あれば十分かと。患者が『アングリーバード』をプレイしてる間とか」

「なんでコイツは自分の患者に毒を盛ったんだ？」とラッキーは聞いた。

「毒のつもりじゃなかったはずだ」とボー。「患者を救おうとしてたんだよ。このパクリタキセルは、白血病には適応外使用になるけど。ほかの化学療法薬が手に入らなくて、どうにか買えた薬を使ったんだろう。これを買うのにも随分危ない橋を渡ったと思うけど」

「あいつの肩を持つのか？」

時々、ボーのことがよくわからない。

「肩を持ってるんじゃない」ボーは空いている手を会議室のテーブルに叩きつけた。「聞かれたから答えただけだ。二週間、病院が苦しみ、あるだけの薬を分配し、患者を治療しようと死にものぐるいの努力をするのを見てきた。もし愛する誰かが病気で、薬がなくては治療もできず、どこに行ってもどんな薬局でもその薬がなかったらどうする？　その時あんたなら何をする？　そんな時、ネットで見かけた広告が、自分がほしくてたまらないものを売ってくれるって言うんだ。そのチャンスをつかむか？　誰かの命を救うために——何もしなかったら死んでしまうとわかっていたら、どうする？」

「ボー、落ちつくんだ」ウォルターがボーの肩に手をのせた。「我々は動機を論じるためにここにいるのではない。我々がいるのはこのためだ」と薬瓶を示す。「我々は、これがどこから来たのか知らねばならないし、何よりこれを分析しなければ。こうしている間もキースが残りを集めていることだろう。それをラボへ持っていく。ボー、きみに割り当てた車は回収した。きみには午後、キースとアトランタに帰ってもらいたい。病院に必要なことは局にいても対処できる」

「ラッキーは？」

ボーが関節を白くして小瓶を握りしめた。

「彼にはもう一つすべき仕事がある」

ウォルターが眉を上げ、じろりとラッキーを見た。

「イエス・サー」ラッキーは時計を見た。彼がハゲタカどもと遊んでいる頃には、ボーはＳＮＢの駐車場でキースの車から荷物を下ろしているはずだ。

「では諸君、我々はまだ公式にこの件の担当だが、事態の性質を鑑みて、食品医薬品局《FDA》に管轄が移るだろう。証拠品を見つけたら、できる限り迅速に提出するように」

ちぇッ。悪人を倒すなら、ラッキーのこの手でバットを振り下ろしたかったものだ。


ラッキーは約束の十分前にサミーの車に向かい、余分な時間でフロントフェンダーの下にこっそり発信機を仕掛けた。首からぶら下げられた聖クリストファーのメダリオンをもてあそぶ。これもキースの、ちょっと地味な盗聴器だ。

今夜、何が起きるのか予想はつかない。車とナンバープレートの写真をウォルターに送信した。

駐車場の向こう側からキースのヒョンデ・ソナタが出ていく。車内に人影が二つ見えた。ラッキーは自分とボーの、ついさっきの会話を反芻する。

アトランタに帰ったら、どんな状況が待っているのだろう？　ボーはついにラッキーに耐えられないと思うのか、それとも一歩引いてみることで少し落ちつくか？　心配は後回しだ。今は仕事。

サミーが五時きっかりに扉から小走りで出てきた。ラッキーに一つうなずき、車のロックを開ける。数秒のうちに運転席に乗りこんでいた。

「どういうことなんだ?」ラッキーは助手席へ座る。助手席は大嫌いだ。ほかの連中だって免許を取って運転資格を授けられたのかもしれないが、もしラッキーが自動車局のトップになれたら、今ハンドルを握っている猿どもの半分は徒歩だ。

「あんた本当の名前は?」とサミーが、答えるかわりに聞き返した。

「それ重要か?」

サミーは肩を揺らす。

「じゃあ何て呼べば?」

「サイモンと呼べよ」

自白以外の会話は最低限に留めておくのがいいだろう、どっちの言葉も記録されているのだ。キースはアトランタへ向かう途中だから、今ラッキーの発信を聞いているのが誰かはわからない。

「どこに行くんだ」

「着けばわかるよ」

サミーは口数少なく道を抜け、州間高速道85号線に入った。ヤクの運び屋にはよく知られた道だ。ラッキーもこのアスファルトの上で随分長い時間をすごした。

車は北へ向かい、サミーはしきりに唇を嚙み、ハンドルを指ではじき、片手を刈り上げに近い頭にやった。しばらくしてからやっと口を開く。

「悪いことをしてるなんて思ってもいなかった。だってさ、病院のためになることだって言われたし」

スポットライト、椅子に縛り付けた容疑者、「楽なやり方ときついやり方がある……」というセリフの幻想を見ていたラッキーは、その言葉で現実に戻った。

「誰に言われたんだ?」

「グレイソンだよ」

サミーがぼそぼそと呟いたので、肝心の相手に聞こえてないんじゃないかとひやひやする。

ラッキーは少し大きめの声でくり返した。

「グレイソン?　ドクター・スタンレー・グレイソンのことか?」

「そう、彼さ。ダンバースのことがあまり好きじゃなくて。ダンバースは子供たちより自分のイメージが大事だって言ってたもんだ」

車はサウスカロライナを出てノースカロライナに入り、州境から北へ数キロのところで高速を下り、二車線の郡道に入った。

「そんで、ドクター・グレイソンは自分の手でどうにかできないかって」

元工場らしきボロい建物の前に着いた。南部の景色にはよくこういう建物が点在している。過去の遺産だ。割れたアスファルトから草が生え、葛のツタが壁を這って古びたレンガの壁をほぼ覆い尽くしている。建物を回りこむと、荷受け場に白いシボレーのバンが停まっていた。

サミーが、数台分の距離を取って車を停める。

「ここで待ってろ」

いつもはゼロに等しい自制心を振り絞って、ラッキーはサミーについて行きたいのをこらえた。耳を澄ますと、鳥のさえずりと85号線からの時おりのエンジン音が聞こえた。できるだけこっそりと、バンの写真数枚と、荷積みドック、バンのナンバープレートを撮る。まとめてウォルターに送りつけ、電話をかけた。

「ボス」低く囁く。「100番出口のそばに車をよこしてくれ。できるだけ早く。そんでさっき送った写真の車を地元の警察《サツ》に停めさせろ。車内を調べて、出てきたブツはすぐラボに」

待つのは苦痛この上ないが、ウォルターがラッキーの要求を実行に移す時間もできる。

サミーが戻ってきた。手に無地の箱を持っていた。説明もなく、その箱を後部座席に大事そうに置いた。

「この箱は、俺の家と車を合わせたより高えんだ」とサミーはハンドルの下に手をのばした。

「グレイソンに言われて来てるのか?」

「そうさ」

まっすぐ前に目を据え、サミーは荒れ放題の駐車スペースを出て二車線の道路に入った。

「何回だ?」

「十回目だな、これが」

十回？　なのに誰も気付かなかっただと？

「いつも箱は一つか？」

「もっとある時もある。俺はこれまで気にしてなかったんだ。あの人は医者だろ？　だから変なことするわけないってさ。でもそしたら、病院の子供が死んで……」サミーは赤信号でブレーキをかけ、ラッキーのほうを向いた。「こうやってあんたに協力してるんだ、俺は逮捕されないよな？　ってか俺は何も悪いことはしてねえんだ、ただの使い走りさ」

ラッキーはその質問を流した。サミーがどういう扱いになるのか、あてずっぽう以上のことを言うには情報が足りなさすぎる。

「いくらもらってる？」

「へ？」

「これをやって、いくらになる？」

「はした金さ。一回で百ドル、ガソリン代と手間賃だって」

「証明できるか？」

「は？　小切手でもらってるわけじゃねえんだぞ」

世の中の少年少女諸君、覚えておくがいい、単純な人間はこうやって汚れ役をやらされるのさ。

「あの箱の中のモノは、おそらく違法な品だ。お前は州境をまたいでそれを運んでる。つまりお前は、ヤクの運び屋ってことだ」

「はっ?」

サミーの顔から血の気が引いた。スピードを上げて85号線へのインターチェンジにつっこみ、震える手でハンドルを握る。タイヤが路面を滑った。急ハンドルで車が尻を振る。ラッキーはヤバいとハンドルをつかんだ。この車から降りないと。すぐに。

サミーは車のコントロールを取り戻し、低速車線を走りながら、両手にハンドルを握りしめる。十八輪トレーラーがスピードを上げて横を追い越していった。

「俺はあんたに協力してるよな。てことは、捕まったりしねえだろ?」

この間抜けが。世の中にアホは尽きない。

「ボスにお前のことは褒めとくよ」

州境を越えた直後、ウーというサイレンと点滅する光を浴びて、サミーはとび上がった。げっとバックミラーを凝視する。

「サツだ! どうしよう!」

やっと来たか。

「停めろ」

「は? でも——」

「停めろ。俺もそこで降りる」

ラッキーはサイドミラーをのぞいた。後ろに付いた車はサウスカロライナ州警のロゴ入りパトカーと、覆面車のフォードだ。

「正直に全部話せよ。お前はもう首まで浸かってるんだ。泳ぐか沈むか、そいつはお前次第だ。だがひとつ忠告しとく。ウォルター・スミスって男に何か聞かれたら、洗いざらい話すのが身のためだぞ」

あたふたしているサミーを残してラッキーはふらりと車を降り、近づく警官に挨拶がわりにうなずいて、覆面車へ向かった。

「どこに向かえば？」と運転席の私服警官が、乗りこんだラッキーにたずねた。選挙権があるかも怪しいくらいの若さの私服警官。

「北に向かってくれ」

若いの、と言いそうになって口をとじた。どういうわけか若い連中は自分の若さを言われるのを、ラッキーが自分の年齢《トシ》を言われるのと同じぐらい嫌うのだ。三十六歳は老いぼれじゃねえ！

「はい！　ハリソン捜査官」若者は車を出し、中央分離帯の草を突っ切って北に向かった。

「こうして手伝えてどれだけワクワクしているかとても――」

「とても筒抜けだぞ、この話」

よっしゃ、沈黙の甘いこと。ラッキーはウォルターに電話しながら、スターバックスのオーソドックスな一杯がほしいと天に願った。

「いい話聞けんだろうな、ボス?」

ウォルターの上機嫌が電話口からしみ出してくる。

『とてもね。写真のバンはシャーロット在住のルーサー・カルフーン名義だ。そっちにアートをやってこの男の家を張りこませる。きみは、バンを追跡するということでいいかね?』

「そのつもりだ。だがまずは工場の中をのぞきたいね」

『私も向かう。サミュエル・ハスキンズの聴取には立ち会わなければな』

「誰だそれ」

『ロザリオ小児がんセンターの配送責任者だ。サミーとして通っているようだな』

「ああ、あいつ」

サミュエル・L・ハスキンズ。ミドルネームのLはレオナルドのL。T.L.ハンナ高校卒。スピード違反で検挙一回。母親と妹と一緒にトレーラーハウス住まい――なんて身辺調査の情報は出すべきじゃない。うっかりするとボスから、ラッキーは仕事熱心だと誤解されてしまう。

「グレイソンの身柄確保は?」

『まだだが、じきだ。居場所がわかれば』

ウォルターの声がぞっとする鋭さを帯び、麻薬取締局《DEA》にいたという当時の恐怖伝説をうかがわせる。その頃ラッキーと個人的な縁があったわけではないが――天に感謝だ。

ラッキーは電話を切ると、運転手にさっきの廃工場への道を指示した。脳内では『さっさと停めてハンドルを俺によこせ』と呪文のように唱えまくっている。プロとしての礼儀をわきまえろとウォルターから耳タコで言われてなきゃ、口から出てたところだ。結局、妥協して言った。

「停める場所を見つけろ。白いバンが来ないか注意してろよ。フラッシュライトはあるか？」

工場まで四百メートルほどの林道に車を停めた。運転手が後部座席の道具の山をあさって、支給のフラッシュライトを掘り出す。

「これもあります」と言って、さらに山からごついフラッシュライトを出してきた。ラッキーの父親が鹿狩りシーズンに違法な目潰し狩りで使ってたようなやつだ。

ラッキーはでかいフラッシュライトを受け取った。普通の四倍ぐらい明るそうだ。

「さて、本番だ。三十分で俺が戻らなかったら騒ぎ出してくれや」

ラッキーは財布をグローブボックスにしまい、バッジと拳銃、仕事用携帯、フラッシュライトだけを持った。混み合った木々の間を抜け、工場の荷積みドックにたどり着く。さっきのバンはまだ外に停まっていた。

二人の男が、荷積み場の開口部から出てきた。一人が止まって、金属のドアを下げる。何分かして、彼らはバンで走り去った。

ラッキーは建物の外周をさっと回ってから、ドックへの階段を上る。搬入口には南京錠がかかっていた。ほかの入り口も似たような防犯対策済みだ。どんな鍵だろうとラッキーには大した邪魔ではないが、入った痕跡を残したくない。

安易な侵入は諦めて、ゴツゴツと節くれだった葛のツタを登っていった。彼の手首より太いツタまであった。スニーカーならずっと楽に登れただろうが、局の制服ルールで紐のビジネスシューズを履いているので、一、二回落ちかけてツタにしがみついた。

三階の破れた窓から中をのぞきこむ。陽は建物の向こう側から射しているし、張り出した屋根と葛のツタが影を落としていて、日没まで数時間あるのに中は暗かった。

窓から体をねじこむ。足が床につき、それがツルリと滑って、ズドン！　仰向けに転がって息を失っていた。

キー！　キー！　体を丸めて立ち上がり、借り物のフラッシュライトを付けて天井に狙いをつけた。羽根がはためき、二十匹以上の逆さまにぶら下がった生き物が抗議の叫びを張り上げる。

コウモリめ！　ラッキーは鼻にしわを寄せ、腕とズボンにべったりついたコウモリの糞を見下ろした。ひでえ臭いだ。壁を支えに、滑りやすい木の床を横切って、出口に着くとホッと息をついた。

グラグラする階段を下りながら、錆びた鉄の手すりを握りしめる。外には陽光が射しているが、窓のほとんどは板で塞がれてろくに光を通さない。全盛期のここはどんなふうだったのだろう、繊維工場が小さな田舎町に息吹をもたらしていた頃は？　ラッキーの祖父もこんなところで働いていたことがある。ラッキーは身震いした。祖父はどうやって八時間ぶっ続けで屋内で働き、毎日毎日そっくり同じことを、一日中くり返していられたのだろう。

分厚い汚れは長年の放置の証だ。ただし、一階に着くと違った。壁のひびから一筋の陽光が差しこみ、光の中を埃が舞っている。ねっとりした腐敗臭が漂い、酸化したグリースやオイルの臭いもする。

階段の下にオフィスがあった。古い金属の机がひっくり返され、壁を落書きが埋めている。ファイルキャビネットが一つ、空のまま開けっぱなしにされていた。板張りを忍び足で歩きながら、傷んだ床がきしんだりガタつくたびに歯を食いしばった。葛のツタが左手奥に茂り、その奥に荷積みドックがある。ということは……こっちだ！　ラッキーは次の角を左へ曲がった。

「うわっ――」

身を縮めて叫び声をこらえる。ライトの輪の外へネズミが逃げていった。

「お互い手出しなしで行こうぜ」と口の中で呟く。不気味で、得体の知れない静寂。車の音もしない、人の声もしない、機械類の作動音もない。ラッキーの腕がぞわぞわする。ウォルターの説教でもいい、通勤時間のアトランタのクラクションや甲高いブレーキでもいい、終わりのないラップミュージックでさえこの完全な無音よりはマシだ。

男性用トイレと、従業員用休憩室らしきところを通りすぎ、天井がやたら高くて奥行きのある、窓も塞がれていない部屋に出た。一羽の鳥が、頭上の梁の間をひらりと飛ぶ。

木と金属の棚は、かつては摘んだ綿花や織り上げた布がしまわれていたのだろうが、きれいに掃除されて修理まで施され、床はこれまでの場所ほど汚れていない。

部屋の隅に、ケースが山と積み上げられていた。ラッキーはフラッシュライトを下ろして、箱の一つから蓋をむしり取った。

ざっと二ダースのガラスの小瓶が、彼を見つめ返していた。

ラッキーはライトを掲げる。見立てどおりならこの薬瓶は、ロザリオ小児がんセンターの会議室で彼がつかんだあの薬瓶と同じものだ。

ウォルターに知らせようとポケットの携帯電話に手をのばしながら、小瓶を二本、ズボンのウエストバンドの中に滑りこませた。

男の声が凄んだ。

「動くんじゃねえ」

17

ラッキーは手を前にして凍りついた。息遣いや足音という手がかりに耳を澄まして、何人のクズに不意打ちされたのかうかがおうとしたが、はね上がった鼓動がそれをかき消す。

バカが、バカがバカが！

腕時計に目を走らせる。あの私服警官には「三十分」と言ってある。あと十分稼がないと助けはこない。イヤホンなしで、ラッキーの状況を彼が知る方法はないし、ウォルターだって今どこまで来てるかわかったもんじゃない。

「騎兵隊が来てくれるとか期待すんなよ、お前が道に置いてきた見張りは片付けた」

唸るような脅しに、ラッキーの腹が鉛のように重くなった。どうやら十分以上必要なようだ。

「片付けた」というのが永久的な意味でないことを祈る。声は真後ろからで、ガサッと何かが擦れる音が左でする。二人か、それ以上いるのか。三人目はあの警官を見張っているのかもしれない。

ガサガサ音が近づいてきた。ラッキーは待ちながら、相手がどれくらい手慣れているのか、自分と引き比べる。まさか、ラッキーの拳銃を取り上げないほどのバカじゃないだろうが。

「いい銃だな。そいつを外せ。ゆっくりとだ」

この時ほど、バカに囲まれていたかったと思ったことはない。ラッキーはホルスターから38口径を抜くと目の前の箱にのせた。必要以上に大きな動作で、肩から後ろをうかがう。

「んー、んー、前を向いとけ。こっちのツラなんか見てもしょうがねえだろ」

顔を見せたくないなら、殺されないですむ可能性が上がる。脳天を吹っ飛ばすなら顔バレは気にしないだろう。なら覆面車を運転していたあのガキも夕飯にはおうちに帰れるかもしれない。

「よーし。頭の後ろに手を置け」

ふざけた返事が口からとび出そうになったが、背中を何が狙っているかもわからないので、ラッキーは言われたとおりにした。

ガサガサ音が寄ってきて、加減のない手がラッキーの体を叩いて探る。背中を指が滑ると「げ……」と低い呻きがしたので、コウモリの糞で身体検査をやる気が失せるかもしれない。いや駄目だった。手がまた戻り、股の近くを必要以上の（ラッキーに言わせると）時間をかけてまさぐる。小瓶を見逃すようなツキがあるだろうか。

無論、ラッキーの過去の経験から言っても、相手の気が引ける股間はいい隠し場所なのだ。実際、パンツに違法な小瓶を一、二本つっこんでチンコに肩身の狭い思いをさせたことも一度や二度じゃない。

「次、俺のチンコにさわったら五十ドルだぞ」とラッキーは罵った。ピンチだろうがただじゃ倒れない。

止まるかわりに、まさぐっていた手はラッキーの股間を押さえこんだ——強く。

「おい！」とラッキーは怒鳴る。

「もういい！」

後ろにいる男が命令した。おさわり野郎が下がって、箱の上から拳銃を取ったが、ラッキーのパンツにしまいこまれた薬瓶は見逃していった。顔を見せずに、その犯罪者がラッキーのバッジと携帯電話を奪う。

女の声が聞いた。

「ＳＮＢって何？　聞いたことないんだけど」

女だと？　女にベタベタされたのか。なんてことだ！

「南東部薬物捜査局だ」ラッキーの後ろに立つ男が説明した。「シロウトに毛が生えたような連中さ。何をコソコソ嗅ぎまわってた、ＳＮＢ野郎？　俺たちは麻薬は扱ってねえぞ。てめえらには関係ねえ」

どこまで言おうか。知りすぎると、こいつらは隠れてしまうかもしれない。だが動揺はさせたい。

真実に賭けることにした。

「お前らのせいで子供が死んだ」箱のほうを頭で指す。「その箱に入ってるモンは毒なんだよ」

女が息を呑んだ。「だって、そんなはずは――」

「黙ってろアニー。こいつは俺たちにバカさせたくてハッタリかましてるだけだ」

おっと、名前いただき。

「車をつけろ」リーダー役が命令した。「SNB男は、群がってくるアリの最初の一匹だ。これからもっと来るぞ。そいつらが来る前にとっととずらかる。お前らは三人で箱の積み込みだ、俺が戻る前にすませとけ」

ほう、四人いるのか。プラスしてきっと、警官のそばにもう一人。

「んで、俺のことはどうするんだ？」とラッキーは聞く。

（ボス、聞こえてるかい？）

「どこか、ちょっと戻るのに手間取るところに下ろしてやるさ。さ、おとなしくして、フラッシュライトを拾って、来たルートを戻れ。どっから入りこんだのか見せてもらおうか」

セキュリティの弱点を指摘する——ラッキーの得意分野だ。ただし今回は、教訓を叩きこんでやったところで見返りゼロだが。

畜生が。またコウモリはごめんだ、喉奥まで見せた大口でキィキィ鳴いて、羽根をバタつかせ、その上——いやそうだ、コウモリがいるじゃねえか！　しかもラッキー対、男一人。板で塞がれた窓から差しこむ光は弱まり、日暮れが近い。コウモリはいつも何時起床だ？　ここらでお目覚めと行こうか。

ラッキーは足を床に引きずって、埃の中にボス宛の、移動経路の痕跡をのろのろと残した。彼と歓迎されざる付き添いは通路を進む。背後の男の足音はラッキーのものより重い。でかい男だろう。声でもう背丈はわかっている。後ろ、上方から聞こえる。ラッキーは上り階段の鉄の手すりを握りしめ、指紋をベタベタ残しまくった。昔は証拠を残さないよう気を使ったものだ。今は真逆。

後ろで男がぜいぜい喘いだ。ほほう……唸ったり呻いたり、これは期待できそうだ。ラッキーは息も上がっていない。運動不足の男にラッキーが敏捷さで遅れをとるわけがない。

「子供が死んだのは本当だぞ」

ラッキーはぶちこまれること確定の密売人を挑発した。

「アニーは知らなくていいことだ。情に脆い時があるからな。俺たちは仲介してるだけだってことがわかってねえんだよ。俺たちは買ったもんを売る。中味はこっちの知ったことじゃねえ。ナースが量でも間違えたんだろうよ」

この男を有罪にするためなら、ラッキーは喜んでスーツを着て証言台に立つだろう。

ついに最初に忍びこんだ部屋まで来た。大きく息をすると、ラッキーはおんぼろのドアを力まかせに開け、強力フラッシュライトを天井に向けた。

キー、キー、キーッ！　バサバサとはためく翼が空気をかき乱し、コウモリたちが飛び出して宙を舞う。ラッキーはべっちゃり積もったコウモリの糞にかまわず床に身を投げ出した。全力をこめて蹴り出し、男の足をすくう。男が重く膝をついた。銃がカラカラと数歩先に落ちる。ラッキーはさっと身を翻してその銃にとびつこうとした。

特大サイズの悪党はラッキーにどんよりした目を向けて――ドサッと倒れこんだ。銃の真上に。亀のように仰向けになって。やりやがった！　二足歩行のシャチとはびっくりだ。ウォルターすら目じゃないくらいでかい男だった。

ラッキーは男の横で足を止め、首筋に指を二本当てて脈拍を数えながら、でっぷりした胸の上下動を見る。気絶しているようだ。救急訓練で習ったとおり、分厚い肩と腰をつかんで力をこめた。特大野郎はじりじり転がって、ドムッと裏返った。

ドックの辺りでトラックのエンジン音がした。ラッキーはぎょっと起き上がる。のびた男とここに残るか、ほかの奴らを追うか？　ベルトループを手でまさぐる。くそ、手錠を忘れた。

「おーい！　大丈夫か？」誰かが階段の下から叫んだ。

考えている暇はない。ラッキーはフラッシュライトを窓から放り出すと、自分もとび出した。

葛のツタをつかもうと手をのばす。

手は空振りした。灼熱の痛みが腕に走り、ツタに深く切り裂かれる。葉やツルに切りつけられながらラッキーは必死に何かをつかもうとした。ガサガサとツタが揺れ、へし折れる枝が落下スピードをやわらげる。

ドン！　地面に叩きつけられていた。思いきり。

左足首に火のような熱、左手を突き刺される痛み。ちっっっっくしょうがあああ！　口に手のひらを押し付けて叫びを殺した。

くそくそくそ、くそ！　呻いて地面を転がり、痛むところを押さえる。今誰かが来たら捕まってしまう。業火のような痛みがくすぶるくらいにまで鎮まった。ラッキーは歯を食いしばり、鼻から息を吐き出した。

手首を指でつつく。打撲だろうと思うが、そこまでひどくはない。また傷めなくてよかった。足のほうはもっと慎重に、足首から先へとさわってみた。

「いってえええええ！」

白熱した火かき棒を足から膝まで突っこまれたかと思った。視界の端が黒く歪み、頭を下げて気絶をこらえる。これは、折れてんな。腹がグルルと鳴って前触れを警告する。横を向くと、吐き気が腹を締め付けた。

くそう！　人生これ以上の下り坂があるか？　ゆっくり息をして頭を落ちつかせる。脚が激しくうずいた。（それはもういい。無視しろ。てめえの哀れなケツをここからどうやって逃がすかが問題だ）五分だ、五分も無駄にした！　どうしてまだ捕まってない？

倒れたリーダーが見つかるまでどれくらいかかる？　この貴重な時間の余裕をラッキーはもう使い果たしてしまったのか？　ツタをつかんで何とか立ち上がり、歯を食いしばって足首を動かした。ド畜生、痛え！

顎に力をこめ、ざらつくレンガの壁をたよりに足を引きずって工場から離れた。

こんな状態では遠くまで行けそうにないが、時間稼ぎはできるかもしれない。

警官を残してきた方向へ、木から木へととび跳ねて進み、ちらりと振り返る。八輪のトラックが荷台をドックに向けて停まっていた。トレーラーの中から時々物音がして、箱を積み込むゴトゴト、ドンという音がする。

　木にしがみついてやっと前進しながら、ラッキーは林の中をよたよた抜けていった。くそ！　痛む足を邪魔する若木をにらみつける。散々荒事の経験はあるから、足首が折れてることくらいはわかる。多分、足の甲あたりにもヒビが入ってるんだろう、体重をかけると骨同士がギリギリと擦れた。また吐き気がこみ上げる。いや、考えるな。苦い唾を吐き捨てて進んだ。

　膝が笑う。二歩目でつまずき、体が崩れた。手近な木で体を支える。腕に体重をかけ、低い枝にしがみ付いた。もしキースにこんなところを撮られてたら……。

「聞こえたぞ！　あいつはこっちだ！」

ヤベえ。ラッキーは無事な片手と、肘と、折れてないほうの足を使い、横に飛んだ。密生したハックルベリーの茂みにとびこんで下にもぐりこむ。耳の中の拍動に合わせて足がズキズキうずいた。口からゆっくり吸い、吐いて、待つ。走る足音が近づくにつれ気が沈んだ。ウォルターは今ごろどこだ？

　一歩ずつ、未来の捕獲者の位置を感知する。

「お互い楽にいこうよ、あんた。出てきな」

　アニーと呼ばれた女の声だった。子供の死にショックを受けていた女だ。この女なら話が通じるかもしれない。

「このままじゃ、あんたたちは重罪になりかねない」とラッキーは切りこんだ。「ここでの判断次第で、今後の人生が変わるぞ」

足取りが止まった。

「何人の子供が死んだの？」

「二人。俺が聞いた限りじゃ」

「誰も傷つけるつもりはなかった。これはただのビジネスだもの」と言う彼女の言葉は、リーダーの男の主張をなぞっていた。

「なら俺ともここでビジネスといかないか？　工場に戻って、俺はいなかったことにするんだ。俺はこのまま消える」

また藪がガサガサと揺れた。ラッキーのすぐ後ろで。

さっきより腹をくくった声で、女が答えた。

「ごめん、無理」

左側に動き。はっとそちらを向いたラッキーの顔面を、枝がとらえた。

18

大地が揺れた。ラッキーは地震のさなかに目を覚ます。足が揺れ、呻きを嚙み殺した。頭の激しい痛みと、足をさいなむ疼きがせめぎあう。

いや、地震じゃない。トラックだ（トラックの中だ）。頰は冷たい金属と寄り添い、車がゆっくりと坂を上るごとにあらゆる揺れや上下動が全身を貫いた。舗装された道じゃない、トラックの屋根や横をこする枝のきしみからして、どこか森の中だ。

工場で男は「ちょっと戻るのに手間取るところに下ろしてやる」とか言っていた。ふむ、どうやらラッキーに銃弾をぶちこみたくてたまらないわけじゃなさそうだ。なら何とかなるか。

暗黒で何も見えないので、耳を澄ましてほかに誰かいないか確かめた。しばらくしても得るものがなかったので、咳をして、起きているとバラしてみる。誰からも「動くな」とか、そんな脅しをかけられたりはしなかった。

地獄のような頭痛をこらえて、箱の間で起き上がると、じりじりと後方へ向かった。ここにあるのが鎮痛薬じゃなく抗がん剤なのが惜しまれる。イブプロフェン数錠となら何だろうと引き換えにしたい気分だった。頭のこぶをゆっくり確かめた。指先はベタつかない。これは小さな勝ちと見ていいだろう——彼のカタい頭と、枝による会心の一撃の勝負。日頃から石頭と評判のラッキーだ。

逃亡をはかる手もあるし、車でどこにつれていかれるか見届けてもいい。腰に何かが食いこんで、ズボンに手を入れると、工場でくすねた小瓶が転がりこんだ。まだ持ってたのか。

トラックが減速し、ギアのきしみが上がる。傾斜がきつくなった。どこかの山中だろう。工場からも遠くに山が見えたし、ウォルターに最後の連絡をしたところからまだ二時間足らずの距離というところか。さもなきゃ、ここはもうどこか知らんお空の下か。

ペンダントに手をやった。くッそ、なくした。落としたか連中に奪われたか。どっちでもいい。どうせとうに通信が途絶していてもおかしくない。

片膝立ちになり、ドアを手で探った。金属の板は小揺るぎもしない。ロックされている。ラッキーは床に座りこんで、避けがたい展開を待つことにした。

工場のあの男は目が覚めただろうか？　あいつにはラッキーが知る三文悪党の匂いがしなかったし、アニーは悪党というより主婦っぽかった。そりゃ犯罪者は多種多様、種々雑多で、銀行員タイプからB級映画の悪役面まで色々だ。ラッキーが刑務所で会った若者は気が優しくていつも笑顔で楽しげだったが、こいつは妻をバラバラに刻み、通勤の朝に26号線の道すがら車の窓から捨てていったのだ。外ヅラからじゃわからない奴はいる。

もしラッキーを捕まえたこいつらが、金の亡者で稼ぐためになんでもする連中なら、ためらいなく引き金を引いている。きっと。

そこらにいそうなパパママ集団が薬の密売人をしている謎を考えていると、疲れてきた。ボーは今頃どのあたりだろう？　アトランタにもう戻ったか？　ラッキーが消えたのを知ってるか？　どうでもいいだろうか。

ラッキーはまた横になり、片腕を枕にズキズキ痛む頭を休めた。ああ家に帰ってベッドで寝たい。肌と肌のなめらかなふれ合いを思い浮かべ、オモチャを挿入してやった時のボーの息が切れた喘ぎを想像する。あの男について知らないことがたくさんあって、まだまだこれからだったのに。

自分のベッドに毎晩ボーがいて、毎朝熱いコーヒーと出来立ての朝食が待っているというのはどんな感じなんだろう？　空きっ腹がグーッと鳴った。ポータベラ・マッシュルームのグリルがなつかしい。いっそチーズたっぷりのオムレツでもいい。

本当に恋しいのは料理でもコーヒーでもなく、あの思いやりだった。ボーが、何の見返りも期待せず何かしてくれるその姿勢。ニコッとするたびにのぞくたまらないえくぼ。マジで、あのえくぼ！　苦痛の中でさえラッキーは笑みを浮かべた。

熱い一杯のコーヒーがあれば最高。ついでに熱い風呂と、その後のマッサージ。とにかく何より、ボーさえいればいい。ボーに、イブプロフェンを飲ませてもらってベッドへ運んでほしい。とっととこの窮地を抜け出してあの男のところに帰るのだ。ボーがラッキーをまだ受け入れてくれるかどうかは、後でまた考えよう。とにかく、問題は一度に一つずつだ。

　ガタガタという音ときしみが減速し、停まった。ドアが閉まる音が二つ。

「あいつを出してきて」アニーが言った。「ここならぴったりでしょ」

　ラッキーは突如として、ボーが誕生日プレゼントでくれた〝お守り〟の存在意義を理解した。あの重さ、あのドラゴンの背中のトゲトゲ、鉛の塊みたいな重さは最高の武器じゃないか。ガツンと眉間に一発！

　ガサガサ、カチッと音がして、後部ドアが開いた。フラッシュライトの光線がトレーラーの中をざっと照らす。ラッキーはじっと目をつぶり、意識のないふりをした。折れた足首をつかまれる。何しやがる！　火のような激痛が脚を貫いた。ラッキーは絶叫した。

「気をつけて」アニーが叱った。「痛い思いをさせたいわけじゃない、何日か消えててほしいだけ」

　彼女の声が近づく。フラッシュライトのギラつきの中、隅が黒く沈む視界に、ラッキーはトレーラーをのぞきこむ金髪の頭をちらりととらえる。

「大丈夫？」と彼女が聞いた。

「脚が折れてる」

　ラッキーは呻いて、同情を引こうと芝居がかる。

「えっ」彼女が陰にいる誰かのほうを向いた。「脚に気をつけてやって」

手が、無事な足首をつかみ、ラッキーをトレーラーから引きずり出して立たせた。足が地面につくと、ラッキーは食いしばった歯の間からきしりをこぼした。

「ねえ、こんなことになってごめんね」アニーが水のボトルをラッキーに押し付けた。「これしか持ってないの。この区域は閉鎖されてるから、ハイカーには会えない。運が良ければ一、二日で大きな道に出られるよ、歩いていければね。こんなこと言ったらテッドにぶっ飛ばされるかもだけど、電話をかけられる相手はいる？　脚が折れてちゃどうやってもそう遠くには行けないし、ここに残して死なせたくはないから」

すぐにボーが浮かんだが、考え直した。

「SNBのオフィスにかけてくれりゃ、向こうが何とかする」

「駄目だ」ラッキーを支えている男が初めて声を出した。「逆探知される。電話をかけるなら個人の、監視されてない番号だ」

「なら俺の相棒にかけてくれないか？」ボーの私用携帯電話の番号を伝える。「警官はどうなった？　俺と一緒に来てたヤツだ」

「テッドが別のところに置きにいった」

アニーがそう言い残し、連れと一緒に闇に消えていった。二回、ドアがバタンと締まり、ラッキーだけが暗闇に残される。

轍でえぐれた土の道の真ん中に立ち、道を引き返していくトラックのヘッドライトが小さくなるまで見送った。やがてエンジンのうなりが消え、ラッキーは木の幹に寄りかかる。コオロギの鳴き声と物憂げなヨタカの声だけが道連れだ。時おりそれにフクロウが加わった。ズボンの中を確かめ、例の薬瓶を念のためにポケットに移す。彼らが本当にボーに電話すると、期待してもいいのか？

しばらくすると、暗さが薄れ、目が月光に慣れてきた。頭上では満天の星がきらめき、吸いこむのは冴えた山の空気。春の終わり頃とはいえ、こんな山の中での夜は冷える。ラッキーは腕をさすった。くそう、上着がほしい。

影の中のもっと黒いものに手をのばし、張り出した枝に捕まり、手頃な木をつかんでは体を前に進めた。途中で時々木にぶつかり、根っこにつまずき、茂みに足を取られたが、それでも一歩一歩、土の道をよろよろと下りていった。

ピンク色の地平線。ラッキーは木の下に座りこんで夜明けを眺めていた。こんなふうに早起きして、星が消えて頭上の闇がうっすら青くなっていくのをただ見ているなんて、いつ以来だろう？

親の農場を見下ろす丘に寝転び、妹としゃべって、夢を打ち明けたことを思い出す。かつてラッキーの将来の夢といえば、トレーラーを運転して窓からすぎていく世界を眺めることだけだった。

今の彼に、まだ、夢など残っているのだろうか。この十年、ただ自分の刑期を務めあげて人生を取り戻すことしか頭になかった。まずは刑務所で、続いては元運び屋の内部情報を現場で役立てようというウォルター・スミスの実験台として。去年、そのウォルターは、人生やり直しのチャンスをラッキーに与えてくれた。それを使って、何をしよう。

ボーの顔が脳裏に浮かんだ。ボーの若さで、あれだけ酷い目にたくさんあって、あんなお人好しでいられるのはどうやってだ？

父親からの虐待、アフガニスタンでの親友の戦死、処方薬の過剰摂取との戦い。それと比べれば、ラッキーの問題なんか薄っぺらく思える。なのにラッキーはこんな無神経なクズで、ボーはどこまでも「何か俺にできることはある？」という調子だ。

ボーの強迫的とも言える整頓ぶりが、腑に落ちてくる。何の支えもない環境で育った子供なりに、可能な範囲で物事を管理しようとしたのだろうか。たとえば、何かを探し回らなくてすむように——ラッキーがよくやるように、見つからなくて余分に買ったりしないようにとか。

いや待てよ、ボーは貧しく育ったのだ。食べるものもやっとというくらいに。彼の強迫観念の意味が見えてくる。

ボーは安定した支えを必要としているのだ。そしてラッキーは、彼に必要とされるものにどうやってなればいいのか、これっぽっちもわからない。

（変わってほしいと、あいつに言われたことがあるか？）

ラッキーの心の声がたずねる。「ねえな」とラッキーは呟いた。「でもいつか言うさ。時間の問題だ、俺の口に飽き飽きしたら最後」

膝を抱えて、この腕で抱いてるのがボーならと願いながら、やっと少しまどろんだ。


起きると体がきしんで痛み、頭上で太陽が燦々と輝いていた。こわばった筋肉をのばしながら、負傷の具合を脳内でチェックする。ボコボコにされ、擦り傷だらけで乾いたコウモリの糞まみれ、この悪臭は自分史上最悪を更新したかもしれない。大家が見たら言うだろう、「また野性的《ワイルド》な夜？」と。

（俺のトシでこれは堪えるぜ）

ラッキーはぐらつきながら立ち上がった。ズキズキする足首はいつもの倍に膨れ上がっている。周りをよろよろうろついて、二股の枝が落ちているのを見つけた。ちっ、短い。次のは長すぎた。三本目は、完璧ではないがいい線だった。枝分かれの部分を脇に当て、ありあわせの松葉杖をたしかめる。一歩、二歩。マラソンは走れそうにないが、ただ座ってるだけより百倍マシだ。

水を何口か飲んでから、服の中にボトルをしまった。これほど山の中だと車の音も聞こえない。ここまでトラックで運ばれてきた道をたどって、文明を目指す旅に出た。

太陽が照りつけ、背中を汗がつたい、風に乗ってきた悪臭に顔をしかめた。鼻をうごめかし、次はもっと腋の下あたりを嗅いでみる。あ、俺か。シャワー、甘いアイスティーのグラス、鎮痛剤、健康に悪そうな食い物、たっぷりのお昼寝タイム――この順でほしい。ささいな願いだろう？　いや、やり直しだ、まず最初にボーがほしい。

誰かが見つけてくれるまで、どれくらいかかるだろう？　アニーはボーにもう電話してくれただろうか？　捜索は開始されたのか？　腹が鳴って文句を訴え、空腹と吐き気が相争う。昼過ぎにはラッキーは水のボトルを逆さまにして、最後の数滴を舌に受けていた。

とぼとぼと進む。即席仕立ての松葉杖が腋の下で滑った。せせらぎの甘い音がかすかに聞こえてきて、それをたどると、一歩ずつ音が近くなってきた。斜面の底にある谷で、眩い陽光が銀色にきらめく。あれだ！　あそこだ。木々の向こう。ラッキーは斜面をよろめき下り、三度目の転倒で数メートル転げ落ちて杖をまっぷたつにした末、尻で滑り下りることにした。捜索隊が出ているなら、木に脚を打ち付けたラッキーの絶叫が聞こえたはずだ。

滝の足元に座りこみ、息を吸って、片方の靴を脱いだ。制服の改善を要求したい。黒いドレスシューズはプロっぽさの演出にはいいかもしれないが、フィールドワークには最低だ。剝がすように脱ぐと、腫れた足が死ぬほど痛いし。

昔々のボーイスカウトの訓練がよみがえり、岩を勢いよく越えてくる水を飲みに向かった。じりじりと、傷んだ足を水に浸す。肌は紫と緑とピンクと白が入り混じった色だった。うっわ、冷てえ！　山から流れる水が腫れた足首を冷やして、いくらか痛みが治まった。頭を滝のしぶきの下につき出し、甘い水をガブガブ飲みながら、凍るような滴に身震いする。体の下で岩が転がり、世界が上下にひっくり返った。コケだらけの岩に手がむなしく滑り、重力との戦いに負けたラッキーは深い水につっこむ。マジかよ神様！　しぶきを吐きながら喘いで水面を割った。ぶは。

何とか下流に流されないよう岸辺に落ちつくと、石鹸がわりの一つかみの砂と、タオルがわりのポロシャツを使って、できるだけ体を洗った。帽子の行方は謎だ。両腕とも上腕に血まみれの擦り傷があり、手首の打ち身に、ほかにも打撲の跡があった。頭には卵のような膨らみができていて、さわると痛い。折れた足首が動かせないし、足先をそっと回してみると脚に感電みたいな衝撃が走る。悲鳴を上げて、うずく足を冷え切った流れに戻した。

歯を食いしばって、苦悶を乗り切る。ド畜生がクソいてえええ！

刃でえぐられるような痛みはゆっくりと薄れ、ドクドクしたうずきになった。乾いた血とコウモリの糞が下流に流れ去り、ラッキーは前より清潔になったが、惨状には変わりがない。

平らな岩に寝そべると、濡れたズボンごしに冷えた体を温めた。シャツは手近な茂みにひっかけて乾かす。頭上の鳥のさえずりをのんびり聞きながら、だんだんと緊張がゆるみ、ここが家ならとも願ったし、ボーからのハイキングの誘いを断らなければよかったと後悔もした。今この瞬間、あの男に会えるなら何でもするのに。

しつこい羽音が大きくなってくる。目をとじたまま、ラッキーは蚊を追い払おうと耳元を叩いた。

いやちょっと待て。これは蚊じゃない。オフロードバギーの音だ。

19

ラッキーはもがいて起き上がった。「おーい！」と頭上で腕を振る。「おーい！」声はエンジン音にかき消され、頭上の尾根を走っていくバギーはスピードをゆるめもしなかった。手と足をついて斜面を登ったが、半分くらいのところで靴とシャツを忘れてきたのに気付く。息切れし、体力も尽きかけて、戻る余裕など残っていない。

また別のバギーが走り過ぎる。遠すぎて注意は引けなかった。少なくとも、捜索隊は出ているらしい。アニーの話では山のこの区域は閉鎖されているそうだし。と言うか、ここはどこなんだ？　シーザーズ・ヘッド州立公園？　手持ちの賭け金はそこに賭けたい。

流れのそばの岩に腕時計も忘れてきたが、道に何とか戻るまで二時間くらいかかっただろうか。土の道に這いつくばって、ぜいぜい喘いだ。出るルートはほかにもあるのか？　さっきのバギーはまたここを通るよな？　ここでラッキーの心を弄ぶほど運命は残酷ではないはずだ。

参加を拒否したピクニック、ボーの部屋によりつこうとしなかった日々、逃したあらゆるチャンスが今になってラッキーを責める。今この瞬間、もう一度だけボーと会えるなら、喜んで手をつないで職場に顔を出してもよかった。


「そうだ、ベイビー、それでいい」

仰向けに寝たラッキーをまたがったボーが上下に体を動かしている。ラッキーの屹立を熱がきつく締め付けた。

ラッキーが突き上げるたび、ボーのレザーチャップスがキュッときしむ音を立てる。ボーが手をのばしてラッキーの頬をひっぱたいた。

ラッキーはニヤッとする。

「へえ、荒っぽいのが好きってか？　毎日、知らねえ顔を見せてくれるな」

（ボーが彼の肩をつかみ、ぐらぐらと強く揺さぶり――）

「おい、大丈夫か？」と誰かが叫んだ。

は？　何だ？

「滝の近くで発見しました。はい、本人です」

どうしてボーがセックス中に無線で話してるんだ？　どうしてやけに声が遠い？　しかもどうして別人の声？

またブンブン音がする。ラッキーは瞼を上げようとする誰かの手を払いのけた。

「……るせえ。寝かせろ」

何かに叩き返される。

「ラッキー？　聞こえてるか？　おい、ラッキー！　何か言ってくれ」

ラッキーはパチッと目を開けた。上下逆さまの顔が視界に入る。

「ボー？」

ボーだ！　ひっつかもうとしたが、ラッキーは「いてえッ」とひっくり返った。痛えな！

ボーは体を起こすと、せっせとラッキーの周りを回って状態を念入りに確かめた。その唇の端が上がり、また下がる。それからピクついた。笑うか泣くか決めかねるように。

「ラッキー、本当によかった！」

しゃがみこんで両腕を広げたが、すぐにそのまま凍りつく。別の男がそばに立ち、ガーガー言ってる無線に向けて座標を怒鳴っている。ラッキーがさっき聞いたのはこの声だ。

「今、すごくハグしたくてたまらない」とボーが呟いた。

「俺は臭ぇぞ」

「かまわない」

「痛えし」

「どこなら痛くない？」

ラッキーは右手を上げた。ボーがその手を握りしめる。第三者の目の前ではあるが、ラッキーはこんなに自分が汚れてなければハグを受け入れていただろう。汚れているし、体が痛い。少なくとも、アトランタへ戻っても淋しい独り寝にならずにすむようだ。

「死んだかと、心配で」ボーが言った。「みんな心配してたよ。そしたら電話が来て。傷はどのくらいひどい？」

どうやらアニーは電話してくれたらしい。悪党《ワル》だって約束を守る時はある。腐った綿が詰まったみたいな口から、ラッキーは絞り出した。

「左の足首と足先の骨が折れてる。切り傷と擦り傷がちょっと。脳震盪の可能性」

もう一人の運転手が近づくと、二人のそばにしゃがみこんだ。

「少し看てもいいかい？」

お医者さんごっこならボーで、と言いたいところだったが、背に腹は変えられない。「……まあ」と答えたのはボーにつつかれてからだった。

「サイモン、彼はラッセル。救急対応の資格を持ってる。ラッセル、彼がサイモンだ」

　ラッセルはうなずき、何か呟きながら視線と手をラッキーの体に這わせた。上腕の傷を少し見てから折れた足へと注意を向ける。脇腹を押されてラッキーは呻き、肋骨のヒビもあったなと自分の状態を再認識した。

「悪いな」とラッセルが断った。

「一体何が起きたんだ？」とボーが聞く。

　自由にならない体勢なりに、ラッキーは肩をすくめた。

「ウォルターからはどこまで聞いた？　同じ話を二度する体力はねえぞ」

「配送係の若者があんたに見せたいものがあると言って、使われてない建物に行って荷物を受け取ると、中には病院から出たのとそっくりな薬瓶が入っていた。そっちは今、分析中だ。そこまでは聞いてる」

「サミーは昔の工場で誰かと会ってた。連中がいなくなったんで、俺は中をのぞきに行って、地元のＰＴＡに不意打ちされた」足を、ラッセルの手が上げた。「くそおおお！」ド畜生めが！　クッソいてえええ！

「すまん！」

　ラッキーは痛みを言い訳にボーの手を握りしめた。

　ボーがラッキーの頭を抱え上げ、自分の太ももにのせる。

「これでどう？」

「悪くねえ」

ボーのライディングジャケットはろくに体温を伝えてこなかったが、深く吸いこむとコロンと汗、そして雄の匂いがした。足の痛みも「ド畜生があ！」から「くそったれ！」程度におさまってきた。

「で、ＰＴＡってどういうことだ？　〝父母と先生の会〟のＰＴＡ？」

ボーのひんやりした指がラッキーの額をなでて、頭痛を追い払っていく。

「あんなの初めてだったぜ。勘だけどな、あいつらはヤクの売人じゃなくてそこらの一般人だ。売人にも色々いるから絶対じゃないが、今回のヤツらは俺を痛い目に遭わせたがらなかったし、子供が死んでると言ったら、女は本当に動揺してた」

「痛い目に遭わせたがらなかった？　自分の状態がわかってるのか？」

赤面する気力もない。

「まー、そこらはまた今度説明する。とにかく、連中は俺をここに捨てて、自分たちが逃げるまで邪魔が入らないようにしたんだ。バンの持ち主がどう噛んでるか、ウォルターはもう調べたのか？」

「今朝話したきりだから、どっちにしても俺は聞いてない」

別のバギーが近くに停まった。「見つけたのか？」

ラッセルが大声で「ああ、ここだ」と言って出迎えに立った。

数メートル先でラッセルとぼそぼそ話を始めた男は無視して、ラッキーはボーに言った。

「お前に会えてべらぼうにうれしいのは嘘じゃねぇが、お前はこんなとこで何してんだ？　アトランタに帰ったんじゃねえのか」

「あんたについてった警官と連絡が取れなくなって、ウォルターが俺たちをバックアップに選んだんだよ。俺が山登りするのは知ってるだろ？　で、アパラチア山岳救助隊に登録してるんだ。情報提供の電話を受けて、俺はウォルターと救助隊に連絡したんだ。区域がわかってたから、一部は道沿いに捜索を。犬をつれた徒歩のグループもいくつか出てる」ボーは男に向かって頭を動かす。「ラッセルがあんたを見つけて、知らせてくれたんだよ」

バギーは走り去り、ラッセルが自分のバギーから走って応急手当のセットを持ってきた。袋を手に、また地面にしゃがみこむ。

「何か要るものは？」とラッキーに聞いた。

ボーと二人きりの時間、と言いたかったが、ラッキーは我慢した。

「水はあるか？」とかわりに聞く。

「あるよ」とボーが肩に留まっているチューブを外し、その先をラッキーの口元に近づけた。

「噛んでから吸って」

チューブの先はボーのバックパックにつながっていた。

どうせなら別のものをくわえたいね――それも言わずにおく。ふざけたくても気が入らない。

疲れていた。くたくただ。ボーに肩を抱え上げてもらいながらチューブの端をくわえてちょっとずつ吸った。水が甘く口を満たす。

また寝かせられたが、すぐにラッキーはまたチューブをよこせと合図してボーに渡してもらった。こんなに水がうまかったことはない。

ボーが応急手当キットを使ってせっせと前腕の深い傷を消毒する間、第一発見者のラッセルが足を固定してくれた。

「添え木をしておくから、それ以上のことは専門家にやってもらってくれ。うかつなことはしたくないんでね」

ボーとラッセルの二人がかりでラッキーに予備のジャケットを着せかけると、ボーのバギーの後部に乗せて、不安定な山道を下った。ボーにきつくしがみついたラッキーは、ガタンと足に衝撃が来るたび腕に力をこめる。こんな状況でなければ道行きを楽しめたかもしれない。

ラッセルがスピードを上げて見えなくなり、ボーはバギーを停めた。体をねじってラッキーを見る。

「大丈夫か？　少し休もうか？　乗ってるだけで大変だろ。俺は……」

エンジンを切り、ボーがラッキーにぶつけるようなキスをして、ほとんど暴力的なほど唇を求めた。その間も指でラッキーの頭や首、肩をまさぐって、ラッキーが今にも消えてしまわないかと恐れるようだ。

ラッキーはひび割れて痛む唇から「んむむむむ」とこぼした。

やがてボーが離れた。

「もう会えないかと思った。あんな怖い思いは二度とさせないでくれ！」

視線が絡み合う。ラッキーは掛け値なしの真実を答えていた。

「俺は、ウォルターのために働いてる」局のためではなく、ウォルターのために。「だからこれからもお前との夕飯に遅刻するだろうし、居場所がわからない時もあるだろ。いつか、お前が上に呼ばれて、俺はもう戻らないから机を片付けろと言われる日が絶対来ないとは言えねえ」

数秒、どちらも言葉はなく、互いの目の奥を見つめていた。

「あんたが俺に同じことをする日がくるかも」

ボーが囁く。ラッキーの返事を待たずにバギーのエンジンをかけた。

百万通りものシナリオがラッキーの脳内をよぎる。薬局に強盗が入るか、カーチェイス中の事故とか、銃を持ったジャンキーが逮捕に抵抗するとか——すべて最後にはボーが死ぬ形で。今回のように涙ながらにプラカードを掲げる親みたいな相手ばかりじゃない。足首の痛みなんか比べ物にならない衝撃がラッキーの心を打った。どうして殉職についてマジに考えなきゃいけないような話を始めたんだ？　これまでラッキーは、身の危険があるのは自分だけだと思いこんできたのに。

救急車の明滅するライトが近づく中、ラッキーは抱きつく腕にもっと力をこめた。ボーもいない。

仰向けに寝かされていた——また。しかも今回は上でせっせと実りある時間にしてくれるボ

ラッキーは哀れに痛めつけられた自分の足を見下ろした。今は水色のギプスで覆われている。先っちょから爪先がのぞいていた。蛍光ペンででかでかと〈キース参上！〉と書かれ、もっと小さく控えめな字で〈快癒を待っている　ウォルター〉とある。〈ボー参上〉がないのは、ボーが一度も来てないからだ。ラッキーが知る限りでは。まあ当然ラッキーもずっと意識があったわけではなく、一日目はほとんどお薬のおかげで〈薬不足の影響もここにはないらしく〉お花畑で浮かれてたわけだが。薬は全然、足りなくなかった。ナースコールのボタンを押して「いてて」とわめけばお注射してくれる。なんて無駄のないシステム。恩恵にあずかるには足首を折ってピンを入れる手術を受けるだけ。

ウォルターがベッドサイドに座った。マジで、この会い方はもうやめにしたい。

「またきみの葬式を出す羽目にならなくて喜ばしいよ。生きているきみのほうが好きだと言わざるを得んな」ウォルターの訪問はラッキーにとってありがたくないことが多いのだが、大きな手に握りこまれたスターバックスのカップは大歓迎だ。「きみは猫より命が多いようだ」

ちょっと待て、とラッキーは指を上げる。カップの中味を半分飲み干し、冷めたコーヒーの悲劇を回避した。

「つーか、わりと軽く済んでな」

「ああ、しかもボーが、きみがどう足を傷めたかについて大変愉快な話を広めているよ。新しい話になるほどおもしろい」

ボーが？　てことはここにも来てたのか。ベッド近くのテーブルにいくつか花束が飾られているが、手前から後ろへ高くなるよう順に花瓶が並び、リボンはすべて正面を向いている。そうだな、ボーは来てるな。

「本当のところを聞かせてもらってもいいかな、でないと宇宙人に誘拐された話が本当なんじゃないかと心配でね。職場のものはいくらかだまされやすいようでね、しかもボーは彼らを担ぐのがとても上手なのだ」

ラッキーは誇らしい気持ちをこらえた。何たって、ウォルターは彼を信頼してボーの訓練を任せたのだ。新人は師匠の背を見て学ぶ。

「多分あいつがでっちあげたどの話より締まらねえ話さ。俺は、コウモリの糞まみれで窓からとび下りたんだ」

またたきすらせず、ウォルターが返した。

「趣味は持つべきだと思うがね、ラッキー、ゴルフにしておきたまえよ。今のは本気で言ったのか、それとも私は賭けに負けたのかな？」

「心から、嘘っぱちならいいと思うよ。だがな、コウモリの群れで慌てさせて逃げるチャンスを作り、窓からとび下りて葛のツタにつかまるつもりだったんだ。つかみ損ねたのさ」

短い腕のせいで。ボーには絶対言わないが。

石のような表情で座っていたウォルターが、首をのけ反らせて笑った。全身を震わせ、手を上げて目元を拭う。

「すまない、ラッキー、今の話で笑っているのではないよ。いや、愉快な話だが、何よりボーが話していた魔法の豆と雲の上の城の話が、ほぼ本当だったというのがね」

ラッキーは呆れ顔をした。いつかウォルターのユーモアセンスが彼の命取りになるだろう。

「ま、実際に巨人も出たけどな。あんたよりデカかったよ」

「我々はバンを突き止めた。近所の話では持ち主は何日も姿を見せていない。女性についての手がかりはない。何かいい見立てはあるかね？」

「子供が死んだって、俺から聞いて驚いてたくらいだな。役には立たねえが。俺の妹だってそうなるさ。薬瓶のほうは何かわかったか？」

「ラベルは中国のものだ。だが製造元が記載されていないので、供給源をたどるのは困難だな」

畜生。そんなことだろうと思ってた。

「こうしてる間も、連中は毒を垂れ流してる」

「遺憾ながら。ラボの分析では、ラベルどおり、化学療法薬のパクリタキセルは検出された。通常、原薬と調合される多様な添加剤には、エタノールやアルブミンが使われることが多い」

「今回のは違うんだろ」

「そうだ。部下の推論が正しいと、いつもはうれしいものだがね。今回は例外だ。ラベルによればグリセリンが添加されている。分析によると、入っていたのはジエチレングリコールだ」

「ド畜生」

ボーを信頼しているが、今回は間違っていてほしかった。

「きみに同意したいね、ラッキー。ただし、もっと最悪な話がある」

「何だ？」

聞きたくない。本当に聞きたくない。

それでもウォルターは伝えてきた。

「また二人、患者が死亡した」

20

きっかり三時にボーがドアからのぞきこんだ。

「退院の準備はすんでる？」

ラッキーは車椅子に座り、ギプスの足を前に出していた。もう片方の足にはスリッパを履き、Tシャツとパジャマのズボンという格好だ。服はウォルターの妻の気遣いだった。こんな格好じゃまるで大家のグリッグス夫人の生き別れた弟だ。

「お迎えはありがてえけどよ、お前、仕事は？」

「それが、ウォルターからちゃんと家に送っていけって言われてるんだ」

「ウォルターが？」

そっかよ、ウォルター、どうせなら「きみたちのことは知っている」とか直接言ったらどうなんだ。

「そうなんだよ。もう出発できるか？　表に二重駐車してるから急がないと。ちょっと手を借りてくる」

ボーはドアの外に消え、少しして病院の看護助手をつれて戻ってきた。看護助手がラッキーの車椅子を押し、ボーが花や病院からの支給品や松葉杖二本、靴を載せたカートを押す。ラッキーの服は、良識ある看護師が焼却処分してくれたことを願おう。

エレベーターで下に向かう途中、誰かが乗りこむために三階で止まると、ラッキーの心臓が縮んだが、すぐにここは違う病院だと思い出した。〝どうか神よ〟で始まる祈りを無言で唱え、慣れないながらステファニーの無事を祈る。〝アーメン〟で締めた。

正面入り口でボーがカートから離れた。

「車を回してくるよ」

ラッキーは渋面を作る。

「二重駐車はどうした？」

「ああでも言っとかないと、まだ病室でぐずぐず揉めてるだろ？」

やられた。本当に嘘が上達してやがる。

ボーが自分のデュランゴを正面に回した。少し押したり引いたりしていくらか毒づいた末に、ラッキーは助手席でシートベルトを締めた。ボーはラッキーの袋と靴と花と杖を後部座席に積み込む。

「捜査は進んでんのか？」

三日間も蚊帳の外だったのだ。三日分多すぎる。

「あんまり。俺はＦＢＩと働くことが多いね。ウォルターがあんたに、今週は出勤するなって言ってたよ」

「明日から仕事に戻る」

ラッキーは知りたいことがある。局にはその答えがある。

「あんたのノートパソコンは持ってきた。家で仕事できるだろ？」

家。寝転がって、何もせず、ただ考えてばっかりで？　局に行けば書類仕事に首まで浸かるが、それでも事件の詳細にはアクセスできる。

「考えとくよ」

車はラッキーの家の前に着いた。ボーはさっとボンネットの前を横切り、助手席のドアを開ける。

「あら、紳士ね！」

グリッグス夫人が声を上げた。スウィングベンチに座る彼女の膝に真っ黒な猫がのびのびと寝そべり、黒と灰色の子猫が隣に座って前足を舐めている。足元にはさらに二匹。一体どうするつもりだ、界隈の猫を全部集める気か？

「どうも、ミセス・グリッグス！」

ボーが呼びかけて、午後の四時だというのにバスローブ姿の彼女へ手を振った。ラッキーへは「鍵をくれ」と言う。

「ああ？」

「聞こえたろ。鍵だよ」

「何でだ」

ボーが手をつき出した。

「ほら、いいから。それとも自分で全部運ぶ気か？」

ラッキーは鍵を手渡した。ボーは彼に杖をあてがって立たせてから、玄関まで、両腕いっぱいに荷物を抱えて走っていった。さらに二回戻ってきて残りの花や日用品の袋を運ぶ。その間ラッキーは、二本の松葉杖で目指す方向にうまく移動できるよう取り組んだ。

ポーチのステップに着いた瞬間、ボーが隣に現れた。「自分でできる」とラッキーは反抗したが、しなきゃよかったとすぐ後悔した。片方の松葉杖が、森で即席仕立ての松葉杖がつけていった腋の下の生傷をえぐってくる。

「あんたのためじゃない、その弱ったケツを家に入れないと近所迷惑になるから、ご近所さんのためだよ」

家に入ると、ラッキーはアンバランスな足取りでカウチに向かった。ボーが寝室に方向転換させる。

「俺は寝たきりじゃねえ」とラッキーは凄んだ。

「休養が必要だろ」

ボーが答えてラッキーの背に当てる手に力をこめてくる。

「死にかけてるわけじゃねえし」

病院で寝てた間にかなり時間を無駄にした。やらなきゃならない仕事があるって時にだ。一秒ごとに、痕跡は薄れているのだ。

「無理をしちゃ駄目だ」

「してねえよ！」

ラッキーは松葉杖を斜めにのばし、ぐっと突いてつっかえ棒にした。ボーが一緒に入らない限りベッドはごめんだし、どうせ重病人と見られていては、再会を祝してワイルドなセックスとはいけそうにない。

ボーがニコッとした。

「しゃぶってあげたいけど、カウチに座るなら保留かな」

くそう。卑怯な手を。「先に行け」

ボーの頬にえくぼが現れる。

「俺の気遣いをわかってくれると思ってたよ」大仰な仕種でラッキーをベッドにつれていく。

「夕食を作るから、それまで一眠りしたら？」

「いや……しゃぶる約束は？」

「デザートは食後だね」

「俺はそんなヨレヨレじゃねえぞ！」

「そんなこと一言も言ってないだろ。さっ、腕を上げて。服を脱がせてあげるから」

「ふざけてんのか？」

「ふざけてるように見えるか？」ボーがラッキーの腕をつつく。「上げろって」

「てめえな。調子に乗ってやりたい放題か！」

ラッキーは顔をしかめたが、ボーににらみ返されて腕を上げた。Tシャツが頭から抜ける。

ふん……悪くない。足をつき出した。「スリッパ」

ポン！　スリッパが床に落ちる。

「ズボンも」

あれこれ工夫し、のっけから間違えたり、前にも増して唸ったり罵った挙句、木綿のパジャマをラッキーのギプスから抜いた。

ラッキーは眉を動かす。「パンツは？」

ボーが彼をベッドに押し倒した。

「はいはい。寝てろよ、俺は食事作ってくるから」

ラッキーの額にかすめるようなキスをして、下がる。

「フェラしてくれたら眠れるかも！」

ラッキーは閉じたドアに怒鳴った。親指をこねる。ギプスをにらみつけた。ナイトスタンドに鎮座するドラゴン像の背びれを数える――二十七。ボーはまだ戻らない。瞼が重い。少しだけとじるか。別に、いきなり素直になったわけではないが。

　しばらくして、ボーに起こされた。

「座って。食事だ」

　うまそうな匂いがする。ラッキーは皿からボーの手へ、尖った顎へ、高い頬骨へと視線を上げた。いつものえくぼ、そばのランプの明かりで黒っぽく見える温かな目。ふーむ、うまそうなものがある。食い物以外にも。

「それは何だ？」

　ラッキーはもぞもぞと起き上がりながら、こっそりと元気になってきた勃起の位置を直した。ボーの料理にボーのプリケツと同じくらい興奮するのは変態じみてるだろうか。

　ボーの上唇が曲がった。

「名誉に思ってくれよ。あんたのために鶏肉を料理したんだから」ラッキーの膝にタオルを広げる。勃起は無視された。「それと、冷蔵庫に入ってたものをゴミに捨てたよ。比較的食べられそうだったものは、体によくないものばっかりだ。残りは中学の自由研究の結果みたいだし」

　ラッキーはわざとらしく、愕然と体を引く。

「ハービーとフレッドを捨てたのか？」

ボーの眉間にしわが寄った。

「ハービーとフレッド?」

「俺が育ててる植物だ」

「あの腐りかけのタマネギと芽が出たジャガイモ? アンダーソンに向かう前にもう裏庭に植えといたよ」

ラッキーはじっとボーを凝視した。時々、ボーが本気か冗談かわからない時があるのだ。この何ヵ月かで、ボーの無垢さは一部失われてしまった。この食えない感じは、いいことか悪いことか? 鶏ムネのローストの香りに注意がそがれる。唾が出てきた。

ボーが甘い紅茶のグラスをナイトスタンドに置き、さっと出ていくと、すぐにまた水のグラスと皿を手に戻ってきた。ベッドの横の椅子に座り、ラッキーの紅茶の横に自分の水を置く。

「手伝おうか?」

ラッキーは敵意むき出しの目を向けて、切り分けようとしようもんなら……と凄む。

「お!」

一口食べ、何のスパイスだろうと悩んだ。くそう、うまいな。うますぎて、一緒の皿にのっけられた蒸しブロッコリーにもほとんど腹が立たないくらいだった。緑のものは植木鉢や庭にあればいいのだ、皿の上ではなく。ブロッコリーは最後に残す。

「もしまた『皿に緑のものがのってるから取ってくれ』と言い出したらひっぱたくぞ」

ボーが自分の夕食の皿に視線を据えたまま言ってくる。その皿にはブロッコリー、米、それに豆腐のようだがラッキーには判別できないものがのっていた。うまい鶏肉よりも無味の四角い塊をあえて選ぶ人間がいるという事実の理解を、脳が拒否している。ベーコンよりもそっちがいいとか。ああ本物の、豚肉で作ったベーコンが恋しい。ボーいわくの「パッケージ入りの発がん成分」であっても。ラッキーはとりあえず同意することで説教やらご高説を避けていた。もっとも、何年も医学的訓練を受けた人間の言うことが正しい可能性もあるので、ボーがいる時はベーコンのことも避けている。

噛む時間を節約してブロッコリーを飲み下し、ラッキーはげぷっと、兄弟でよくやった〝げっぷレース〟でシャーロットから表彰されそうなげっぷを吐いた。「うまかった」とフォークを皿に放り出す。

ボーの唇の片端が上がった。ラッキーにテレビのリモコンを渡し、皿を片付けに出ていく。少しして、キッチンから水音がした。

テレビを見る気にはなれなかったが、お気に入りの昼メロを何話か見逃している。しばらくもたもたした末、録画されている『サウスベンド・スプリングス』を再生した。少ししてボーが戻ってきて、ラッキーの隣にそっと腰を下ろした。

「ライラがまた妊娠した。親子鑑定になってさ」とラッキーに人の悪い笑顔を向ける。

「てめえ、誰が親かネタバレしやがったら――」

「そんなこと言われちゃ言えないよ、父親が――」

「ボー！」

ギプスが許す範囲で、ラッキーはボーにつかみかかった。

一話分が終わった。ボーはベッドからとび下り、部屋をぐるりと回って、テレビを消す。

「もう休まないと」

「もういい。さっき寝たばかりだ」

「休まないと駄目だ」

「いーや、断る」

「フェラしたら寝るか？」

「かもな」

ボーが鼻を鳴らした。

「再会を祝したいのは自分だけだとか思ってないよな？　休養をとるイコール、より早い回復イコール、ワイルドなセックスまでの待ち時間短縮――だろ？」

ラッキーはリモコンを床へ放り出す。「テレビは後だ」

「俺の気遣いをわかってくれたと思ってたのに」

楽な体勢を取ろうと、ラッキーは身じろいだ。ボーがベッドカバーを引き下ろす。「ああ、会いたかった」と呟いて、ラッキーの体の治りかけの傷をそっとなで下ろした。

（俺が会いたかったほどじゃねえだろ）

この瞬間を、ラッキーは妄想したのだ。ボーが尽くしてくれる場面を、森ですごした夜に。なのに今、横柄きわまりない態度を取っている。この性格は変えられない。

ボーが両手でラッキーの顔を包み、頭を上げて唇をかすめるように合わせた。ラッキーの額にキスをし、そして両の瞼に、鼻頭に、両頬に、治りかけの傷と枝で殴られたこぶを避けてキスを落とした。ラッキーの顎を軽くねぶってくすぐる。そこから首へ、舐め、しゃぶり、吸って、首筋から耳へたどった。耳たぶに舌を這わせ、少しだけ中へ差し入れた。

ボーの舌は下方へ移動し、胸元で唇をつける。とにかく肌のすみずみまで舐めつくそうとでもいうようだ。乳首に唇がかぶさって、ラッキーは息を呑んだ。

ボーの髪を指で混ぜながら、ラッキーは喜んで呻き、力をこめてボーの頭を下げようとする。ペニスがボクサーパンツの布をのばし、濡れた染みを作っていた。そこだ！　そこをやってくれ！

下へ、さらに下へとボーが動き、だが肝心のところは通りすぎてラッキーを焦らすと、ボクサーパンツの下側から舌を差しこんで、布が許す範囲で股間を舐めた。邪悪にニヤッとして、ラッキーの睾丸をパンツの外に引き出す。片方、それから逆を口に含んで、舌で転がした。

ラッキーが尻をゆすり、ボーが引っ張って、やっとパンツが脱げた。やったぜ！　ボーがラッキーの屹立を舐め上げ、勃起をフルに目覚めさせる。亀頭をぐるりと舌が回り、浮かんだ血管を根元まで舌先でたどって、開いた唇で竿全体にキスを降らせた。もう少し。あともう少し――。

ボーが小さく笑って体を起こした。

は？　はあ？　駄目だ、今は駄目だろ！　戻ってこい！

「根性悪！」ラッキーは歯の間から絞り出す。

「忍耐は報われる」とボーが格言で返した。

「そうかよ」

ラッキーはまた腰をつき出す。ボーがまた下がる。

睾丸の根元を指でしっかり押さえると、ボーは屹立を激しく吸い上げはじめた。口をかぶせて、頭を上下に動かす。

そうだベイビー、それでいい！　ラッキーは呻いてブランケットを指の間で握りつぶす。

完全に着込んだままのボーは、ラッキーを口で愛撫しながらマットレスに腰を擦り付けた。

エロいな。手を貸してやりたいがどうにも動けない。

「ああ、そうだ、いいぞ」

目をとじて首をそらし、頭をヘッドボードに預ける。

深いところから圧力が生まれる。強く、もっと濃密に。あああ、くそ！　その圧力が破裂し、体の奥が痙攣する。電流が弾け、爪先が丸まってシーツを握る手に力が入る。ボーの口に放つ。

次々と押し寄せる絶頂の波が全身を揺さぶり、包み、染みとおる。

「あああッ」

ラッキーはベッドから背をそらせた。

ボーはラッキーの腰をかかえ、押さえつけて、ラッキーが与えるすべてを受け止めた。ついにラッキーが最後にブルッと震え、力なくベッドに崩れると、ボーははね起きてズボンから己を引き出した。焦点の甘い目で、集中した顔を歪め、我を忘れた手で己をしごく。首をそらせ、目をぐっととじた。「ファック《くそっ》」と呟く。

「やっとお誘いか？」

ラッキーは腕をのばして固い尻肉をつかみ、ボーを引き寄せて限界の剛直に口をかぶせた。雄の匂いが、使い果たしたはずの欲望をまたかき立てる。

ボーは乱れて、ラッキーの口に突き入れた。

「もうすぐ――あ、あああっ」

ラッキーの肩を指でつかむ。ほとばしりに次ぐほとばしりがラッキーの舌を打った。

震えがおさまると、ボーはラッキーの上を這い、ベッドに崩れた。息が切れて目がぼうっとしている。「マジか」

まさに、ラッキーにもそれ以上の言葉はない。

ラッキーの胸毛に指先を軽く這わせながら、ボーが肩にキスをした。

「どれくらい会いたかったが、想像もつかないだろ」と呟いている。

森の中。一人きりで。ボーに二度と会えないのではないかというあの時の恐怖が、ラッキーに押し寄せてくる。後悔、言っておけばよかったのに言えなかった言葉。今、言わなければならないすべてをこめられる言葉を探すが、出てこない。

結局「ああ、俺も会いたかったさ」とだけ言って、ボーの肩に腕を回した。ほとんど必死にしがみつき、ボーに伝わるよう願う。感じて、そしてどうにか理解してほしい。ラッキーが言えないでいる言葉を。

ボーが身を寄せ、満ち足りたような吐息をこぼした。暖かい風が肌をくすぐる。二人はそのまま横たわっていた。時おり走りすぎる車の音だけを背景に。

おずおずとした「泊まっていこうか?」という問いが、ラッキーの胸に押し付けられたボーの口元でくぐもった。

「そうしろ」

今夜。毎晩。

ラッキーはボーをもっと引き寄せながら、途中でちょっと止まる。毎晩? どっからそんな発想が?

21

コーヒー（くんくん）。シャンプー（くんくん）。ボーのコロン。外で車のドアがバタンと閉まる。

ラッキーはかすむ片目を開けた。せめて送り出す言葉でもかけたかったが、このほうがいい流れかもしれない。この頃危険な考えにつきまとわれているのだ。昨夜もボーにもっと泊まってほしいとか、それどころか毎晩いてほしいとか思った自分に、正直心からビビっていた。

ベッドに立てかけてある松葉杖をつかむと、コーヒーを求めてよろよろとキッチンへ向かった。足先も足首も時々ズキズキするが、仕事だ。コーヒーメーカーの隣にカップがあり、中に白い結晶の粉が入っていた。ラッキーはコーヒーを注ぎ、暖かな日になりそうだと窓の外を眺めた。

いつもより時間をかけて服を着る。さすがに短パンで出勤はこれが初めてだが、どうしてもズボンの裾にギプスを通せなかったのだ。まあいいさ、〝チーム〟には慣れていただくしかない。バックパック相手に苦戦してノートパソコンの重さにうなる。ボーにギプスを外してくれって頼めばよかったか。いつもこんなに重かったか？　ああそうだ、たくらみがバレるから、ボーには言えなかったのだ。バレたら喧嘩になるし。

うるせえよ、ちょっとボロボロなだけだ。死にかかってるわけじゃねえ。

何分かかけて、ギプスの足を車の中に据えた。交通量の多いところへ出る前に目の前の道で試しに運転してみる。どうにか事故なく局へたどり着いた。

車からエレベーターまでのよたよた歩きは、誰にも見られずにすんだ。ラッキーは上へ向かうエレベーターの中でぐったりと壁にもたれる。今朝の出勤は、賢くなかったかもしれない。

「おはようございます、ミスター・ハリソン」例のきびきびした受付嬢が挨拶した。「復帰おめでとう」

彼女がニコッとする。ラッキーに向けて。人々はラッキーに微笑みかけたりしないものだ、いつも渋面や苛立ちのツラばかりで。

復帰おめでとう？　ふざけてんのか？　疲れすぎてまともに威嚇もできず、ラッキーは一つこくんとうなずくと自分のパーティションへと廊下を進んだ。

「ここに来ちゃ駄目なはずだろ」

ボーがデスクをへだてる距離の向こうからにらんでくる。

「仕事があんだよ」

体をまっすぐ起こすのにも苦労してなきゃ、もっと勢いよく言えるんだろうが。

ボーはゆずらないまなざしで、ラッキーに反論させまいと挑んでくる。

「必要なものがあるなら家まで持ってってやったのに」

できる範囲で肩をすくめ、ラッキーはパソコンバッグの重さに耐えて不器用に杖にしがみついた。「俺はここだぞ」

「ああ、そうだね」

ボーがラッキーのデスクをチラッと見て、また視線を戻した。髪を指でさすり、あきらめの息をふうっとついたが、「がんこじじい」という呟きをかき消せはしなかった。迷った後で、回りこんでくるとラッキーの松葉杖を取り上げ、壁に立てかける。腕にかかるボーの頼れる手を、ラッキーは歓迎した。

「じゃあ現状報告」ボーは話しながらラッキーの腰に腕を回し、前進させる。「ドクター・グレイソンの家を捜索した結果、さらに輸入医薬品が発見された。ドクターは潜伏中だが、そこはもううちの担当じゃない。ＦＢＩが追ってる」

「ちぇッ」

あのカスを自分の手で追い詰めたかったものだ。聞きたいこともあったのに。

「おかしなことだが、彼の経済状況を洗っても、それらの薬の売買で利益を得た様子がない」

は？

「どういうことだ？　何の利益もねえのに、どうして取っ捕まりかねない真似を？」

ラッキーは自分の机に寄りかかり、ボーにバックパックを取ってきてもらう。

「会議室で俺が言ったことを覚えているか？　医者は患者を救う誓いを立てているんだよ、ラッキー。どうしようもなくなって最終手段を選んだ医者は彼だけじゃない」

ラッキーの前でボーはノートパソコンを、いつもラッキーが置いているまさにそこに設置した。

「ほかの医者たちはもっと運があって、罰金やお小言くらいですんでる。死人が出なかったからね。ロザリオで、俺が話した相手は、皆ショックを受けてた。ドクター・グレイソンはまるで聖人で、患者のためなら何でもする人だって。休日にボランティアまでしてる。とても誰かを苦しめて金儲けをしようとするタイプには、俺にも思えないんだよ。ダンバースはここぞとばかりに私腹を肥やそうとしたのにね。納得いかないよ」

違法薬物をめぐっては、納得いかないことが山ほどあるのだ。ボーもいずれ学ぶだろう。ラッキーがそうだったように。

「グレイソンとダンバースの奴につながりはありそうか？　もっと掘れば？」

「それはどうかなあ。もっと早いうちに、彼だとわかっていたらと思うよ。死んだ四人の子供たちは、みんなグレイソンの担当患者だった」

ラッキーはごくりと唾を呑んだ。ステフ。いいや、ボーには聞けない。答えが恐ろしい。この男を悲しい知らせの使者にはしたくない。

した。

「それもまだ。今後何か出てくるかもしれないけど、もう正式にはうちの管轄じゃないし」

ボーの手を借りてラッキーは自分のデスクを回りこみ、見覚えのない椅子を不機嫌に見下ろした。

「ヘル・ビッチはどこだ？」

「キースが外出してたから、彼のと取り替えた。あんたは頑固だからきっと出勤してくると思ったし、骨折してるのにあの椅子でひっくり返るのだけは防ぎたい。ギプスのせいでバランス感覚が狂ってるかもしれないだろ」

ラッキーはぶつくさとうなった。どうせボーもこんな反応しか期待してないだろうし。本当のところは、ボーが味方でありがたい。そしてもしキースが予定外に早く戻ってきて床にのびたなら、遠慮なく笑い飛ばしてやろう。あのバカは鼻っ柱をへし折られるべきだというのが、ラッキーの意見だ。

とは言え、キースの尻痕がついた椅子に自分のケツをのせるのも業腹だが。ふむ……ランチは豆入りのタコスにするか。特大の屁が出るように。

「ありがとよ」と言って椅子に座った。

ボーがうなずく。空のゴミ箱を逆さに置いてギプスの足をのせられるようにしてから、自分のデスクに戻った。こんな相棒に恵まれるほどのどんな善行をラッキーが積んだのかは謎でしかない。背中を向けているボーには「ありがとう」と呟いた口元は見えなかっただろう。

　自分のノートパソコンを立ち上げるとまずラッキーは、死亡した患者のリストをくれとウォルターにメールをした。

　今朝もいつもどおりに始める。食品医薬品局《FDA》、麻薬取締局《DEA》、薬事委員会のウェブサイトを回って最新のニュースを確認。ラッキーたちが廃工場で発見した薬についての記事が出ているのは予想内。地元誌の見出しには〈米国の医師が未承認薬を購入〉とあった。

　自分たちの捜査の記事かと思ったら、そうではなくウォルターが言及した話だった——八十近い医療機関がトルコや中国、その他の国から抗がん剤を輸入しているとして摘発されたのだ。

頭沸いてんのか？　何だって医者がそんな無鉄砲な真似を？

〈患者が死んでいってる。まともな方法ではもう薬が手に入らない。どんな手段にもすがりたくなるのは当然だ〉と、記事の中で匿名の医師がコメントしていた。ボーとほぼ同じ言葉だ。

　ラッキーはその記事を二回読み、ネットで同様の話を探したが、面食らうくらい大量に出てきた。

〈これで患者にチャンスができるんだ〉と匿名の発言があった。グレイソンもそう信じたのか？　患者たちにチャンスを与えていると？

　自分が診ている患者を救うために医師が逮捕の危険を冒すなんて、この世界はどうなってる。そんなとんでもない真似までしないとならないなんて、どんな世界だ。

　ラッキーは記事になっている数々のクリニックや薬の輸入ルートを、リストにまとめた。輸入薬の一部には、ＦＤＡが国内使用を承認していない薬も含め、効き目があった。だが残りはただの色水であったり、もっと悪ければむしろ毒に近かった。

「ダンバースのことを考えてたんだ」ボーが言いながら、椅子を回してラッキーと向き合った。「俺は彼を信頼してた。不正を非難されても、彼を弁護した。子供たちに必要な薬を手に入れてくれるヒーローのように考えてた。たとえ病院のルールに違反しててもね。彼はただずっと、私利私欲で動いてただけなのに。俺は間抜けだった」

「間抜けじゃない、人を信じすぎるだけだ」

「同じことだろ」ボーが鼻を鳴らす。「あんたみたいに、誰のことも信じずにいられたらと思うよ」

　誰のことも信じない。ラッキーはぎょっとした。ボーは彼のことをそんなふうに見ているのか？　完全なる人間不信？　その上で彼のようになりたいだと？　人を信じるその心を失っては、それはもう別人だろう。そりゃ、その性格で失敗もするが、ラッキーは自分の疑り深さを誰かに分けたいとはまるで思わない。

「そんなふうに言うな。それもお前の一部なんだから。しばらくこの仕事をしてりゃ、そのうち誰を信じて誰を疑うかわかってくる」

　ボーが半分だけの笑みと、冷えた笑い声をこぼした。

「じゃあそれまでは、あんたに導いてもらわないとな。次、誰も信じるなっていう時は、ちゃんと俺にわからせてくれよ」パーティションの入り口にちらっと目をやると、椅子を滑らせて距離を詰める。「あんたは頑固で度し難いところもあるけど、ほんと優しいよな」

「それは違う！」ラッキーはピシャリと言い返した。「そんなたわ言、聞かれたらどうすんだ」

「誰にも言わないよ」ボーはウインクした。「でもウォルターはもう知ってると思うけどな。ウォルターは何でも知ってるから」

その言葉に、ふとラッキーは考えこむ。ウォルターにまさにどこまで知られているのか、その知識を今後どうするつもりなのか。

「とにかく」ボーは自分のデスクに戻った。「ダンバースは今後どうなる？」

「どうもならねえよ」

「えっ？」

ボーは、ヘル・ビッチに座っているわけでもないのに床にひっくり返りそうになった。

「どうにもなんねえんだよ、ボー。あいつは違法なことは何もしてねえ、倫理に反しただけだ。欲をかいたツケは、クビになってもう払ってる」

畜生が、あの不実野郎のことを思うと血が煮えくり返る。身ぐるみ剝がしてやりたい。あいつが薬をあっちこっちと動かして身内の私腹を肥やしてる間に、どれだけの何の罪もない人々が苦しんだことか。

ラッキーはプリメロ・ケア社を業務停止に追いこみたくて仕方ないが、グレーマーケットを規制する法案が通らない限り、誰にもろくな手が打てないのだ。法律は無実の人間を守りもするが、罪人を守ることもある。それでもそんな奴らをしつこく追い回し、隅々まで徹底的につきまわすことは、ラッキーにもできる。

ボーの視線がラッキーの机に向いた。

「コーヒーがないね。今持ってくるよ」

ふとラッキーは、ボーが誰かのために動きたがるのは、誰の目もないところに行って考えをまとめる手段の一つなのかもしれないと思い当たった。この引きこもり方にラッキーが気付くまで、一体どれだけ同じ手を使われた？

フロリダでの公園のベンチを思い出す——初めて二人がキスして、ボーがいきなりその場を離れた。さらに割と最近、初めての患者の死を聞いたボーからの切羽詰まった呼び出し。ボーはその知らせを伝えると出ていき、ラッキーを面食らわせた。もっとたくさん、ボーがふっと消えた場面が思い出せる。

カチッと、全部組み合わさった。動揺や混乱をくらうと、あるいは慰めがほしい時、ボーは逆に逃げ出すのだ。どうしてだ？　ラッキーに何か言われるんじゃないかと警戒してるのか？

まだ青臭かった頃、ラッキーはトラブルに見舞われると家族にたよった。子供を虐待してことあるごとに責め立てる父親のところで育ったボーは、隠れるクセがついたのかもしれない。

ひでえ話だ。ボーは今、自分は間違っていたと認めた。そんな時、父親に殴られたことがあるのだろうか？　ありえる。大体の場合ラッキーの家族は、単にへまを笑ったり雑用を押し付けてよこしたりしていたが、お互い苦しい時には支えあったものだった――家族のほとんどがラッキーに背を向けるまでは。

ラッキーはぐらつきながら立ち上がった。くそう、どうしてボーは杖をあんな遠くに置いた？　向かいの壁まで片足ではねていってから、目撃者がいないことを確認し、よたよたと廊下を進み出した。

キッチン兼休憩室をのぞく。ボーの姿はないが、コーヒーポットに作りたてのコーヒーがあるので、おそらくここに来た印だ。

次は男性用トイレ――ここにもいない。自分のオフィスに戻るかウォルターに聞くか迷い出した時、会議室のドアが細く開いているのに気付いた。

隙間の向こうでは、目当ての相手がアトランタの街並みを見つめていた。遠くにはストーン・マウンテンが見える。ラッキーも子供の頃行ったことがあって、ロバート・E・リー、ストーンウォール・ジャクソン、ジェファーソン・デイヴィスといった南軍の英雄のレリーフに目を見張ったものだった。

ボーは、コツ、コツ、というラッキーの杖の音に肩をこわばらせた。どのみちこっそり近づくなんて不可能だ。ラッキーは扉を閉めると、ぐらつきながら部屋を横切った。何事もなく歩けるありがたみを、もう一生忘れまい。片足に体重を預けると杖を横に置き、両腕をボーに回した。

ボーはその抱擁に力を抜き、揺れる息をこぼした。

「俺はこういう仕事に向いてないんだ」と呟く。「いつも悪い奴らに引っかかる。軍にいた頃は、上官にはあまり好きじゃなかったり納得いかない相手もいたけど、みんな誠実ではあった。命令されれば俺はただ従った。民間の世界では、上にいるからといって高潔な人間とは限らない。俺はもっと疑うことを覚えないと。あんたみたいに」

「お前は全員に平等にチャンスをやってるのさ。俺？　俺にとっちゃ全員有罪《クロ》だよ、たとえ違うと証明されてもな」

ボーがため息をついた。「まったく、俺たちは大したペアだよね？　誰でも信じる男と誰も信じない男」

「お前のことは信じてるよ」

ボーがはっと、むち打ちになりそうな勢いでこっちを向いた。

「本当に？」

そんなに信じがたいか？　まあ、そうだな、ラッキーのセリフとしては、確かに。（ボーを信じてるか？）ボー、消えたラッキーを探しに駆けつけた男、ラッキーの醜い真実をすべて知っていて、あらゆるクズな態度に対しても投げ出さず、見捨てない男。（ああ、信じてるな）

いつそんなことになった？

ラッキーは長いこと他人を寄せ付けようとしなかったし、背を向けてきた。（信じなければ、傷つけられることもない）

ボーの首筋に頬ずりし、恋人の匂いを吸いこむ。

（信じてるに決まってる。こいつを愛してるんだから。だろう？）

ラッキーは硬直した。愛だと。ねじくれた、座りの悪い感情が腹でうねる。（そうだ、こいつを愛している。しかも信じている）

（そしてこいつは誰のことも信じている。俺のことすら）

信頼に応えるという点では、ラッキーの実績は最低だ。それでも今、誰かを愛して、その信頼を裏切るなんてとても——だがこれまでボーのことはずっと裏切らずにきた、だろう？　この間の冬、ライアーソンのペイン・クリニック摘発のとき、あのクズがでかいＳＵＶでボーに突っこんだ時でさえもだ。ボーを放っておけなかったおかげでラッキーは死ぬところだったが、死ぬ気なんかそもそもなくて、自分と不運きわまりないマツダ車を杭がわりにぶちこんでやっただけだ。たとえもしあれでうっかりこの世とオサラバしていても、別に気にしなかっただろう。ボーのためなら。

そしてボーは今、ここに。亡くなった子供たちのために心を痛めて。いなくなったラッキーを探し出したボー。それだって——（くそうボーの行動を深読みするな、こいつは誰でも信頼するし誰にでも親切だ）――いややっぱり、ラッキーのことを気にかけているから、だよな？

この手のことってどうすれば答えがわかるんだ？

ひょっとしたら、ボーを愛しているかもしれない事実を、悶えそうな十七秒間より長くラッキーが耐えられるようになれば、こういう悩みも勝手に解決するのかもしれない。暴走するSUVに向き合わなくても好意を認められるのが、マトモな人間ってやつだろう。

好意を持つなら、ボーにも持ってほしい。もう誰もラッキーのことなんか気にしちゃいないのだ、家族でさえも。シャーロットは別として。妹はまだラッキーを愛している。哀れな勘違い娘。もしかすると、ボーも時々やたらひねった考え方をするところがあるあたり、おかしな角度からなら丁度ほかの連中には見えないラッキーの何かが見えるのかもしれない。何たって、ラッキーにはハッピーエンドを得る資格なんかない。

ボーにはハッピーエンドがふさわしい。（俺はこの男が好きだ。それが死ぬほど怖い）

言うべき山ほどの言葉を何も言わず、ラッキーは口をとじ、頭をボーの肩の間に当てた。耳元にボーの鼓動がして、規則正しい呼吸が心地いいメロディのようだ。この瞬間を、何も邪魔できない。ヴィクターも、刑務所ですごした日々も消え、SNBも消える。大切なのはボーだけ、窓から晴れた街を見つめる彼だけだ。

ボーの体からこわばりが抜け、ラッキーの腕の中にやわらかく収まった。

「もう、大丈夫だ。あんたのコーヒーを取りに行って、給料分の仕事をしよう」ボーが体を回してラッキーに軽いキスをする。「ありがとう」

「何がだ？　何もしてねえぞ」

「いてくれるだけでいい時もあるんだ」

ラッキーが何か聞ける前に、ボーは会議室から出ていった。コーヒーを取りに寄る。取り残されたラッキーは一人で廊下を移動した。

疲れた息をついて、ラッキーはパソコンの前にドサッと腰を下ろした。げっ、ウォルターから返事だ。息をつめ、無言の祈りを唱えながらメールを開けた。

心臓が止まった。〝ステファニー・オーウェンズ〟の名前が、犠牲者リストの一番上にあった。神様、まさか。

目を強くまたたいて、見間違いであるよう願う。

だが駄目だ。名前はそのままだった。

グーグル検索ですぐ、新聞の死亡記事が出てきた。フルカラー写真から笑い返していたのは記憶にある少女で、その顔は赤茶色の髪に包まれている。胸に、白と黒の猫を抱いていた。

22

「コーヒー持ってきたよ」

ボーがラッキーのデスクにカップを置いた。ラッキーは一つうなる。無邪気な少女が微笑むことは二度とない。彼女を救うはずの男に毒を与えられたのだ。ラッキーは松葉杖をひっつかんだ。

「行かねえと」

「ラッキー？　どうしたんだ？　ラッキー？　ラッキー！」

後ろからボーが叫んだ。

タイミングを計ったかのように、ちょうどウォルターがオフィスから出てくる。

「ラッキー？　きみはこんなところにいては駄目だろう」

「俺はいねえ」ラッキーは上司をよけてよろよろ進んだ。「誰も見てねえ」

ボーとウォルターの質問を無視し、エレベーターのドアが閉まると、やっと詰まっていた息を吐き出した。

鳴り響く携帯電話を無視し、右へ左へとハンドルを切りながら車列をかわして家へ向かった。勢いよくまばたきして視界を晴らす。ブレーキをガンと踏みこむと、グリッグス夫人や足元に溜まっている猫たちに目もくれず、悪態をつきながらよたよたと玄関を上がっていった。携帯電話すら持たずに。

カウチに沈みこみ、憤怒にかられて杖を放り出した。何故だ？　どうしてだ？　これまではいつだって任務と自分を隔ててきたし、感情移入なんて一切しなかった。どうして今回だけ？

「ミャア？」

開けっ放しにしてきたドアから猫が一匹、現れた。黒白の猫だ。

「ミャローオ？」と問いかける。ラッキーを見つけてしっぽをピンと立て、トトッとカウチにやってくると、とび乗った。

怒鳴りとばそうとして、ラッキーはやめた。獣は片足をラッキーの脇に置き、のび上がると、鼻と鼻を合わせてから、頭をラッキーの顎に擦り付けてゴロゴロと喉を鳴らした。

ラッキーの母は迷信深く、死者があの世からメッセージを送ってくると信じていた。彼女なら、ステファニーがラッキーにもらった猫のぬいぐるみのお返しにこの猫を送ってきたとか、自分は大丈夫だと伝えさせているとか思うだろう。

（迷信なんて下らない、しゃんとしろ！）

ラッキーは猫をすくい上げると顔を押し当て、すすり泣きをその毛皮で殺した。胸の苦しさ

が増していく。あのかわいそうな、優しかった子供が、どうして死ななきゃならない？　涙が鼻をつたい落ちた。まばたきで追い払う。

どうしてだ、一体どうしてなんだ？　なんでだ？

猫をつかみ、声のない叫びに口を開ける。畜生！　あそこにラッキーもいたのだ。見破れたはずだ！　止められたはずだ！　どうして前の仕事が終わったその日にすぐ、ウォルターはラッキーを派遣しなかったのだろう。それで何か変わっただろうか？　もしラッキーがもっと懸命にやっていたら？　もしボーが時間外の残業をしていた間、ただほっつき歩いて恋人のあやまちを責めるかわりに、ラッキーが捜査を続けていたら？

もし、もし、もし――。

ラッキーは慟哭した。激しく、長く、ヴィクターの自殺を知った時を最後に、ずっとなかったくらいに。猫はその嵐をやり過ごそうと、もぞもぞ動いて、身を落ちつけた。

目が覚めると、頭はふらふらだし、汗まみれで、腕にはもふもふした熱の塊がもたれていた。

「何だぁ？」

ビクッと体が跳ねたが、猫は眠そうにラッキーへまたたいただけでまた頭を下ろした。その喉のゴロゴロという震えがラッキーの体に伝わってくる。

時計は4：55。ボーはじき仕事上がりだ。

そろそろ携帯電話を取りに行くか。きっと電話が来てる。

ラッキーは猫をずるずるとドアの外に運んで出し、戻ってこようとしたのでドアを閉めた。

片腕の下に杖を抱え、ボーのやり方を真似てコーヒーを淹れる。もっとも、いつも全然かなわないのだが。

髪のない頭と、活力に満ちた青い目と、希望あふれる笑顔が意識に割りこんでくる。ラッキーはまたその姿を押しやった。またいつか、ステファニーのことは考えよう。今ではなく。彼女の運命の理不尽さを思うと血圧が上がる。ほかの犠牲者もだ。もし両足とも元気だったらジムに出かけてリングでどこかのバカを叩きのめしているところだ。

キッチンの蛇口の上にぶら下がる布巾をつかむと、全力で放った。キャビネットのドアにぶつかってパンと鳴っただけだ。次に、ボーが鍋を洗うのに使っているタワシを投げる。本気の気合いを入れ、続いて鍋つかみ、スプーンなど、壊れない物を投げつけた。家中を片足で、壁をたよりにはね回る。靴下の入ってる引き出しを勢いよく引き抜いて丸まった靴下を四方に撒き散らした。ひとつずつ、その靴下の玉を壁に投げつける。

コップをつかんだが、投げる直前にボーの『どうして壊したんだ？　誰がこれを片付けるんだ？』という顔が浮かんで思いとどまる。

次はバスルームだ。おお、石鹸はなかなかいいミサイルになるな。知らなかった。リビングの雑誌の山に向かった時、ボーが部屋のドアを開けた。

「少しはマシな気分になったか?」と惨状を見ながらラッキーにたずねる。

二人の間に、悲しみと破壊が横たわる。ボーがその距離を詰めた。その腕の安心感、理解しているまなざし。言葉はない。言葉などいらない。二人は同時に動き、ボーがラッキーに腕を回した。

「ああ、ラッキー」

ラッキーの指をこじ開けて、『リーダーズ・ダイジェスト』のバックナンバーをリビング横断飛行の運命から救う。雑誌は床に落ちた。ラッキーの顔を両手ではさみ、動かないようにして、ボーはひどく優しく唇をふれ合わせた。

ボーの後頭部をひっつかみ、ラッキーは口をぶつけるようにして、この一瞬と与えられるぬくもりに溺れようとする。

「優しくなんてするな」とキスの間に絞り出した。

一歩ずつ、じりじりとリビングを横切り、腕と足を絡ませてカウチに倒れこんだ。ラッキーは取り憑かれたようにボーに体をこすり付ける。

「ラッキー、俺は……」とボーが始める。

「しゃべるな、やれよ。思いきりだ」

少し争うようにして、二人とも服を剝ぐ。ボーのボタンダウンシャツとスラックスが、ラッキーのTシャツと短パンと一緒に床に落ちた。二人して押し、引っ張り、突きとばし、取っ組み合って、しまいにラッキーが裸で仰向けになり、カウチの脇に杖がかろうじてもたれかかっていた。

ボーがラッキーの両手首をつかみ、荒々しい目つきで、それをカウチに押さえつける。そこでハッとして手を離した。

「駄目だ」ラッキーは要求する。「やめるな。それがいい」

言葉の詰まった視線を交わしてから、ボーは強引な姿勢に戻り、ラッキーに屹立をこすり付けた。乱暴に、ほとんど痛むくらいに突き上げられて、ラッキーは「そうだ！　いいぞ！　もっと、もっと強くだ！」と声を上げる。しまいに「もっとやれ！　早く！」と怒鳴った。

「本気か？」

「そうだよ、やれ！」

ボーがカウチの背もたれをとびこえ、足を滑らせながら寝室までの廊下をとんでいき、音からして一、二度壁にぶつかったようだ。驚くほど早く戻ってくると、あっという間にコンドームを装着し、ラッキーの準備もすませてしまう。ギプスに合わせて上手く角度を付け、ボーはラッキーの中へ侵入してきた。

「キツいな！」

キツいってのがどういうことか教えてやろう、とラッキーは締め付けてやった。

「それ、死にそうになるから」

ボーの言い方からして、臨死体験を喜んでいるようだ。

ラッキーはボーを引き下ろして獰猛なキスをし、苦しいくらいにゆっくりした挿入をせかそうと腰を上げる。欲しいのだ、それも今――言葉もいらないし前戯も邪魔、何も考えたくない。純粋に原始的で、本能のままに暴力的に、ただ感じたい。苦痛、官能が、境もなく混濁し、ラッキーを引き潮に引きずりこむ。

カウチをギギッと唸らせながら、ボーが無慈悲なリズムを刻む。肉体がぶつかり合い、汗で肌がぬらつく。熱く、拡げられ、入りこんで、引いていく。突き上げごとにラッキーとカウチが揺さぶられ、ラッキーに望むものを与える。ボーの腰が叩きつけられるたび、その硬いものが内側の最高のところを擦る。

幾度も幾度も、ボーは突きこんでは引き抜き、たまらない痛み、快感を煽り立てる。ラッキーは限界すれすれを漂っていたが、ボーがいきなりラッキーの両手をカウチから引き剝がし、腕に押し付けて、自分の体でラッキーを完全に押さえつけた。

一瞬で我を失う。ラッキーは自分の屹立にふれもしないまま、精液をぶちまけていた。

ボーがほぼ同時に続き、「ああ、うあっ」と耳元で呻いていた。ラッキーの腕を放し、倒れこむ。ふたりは互いにきつくしがみつき、その鼓動はゆっくりと下がって、息が整っていった。

頭をラッキーの胸元にのせ、ボーは視線を上げて目を合わせた。

「押さえつけられるのが好きだって、早く言ってほしかったよ」

　ラッキーの脳細胞が少しずつ、セックス後の忘我状態から戻ってくる。

「いつもは違うからな。たまにそういうことがあるってヤツだ。それに、お前に言うのはどうかと思った。お前は、拘束が嫌だって言ってたろ」

　ボーが肩を回した。「だってこれは、俺とあんたの話だろ。確かに俺の趣味ではないけど、あんたを押さえつけるのはちょっとよかったな」体をのばして、ラッキーの唇にほとんどふれないキスをかすめさせる。「信頼してるから。あんたは俺を傷つけないって」

　それでいいのか？　ラッキー自身ですら、そこまで自分を信じられないが。

　ボーは起き上がると、手をのばしてラッキーが座るのを手伝った。「すぐ戻るよ」とコンドームを外しながらバスルームへ向かう。局でのさっきの態度を説教されるだろう、と予想しながらラッキーは待っていた。

　ボーはタオルを手に戻り、ラッキーを軽く拭ってからまた行ってしまった。ラッキーのためにアイスティーの入ったグラス、そして自分用の緑茶のグラスを持って帰ってくる。ラッキーの隣に座ると、互いに空いた手の指を絡ませた。

「どうしてあんなふうに局をとび出していったのか、聞いても大丈夫か？　かわいそうに、ウォルターがものすごく心配してたよ。追いかけようとしてたけど、家で休ませたほうがいいって俺が止めといた。あんたは無理をしすぎるからって」

「まあな」

ボーのほうは、ひとりの時間にラッキーが踏みこんできてもあまり気にしないようだが、逆の状況でラッキーはあれほど心広くはなれない。まあ、猫相手だけは別として。

「何があった？　俺には話せる？」

俺には話せる？

さすがボーだ、ドアは開けてもラッキーを押しこもうとしてこない。もし話せと上から言われたら、ラッキーは固く閉じこもっていただろう。

かわりに、彼は真実で応じた。ボーには敬意を払うべきだ。

「ロザリオ病院で、ある日、階を間違えてエレベーターから降りて、患者の一人と会った」

ボーはうなずいたが、何も言わなかった。

「そこにいたのは女の子で、髪がなく、地獄を隅々まで見てきただろうに俺にニコッと笑いかけて、見知らぬ男相手におしゃべりしてきたんだ」

彼女の姿が脳裏に浮かぶ。ニコニコして、誇らしげに自分の人形を見せていた。

「だってな、うちの甥っ子たちだってさ——俺がどれだけあいつらを愛してるかお前も知ってるだろうけど——甘ったれたガキになったり、与えられたものに満足できずにいつももっとほしがってる。なのに、あの病気の子は、幸せそうにしてた」

「その子の名前は？」ボーが囁く。

「ステファニー」ラッキーは顎を上げ、目にしみる痛みを払おうとまばたきした。

「死んだ子たちの一人？」

「そうだ」

「俺もあの子を知ってる」

ボーは静かに言った。

「お前が？　どうしてだ？」

ボーは身じろぎし、ラッキーと絡めた指に力がこもった。

「俺がよく残業してたのは覚えてる？」

「ああ」

「いつも薬局にいたわけじゃないんだ。時々は、病院のほうでボランティアをしてた」

「ボランティア？　何のだ？」

「必要とされるなら何でもさ。あまり面会が来ない子供のそばにいて、本を読んであげたり。うん、読むことが多かったかな」

「死んだ子供たちの中に、ほかにも知ってる子がいたのか？」

ボーが体をひねり、ラッキーの視線を受け止めた。

「全員、知っていたよ」

23

「ラッキー？　きみとボーは、オフィスまで来てくれないか？」

ウォルターがラッキーのデスクの前に立ち、顎にたっぷりと肉がついた顔に笑みを浮かべていた。

ラッキーは当惑のまなざしを相棒と交わし、のたのたと立ち上がる。くっそ、ギプスが外れたらお祝いだ。ボスのでかい背中について杖で進み、ウォルターのオフィスでは誰かに取られる前にお気に入りの椅子に陣取った。局全体の会議だった場合にそなえてだ。ボーはもう一つの椅子に座り、ラッキーが足を乗せられるようゴミ箱を押し出した。

「もはや連邦事件となったので我々の手を離れたが、ロザリオ小児がんセンターの件について経過を聞きたいだろうと思ってね」ウォルターは自分のデスクの向こうに腰を据える。「そして、ラッキー、きみによる身元確認も期待したい」

ラッキーに一枚のファックスが手渡された。

はじめラッキーは、行方不明者届が自分と何の関係があるのかピンとこなかったが、名前を見てわかった。〈アン・フレッチャー〉。写真は昔のだが、顔と目は変わっていない。

「廃工場にいた女だ。リーダーからアニーと呼ばれてた」

「この男に見覚えは？」

ウォルターから、印刷屋が作ったチラシを渡される。チャーター便の広告だ。人間よりセイウチ似の男がこちらを見返していた。

「ああ、会ったよ。デカい奴ほど派手にコケやがる、コウモリのクソの中じゃ特に」

ボーがラッキーの折れていないほうの足を蹴って、ウォルターにチラッと視線をとばす。その酸っぱい顔に牛乳も固まりそうだ。

あ。

「ここにいるメンツは除き、ですよ」

ウォルターは眉一筋動かさなかった。

「私はコウモリのクソを全身全霊で避けているのでね。関節炎によくないのだ」

ラッキーはチラシを凝視した。「この男はリーダー役で、こいつが仕切ってた。アニーは『テッド』って名前を言ってたが、あの時は誰のことかはっきりしなくてな。彼女に携帯電話とバッジと拳銃を取られたんだ」

局支給の携帯電話は惜しくもないしバッジなんぞまたもらえるが、あの38口径は取り返したい。あの銃には……思い入れがある。

「この人物の名はセオドア・ラスムセンだ。彼はフレッチャーとともに小型飛行機を数機所有しており、ノースカロライナ州シャーロットにあるサブ空港周りを飛んでいる。フレッチャーの出身地だ。バンの所有者、ルーサー・カルフーンはシャーロット近郊に住み、彼らの下で働いて主に雑用仕事をしている。きみの友人、ロザリオ病院のサミーも、荷物受け取りの相手が彼だと確認した」

次にウォルターが渡してきたのは高校の卒業写真とおぼしき写真だった。

「こいつもいた」ラッキーは認める。「最後に見た時ゃ、足首が折れた男を無人の山中に放り出すとこだったぜ」クソが。

「やはりな。彼の名はケリー・バーネット、ラスムセンの従業員だ。すでに聴取されているが、どうやらほかの様々に続いて、誘拐の罪状も加えられそうだな」

ウォルターが首を振ると、オフィスの蛍光灯が彼の髪に混じる白髪を銀に照らした。

「ラスムセンのスタッフは主に飛行機での観光ツアーを行いつつ、時には輸送の仕事もしている。どこの国からだと思う？」

「カナダかメキシコ？」

「カナダだ」

「へえ、ほう。あのゴミもそこから運んできたってわけか」

「そのようだな。フレッチャーの姉が彼女の行方不明者届を出した。きみと会ったのを最後に姿を消しており、シャーロットにある格納庫《ハンガー》も閉ざされている。これはもうＦＢＩの管轄だ。我々は、裁判まで自分たちの役目を果たす。私の見立てでは、フレッチャーとカルフーン、ラスムセンたちはカナダへ逃亡したのだろう。ボーに、きみをどこで放り出したか知らせてきた電話は、アイダホの公衆電話からだった」

「で、これで終わりですか？」ボーが勢いよく立ち上がった。「四人の子供が死んだんですよ！　こいつらはまんまと逃げおおせたってわけですか？」

ウォルターがデスクの上で手を組み合わせた。

「現時点で我々にできるのは、ここまでだ。発見されれば、彼らはアメリカに送還されて裁かれる。フレッチャーとカルフーンはアメリカ市民だ」

ひどい話だ。それで何かを変えられるなら怒鳴りたいし絶叫したい。かわりにラッキーはただ立ち上がると、ふらふらとオフィスを出て、抗議するボーを置き去りにした。なんてザマだ。

自分のデスクの前に座り、不細工な灰色のパーティションを凝視した。何年も、ラッキーは刑務所のオレンジ色の服から逃げるためにこの仕事をしてきた。刑期を終わらせて解放された後、戻ってきたのはボーに頼まれたからでしかない。ボー本人は、ラッキーが今ＳＮＢにいるのはウォルターの仕業だと思っているだろうが、ボーから燃える輪をくぐってくれと頼まれたらラッキーはきっと跳んでみるだろう。ボーが自分の影響力のでかさを知ったら――それはヤバい。恋のもつれなんてものは一切信じていないラッキーだが、これはもうじき後戻り不可能な一線を越えそうだ。

デスクに戻ってきたボーは、まだぶつぶつ「あいつらを逃した」と言っていた。キーボードをぽつぽつと叩く。

ラッキーは、ラスムセンとフレッチャーの動きを調べた。住所、家族との関係。カナダに逃げ出したのなら、アメリカに戻るにしてもきっと国境から離れないだろうし、ロザリオ小児がんセンターには絶対近づかないだろうが、地元は例外かもしれない。

ラッキーは数年前の宗旨替えで犯罪者を狩るようになっただけの元犯罪者かもしれないが、それでも、この密売屋どもを無罪で野放しにしてたまるか。

午後を潰して、ラッキーはグレイソンとラスムセンの間に交わされた通信記録を読みふけり、ボーが机に置いたサンドイッチにすらほとんど気付かなかった。

時間の感覚を失っていた時、ボーに肩を揺すられた。

「今夜そっちに行こうか?」

そっちに行こうか、であって『どっちの部屋にする?』ではない。二人の関係に潜む不均衡――ラッキーのしでかしたことだ。どうしてボーはこんなラッキーに耐えられる?

「俺が後でお前の部屋に寄るのはどうだ?」

「え?　本当に?」

ボーがクリスマスの子供のような笑顔になる。

「ああ、本当さ。いっそどこかで夕飯買ってってもいいぜ」

「いや、大丈夫。何か作るさ。じゃあ七時は？」

ラッキーはパソコンの時刻表示に目をやる。五時。

「それでいい」

ボーはラッキーのうなじをさっと握ると、エレベーターに押し寄せる人間の流れに加わった。その流れが減ってから、ラッキーはウォルターのオフィスにぐらつきながら向かった。

「ラッキー。入りたまえ。どうかしたかね？」

「俺はラスムセンを追いたい」

ウォルターが漏らしたため息が、その全身を揺らした。

「さっきも言ったように、この件は我々の手を離れた。この状況には私もきみと同様、嫌な思いをしているが、我々は自分たちの仕事を果たした。ほかに託す時だ」

「祈るしかないなんてごめんだ」

「ああ、そのとおりだ。それに私は祈るだけですませるつもりはない」

それでも足りない。ラッキーはラスムセンの野郎が仕留められるところを見たい。ステファニーや、ほかの罪なく失われた命のために。

「そこが限界か？」

「これが限界だよ。さて、脚の調子はどうだね？　良好か？」

十五分の雑談をして、ラッキーは自分のデスクへ戻ると、手早く辞職願の文面を打ちこんだ。あの少女への義理がある。何があろうと諦めないと。

善意がおぞましい事態を生むことも時にあるが、結果は結果だ。グレイソンを見つけたら、ラスムセンの仲間を追う。助けられたのは確かだが、アン・フレッチャーも例外ではない。

メールの送信予約を設定し、月曜の朝にウォルターに届くようにした。

クレジットカードの記録、飛行計画、獲物を追うのに役立つかもと丹念に集めた情報で武装し、ラッキーは個人的な使命に踏み出す。外国政府がかわりに仕事をしてくれるかもしれないが、すでに心を決めたのだ。自分が関わった事件で、夕日に消えてオサラバなんてことを許すものか。

松葉杖を抱え、駐車場へたどり着くと、ボーの部屋に向かった。途中でワインを一本買いこむ。埋め合わせをして、計画を練らないと。

24

ボーの部屋までの道はやたら長く、ラッキーの脳内を計画や計略が駆けめぐる。またボーに会えるまで、今回はどれくらいかかるのだろう？　幾日、幾週、幾月？　一つ詰めを誤れば、幾年ということだってありえる。

今回も、ボーを不意打ちしようと別の住人にくっついて建物に入ったが、それでも三分遅刻というところか。今いち。ボーはこれを甘く見るタイプではない。折れた脚が痛むと泣き言でも言うか。

「遅刻だ」部屋のドアを開けたボーに言われた。

「ん」

ラッキーは同意して、杖に引っ掛けていたワインの入った袋を外し、ドアそばの小物用テーブルにのせた。キッチンからは、何も食欲をそそる香りがしてこない。

「あんた用の鍵があったほうがいいかもな」

それを聞いて心臓が一回転したが、将来を見据えたボーの発言については後で悩むとしよう。何しろこれから数日で何が起きるかわからない。

そもそもラッキーは夕食を囲んで座り、計画を話し合い、できればボーを味方につけるつもりでここまで来た。ボーが進んで協力してくれるかどうか次第で大きく変わるのだ。

だが手をのばせばさわれるくらいに立っている、シャワーの濡れ髪のまま短パン一枚の男の姿に、その予定はあえなく変わった。

二人の関係は、どういう状態なのだろう？　わからないまま去りたくはない。

「そういややり残しがあったな」

この瞬間、使命感より性欲だ。ラッキーはボーの腕をつかんだ。

ボーが目を見開く。「やり残しって?」と声を高くした。

「これだよ」

リビングにボーを引きずりこんでカウチへ放り出す目論見だったが、実際は杖に足が引っかかって、ろくに進まないうちに一緒に転んでしまった。

「治るまで、そういうのはやめてくれ」

ボーがぶつくさ言いながらラッキーを杖とコーヒーテーブルからほどく。

ちょっとワイルドにいこうとしたらこれだ。ボーの手を借りて、ラッキーはカウチにたどり着いた。

「ポンコツ足首め」

「どうやって骨折したのか、誰かに言った?」

「ウォルターだけだ」

「よーし」

何だ?　ボーはこんな悪い笑顔になれたのか?　こいつはいい。

「どうしてだ」

「みんなと賭けてるんだよ。局の連中は何にでも賭けたがるからね」

「で？」

「で、俺はあんたが自分で馬鹿をして脚を折ったほうに二百ドル賭けてる。窓から飛び下りたとか」

「なんでそれを――」

「あ！　やったんだな、やっぱり！」

ラッキーの顔に血が上った。

「ああそうだよ。でも賭ける前に俺に聞きゃよかったんだ。コウモリのクソに賭ければもっと儲かったぞ」

「コウモリのクソッて何かのたとえか？」

つい苦い顔になっていた。

「残念ながら文字通りだ」

「うげ」

「だろ？　さて、俺の誘惑作戦にはつまんない邪魔が入ったが、再開するか？」

ボーが鼻を鳴らす。

「誘惑作戦？　ブレーキのないトラックみたいに突っこんでくるのが？」

「ブレーキのないトラックは好きだろ？」

「時々はね。そうじゃない時は、こういう――」

ボーの手がラッキーの頬を包む。その目の熱にラッキーの背骨がぞくぞくし、唇が重なるまで続いた。舌が入ってきて、ラッキーは呻く。

カウチがいきなりくらりと傾いた。ボーがつんのめり、ドサッとラッキーにかぶさる。このカウチを気に入ってやってもいいかもしれない。ラッキーは腰をしならせ、固くなった勃起を服ごしにボーの太ももにこすり付けた。

「俺のことを、まだ冷血なクズだと思ってるか？」

これは聞かないとならなかった。

ボーは体を引き、今朝ウォルターのオフィスで見せたものに負けない激しさを見せた。

「あんたは掛け値なしに、傲慢なクソ野郎だよ。ただしそれを隠してない。人生の中で、そうなったままの姿をしてる。引け目も感じず、言い訳もせず、ただ自分でいるだけだ。もし俺が命綱なしで泥沼にはまったら、そこから救ってくれるって誰よりたよりにできるのはあんただよ」

「でも俺は、お前をよく怒らせる」

「そりゃムカつくよ。自分の信念を裏返されるんだから。どれだけムカつくと思うんだ、自分の意見に対して、知らなかった角度から刺されるんだぞ。大体は——大体はだからな——後でちゃんと考えれば、あんたにも一理あるって思うよ。いつも賛成できるわけじゃないけど、言いたいことはわかる」

「俺が面倒になったりしないのか？」と聞いて息をつめる。

「面倒？　俺はもっとあんたみたいになりたいくらいだよ。何も気にしない。踏みこませない」

そうなのか？　ボーからはそう見えているのか。冷血なクズと呼ばれるわけだ。

「俺だって気にするぞ」

「でもそれに引きずられないだろ？　表にも出さない。あんたは人生が荒っぽくなればなるほど、荒っぽくやり返す。人生で何かを諦めたりしたことなんてないだろ？」

その問いには答えたくない。言われたことを嚙み砕くのでやっとだ。

「俺は、そうだな――」

「ラッキー？」

「あ？」

「このまま話すか、それともヤるのか？」

またボーが唇をかぶせてきて、舌を擦り合わせた。

ラッキーのシャツをたくし上げて脱がせる。肌と肌が擦れ合う甘い感覚に、ペニスが痛むくらいに固くなる。短パンのボタンを外し、ボーと自分の間の手を動かしてファスナーを下げ、己を引き出した。

片手をボーの短パンの尻に回し、自分のとまとめて短パンを引き下ろす。カウチに座ってやっと膝まで下げたラッキーにボーがかぶさってくる。さらにゴソゴソ動き、カウチをまたあやうく傾けながら、二人は裸になった。

ボーが体を下げ、ラッキーの耳元に熱い息をかける。

「今日、ずっとこれを待ってた」

舌でラッキーの耳をなぞり、耳たぶまで来ると、口に含む。

ラッキーはたまらないボーの尻の盛り上がりに両手をかぶせ、体と体を押し合わせる。ペニスがお互い擦れ合うのがいい。ざらついた呻き、指の下でうねる固い筋肉、男同士のセックス独特の雄の匂いも何ともいい。一緒にいるのがボーだという事実が、気持ち良さを十倍にはね上げる。片手を二人の間にさしこみ、互いの屹立を握りこみながら、逆の手でボーの尻を下へなで回した。ボーの穴を囲む襞を指でなぞり、さすりながらも、入れようとはしない。

ボーがラッキーの頭を腕にかかえ、息を切らして小さな声をこぼし、切羽詰まったリズムで腰を振る。ラッキーの拳の中に激しく突き入れては、後ろの入り口をなぶる指を求めて尻を上げる。

ちょっとしたウォーミングアップのつもりだったが、ボーはすっかり勢いに乗っているようだ。二人を乗せたカウチがギイギイときしみ、ラッキーの汗だくの肌にフェイクレザーが張り付いた。

先走りが指にべたつき、ぬらついてしごきやすくなる。指先をもっときつくボーの穴に押し付けた。指を舐めて濡らす余裕すらない。落ちて、落ちて、肉体が押し合って滑る勢いに溺れ、予兆のざわめきに我を失う。

「イクぞ！」とラッキーは唸る。追い詰められて、腰のリズムが乱れた。

強く、もっと激しく突き上げる。片手で二人分の屹立を握りこみ、もう片手はボーの肩、背中、指の届くところをどこでもつかむ。肩に歯を立てられて、限界を突き抜けた。無我夢中の勢いで互いのペニスをしごき、波が終わるまで呻きを上げる。ぬるぬるした手を滑らせていると、ボーが体をこわばらせ、声を上げた。

汗と精液にまみれて、ラッキーは満ち足りたボーを腕いっぱいにかかえて横たわった。やっと十分に息が整うと、ボーに告げる。

「このカウチ、悪くねえ」

「着替えをこっちに置いておきなよ」とボーが言って、テーブルにカットした果物のボウルと、角切りチーズの皿を置き、キッチンへ戻って平たいピタパン、クラッカー、ハムを持ってくる。出来合いの七面鳥スライスがのった丸皿も並べた。

こんな男、好きにならないわけがないだろ？

ラッキーはそれぞれにワインを注いだ。

「話がある」

今からセックスの余韻を仕事の話で台無しにするのだ。だがこの週末しか時間はないし、やることは山積みだ。

「何？」

ボーはカウチにドサッと座り、イチゴに手をのばした。

「ああ。次の月曜、ウォルターに、俺が局を辞めたというメールが届く」

「はっ？」

ボーが体を前に倒し、咳きこんだ。口が空っぽの時を待ったほうがよかったかもしれない。背中をさすったり、いくらか喘いだ末、ボーは刺すようにラッキーをにらんだ。

「何だってそんなこと？　あんたは今の仕事に向いてるし、この仕事が好きなんだと思ってたよ」

ラッキーは肩をすくめて、ボー以外のあちこちに目をさまよわせた。正直、今の仕事が好きだし、これまでの上司の誰よりウォルターが気に入っている。そりゃほかには二人しかいないが——金持ちで享楽主義の薬物王と、貧乏だが真人間のメカニック。歴然だ。

「いつもの俺ならさっさと手を引いて『どーぞ』ってＦＢＩに事件を丸投げだけどな。今回は駄目だ。今回は……ほっとけねえ。誰も捕まらずにのうのうとしてるなんて腹が納まらないし、こんなふうに終わりにはできねえ」

すうっと青ざめたボーの顔に、そばかすが鮮やかに浮き上がっていた。

「何をするつもりなんだ？　ラッキー、馬鹿な真似はしないでくれよ。保護観察期間が終わったばかりじゃないか」

「休暇を取るのは完全に合法だろ？」とこれ以上ないくらい無邪気な顔をしてやる。

「その顔は似合わないよ。何を企んでるかさっさと言え。どうせ腹に一物あるんだろ」

ラッキーはニヤッと笑って、自分とボーの裸をたっぷり目でねめ回した。

「俺のイチモツの威力はもう知ってるだろ？」

「はいはい、ハッハッハ。グダグダ言ってないで白状しろって」

ラッキーは真顔になった。

「俺は狩りに行く。お前にも手伝ってほしい」


「これは簡単すぎるな。本当にこれだけ？」

ワインと仕事の話の前に食事は忘れ去られ、ボーはラッキーのノートパソコンを操作した。

「そうだよ」

新しいカウチの慣らしは楽しかったが、ビニールレザーとかいうのか、とにかくこの偽革は肌にあまり当たりがよくない。また張り付いていないかとクッションから少し顔を上げた。こんなのに皮膚が張り付くと、剝がして起きるのがあんなに痛いなんて知らなかった。

「グレイソンの女房のところには毎日、友人名義で登録された携帯電話からの通話が来てる。ＧＰＳは使えなくても、発信元は簡単に割り出せる。あいつも用心してあちこちの観光地から電話をしてる。パターンが読めるか？」

ラッキーはノートパソコンの画面を指でさした。地図上の印をたどり、その間を行き来してから、大都市を示す星マークの上で止まる。

「グレイソンはこの町にいるんだ」ボーの指がラッキーの指のそばに置かれた。「ここから、電話をかけに移動してる」

ラッキーはうなずいた。「観光ツアーに混ざって動いてるのかもしれないし、レンタカーを借りてんのかも。ただレンタカーの記録は探せなかった。タクシーかもな」

「どうしてまだメキシコ警察に逮捕されてないんだ？」

「あっちの警察は、アメリカ人ひとり追っかけるには忙しすぎんだよ。グレイソンに殺人容疑でもかかってりゃまた別だろうが、ま、多分あいつは大した罪にはならない。密売に関わった証拠もねえし、信じた商品を買っただけだろ。それにな、前例ができたろ？　同じようなことをしたほかの医者たちは〝不当表示〟とかそんなチャチな罪状でおしまいだ。グレイソンは殺しはしてない。患者を救おうとしただけ——とにかく、ある奴が俺にそう言った」

その行為が引き起こした死は、ラッキーの心を腐食している。だから物事を正すのだ。グレイソンは微罪で済むかもしれないが、密売屋のラスムセンの人生は詰みだ。

「グレイソンが大した問題にならないなら、何のために探すんだ？　それに、罪でないなら彼はどうして逃亡してるんだ」

まったく、ボーは容疑者に同情するのをいい加減どうにかしたほうがいい。

「グレイソンはどんな罪状を食らうかわからねえからビビってんだよ。俺はラスムセンを誘い出したいし、グレイソンが連絡先を知ってんじゃないかと期待してる。ラスムセンをひっつかまえりゃ、薬の製造元までたどれる。そいつらさ、俺の本当の目当ては」

「中国当局が連中を摘発するとは考えてないのか？」

「ま、俺がイカれてるってことにしとこうぜ、お手伝いをしてやりたいなんてな」

ボーはラッキーの目をのぞきこんだ。

「どうしても放っておくつもりはない、そういうことだね？」

「ああ」

「本気か？」

ラッキーは視線をひたとも揺るがせない。

「これ以上本気だったことはないね」

小首をかしげたボーは納得しきれないような顔をしていた。「石頭」

「もし不安があるなら、お前は手伝わなくていい。別の手を探す」深々と息を吸い、自分にできる限りの告白――らしきもの――をする。「ただ手伝ってほしいし、どうして俺がこれをやらなきゃいけないのか、お前にはわかっててほしい」

ボーは顔をそむけ、組み合わせた指を見下ろしていた。

「わかってるよ。手伝うためにできることは何でもする。まだあの子たちが夢に出てくるんだ」

やらねばと決めたからには、何があろうとラッキーは心変わりなどしない。そうではあるが、それで心が軽くなった。ボーの額にキスをする。

「グレイソンが滞在している場所の目星は大体ついてる。確認できたらお前に情報を流すから、その先はまかせた」

「できるなら、俺も一緒に行きたかった」

口元を引き締め、顎を上げて、ボーはすっかりふてくされている。もしラッキーが泥沼にハマったなら、彼もやっぱりこの相棒を、そこから救い出してくれると信じて賭けるだろう。二人一緒に、そんな沼は埋め立ててやる。

「そうだろうな。でも忘れるなよ、お前はアメリカから出られない。保護観察を危険にさらせないだろ」

「でもどうして局を辞めるんだ？　ウォルターにたのめば……」

「話はしてみたさ。ウォルターは自分のチームを守る。俺がやろうとしてることを許してはくれねえよ。メキシコは管轄外だからな」

「全部終わったらどうする気だ？」

「それはその時考えるさ」

ボーは少しの間、黙っていたが、ラッキーの腕をつかんだ。

「どこかに行ってしまう気か？」

正直、ラッキーが考えている計画は『クズどもに制裁をくれてやる』というところまでしかない。

「そうしたほうがいいか？」

ボーが黒い睫毛の下から目を上げた。

「いいや。あんたがそばにいるのに、もう慣れてるし。それに……あんたには色々、話したし」

「何を？」

「ほかの誰にも話したことがないことを」

そのまっすぐすぎる誠実さは、ラッキーにはもったいないほどのものだ。地上でもっとも信用ならない人間だと、自分のことを常に見なしてきたラッキーだが、そんな彼にボーは、虐待された過去や、戦場での恐怖、父親に夜間はベッドに縛り付けられていたことから、一人で眠るのが嫌いなことまでも打ち明けた。最近では、怖いものの話ばかりではなく、自分のひそかな欲望について教えるくらいラッキーを信用するようにもなった。そう、ラッキーもちょっとばかり、ボーがそばにいることに慣れている。

ボーに「戻ってくるんだよな?」と聞かれて、はっと物思いから覚めた。

「帰るさ。イケメンのトムキャットを放っておけないからな」

ボーが笑った。「モテ男《トムキャット》? 俺をそう見てるのか?」

はっ、油断しやがって。からかってくれと言わんばかりだ。

「あ?」とラッキーは胸元に手を当てた。「お前の話だと誰が言った。グリッグス夫人の雄猫《トムキャット》の話だ」

「ああ、あんたが部屋に入れてる猫?」

ちょっと待て。何故それを。

「お前、どうして――」

「グリッグス夫人に聞いたんだよ。あんたの冷蔵庫に放置されてた植物あるだろ? どうせ水やりはしないだろうと思ったし、アンダーソンに行ってちゃ元々無理だし、だから家を空ける前に大家さんに水をやってくれるよう頼んだんだよ。夫人は時々報告をくれてね。おめでとう、あんたはもう立派な小ジャガたちのパパだ」

やりこめるためにこんなに手間と時間のかかる仕掛けをされてちゃ、ジョークでボーを負かすのは難しいと思い知ったラッキーだった。

　翌朝、ラッキーが家に戻るとあの黒白の猫がポーチにいた。ドアを開けるとひょいととびこむ。ラッキーは止めなかった。

　荷作りをする。杖ではね回るかわりに歩くのに丁度いい足を二本……とはいかないか。

「やあ、猫ちゃん」ボーが入り口で足を止め、猫の喉元をかいてやった。「この子、名前は？」

「知るか。〝じゃまっけ〟と呼んでるよ」

　拷問されたって言うものか、実はその小動物を〝ラッキー〟と呼んでいるなんて。

「これまで俺につけたあだ名よりマシだね」

　そんなひどいあだ名で呼んだか、とは思ったが、反論しにくい。あっという間にずらっと候補を並べられそうだ。ボーがラッキーをよく「あのなあラッキー！」と一語で呼んでいるように、色々。それでも「T‐rex」よりはずっとマシだが。

　無論、ラッキーはもっとひどい呼び方をされたことだってある――はるかにひどい名で。

「準備万端？」ボーがたずねた。

「可能な限りな」

　ボーは猫を外に出し、ラッキーのバッグを持つと、ラッキーが鍵をかけている間に自分のデユランゴへ向かった。

空港に向かう車内で、二人は無言だった。ラッキーは今の名前であるサイモン・ハリソン名義でチケットを買ってあった。辞職のメールが届けば、ウォルターはすぐにラッキーの計画を察知するだろう。直接的な命令違反を表向きには良しとしないだろうが、止めに入ることはないだろうと、ラッキーは楽観していた。

ボーはアトランタ国際空港の保安検査場までラッキーについてくると、手をぎゅっと握りながらパソコンバッグを手渡した。

「松葉杖でセキュリティゲートを抜けるのは大変だろうね」一歩下がり、視線を合わせる。

「いい狩りを」

ラッキーはうなずいて背を向けた。自分だけに呟く。

「ああ。俺も愛してるよ」

25

「一杯やるのにオススメの店は？」

ラッキーはタクシーの後部座席に乗りこんだ。

「アメリカ人がみんな行くとこ、行くか」

運転手が答える。ＩＤには〝グスタヴォ〟という名前があった。

「いや。観光客のいるとこじゃなくてさ」ラッキーは気さくで人畜無害な笑顔を呼び起こす。「タクシーの運転手はいい店知ってんだろ。あんたらならどこで飲む？」

この運転手が英語を話せて本当に助かった。ラッキーが片言のスペイン語を思い出してたら夜中までかかる。

運転手がバックミラーごしに笑みを輝かせた。

「いい店あるよ、フレンド」

二十分後、ラッキーは当たりを引いた。非番のタクシーがぞろぞろ停まっている場末のバーに案内されたのだ。二十米ドルで、グスタヴォを午後いっぱい通訳として雇い入れた。店に入っていってカウンターにグレイソンの写真を放り出す。

「こいつは俺の義理の兄だ。姉を捨てて逃げやがった。小さな三人の子供の面倒も姉ひとりに押し付けやがって。誰か、こいつを見てねえか？」

グスタヴォがスペイン語に通訳してまくしたてた。何人かの男たちが首を振ったり、何かをずらずらしゃべる。

「見てないってさ」とグスタヴォが言った。

店の全員に三杯オゴって記憶の蓋をゆるめると、二人がグレイソンをホテルから乗せたことを思い出した。一人はグレイソンを乗せて街なかを走ったし、別の一人はこの逃走中の医師は「変装した有名なアメリカ人俳優に間違いない」と断言した。

店内の誰も運転できる状態ではなくなったため、ラッキーは別のタクシーを呼び、今日の飲み仲間から聞き出したホテルに向かった。

ホテルのメイドをおだてて情報をいただく。こっちは一杯オゴるまでもなかった。二階の、プールを見下ろせる部屋を選ぶ。

その夜、相棒に〈目星がついた〉とメールを送った。

簡潔なメールに、ボーがメキシコのカンクン警察に匿名でタレコめるだけの情報を詰めこむ。

さて、ゲームは始まった。待つとしよう。

26

プールサイドでくつろぎながらオレンジジュースに口をつけ、ラッキーは獲物の様子を観察していた。ハンモックが彼の動きに合わせてのどかに揺れる。帽子を深く下げ、ジュースを見ているふりをしながらプラスチックのストローをギプスにつっこんでかゆいところを掻いていた。くそう、外してえ。派手な青色は人目につきやすい。目立ちたくはないんだが。

プールの向こう側では男がリクライニングチェアに座って、ｉＰａｄを膝に乗せていた。二人の制服警官が近づいてくるのを、ラッキーは見つめる。丸まった背中、うつむいた目、さし出された手首。グレイソンが立ち上がって連行されていくまで見届けた。

携帯電話でメッセージを打つ。

〈一人仕留めた。あと三人〉

二日間、ラッキーはじっとして、次の動きを待っていた。
ウォルターからの接触はない。ウォルターをよく知らなければ不安になるところだったろうが、ラッキーは口出しがないことを「好きにしろ」という許可だと取った。
ついに〈バンクーバー〉と入力されたメールが届いた。きっと公共図書館からの発信だろう。製薬業界誌のリストらしきものと……は？　何だ？　ラスムセンの野郎、地元情報サイトに広告を出してるのか？　いくつかの広告が添付ファイルで送られてきた——ラスムセンのものだ。
メールの最後に、ボーから署名がわりの一言。〈夕食は何がいい？〉
ラッキーは返信ボタンをクリックして打ちこんだ。〈お前〉
数時間かけて念入りに言葉を選び、グレイソンが送っていたメールを参考に、広告への依頼文を書き上げた。

妹にメールもしておく。

〈シャーロットへ
お前の名前で、カルガリーのホーマー母子医療病院向けの薬が大量注文されてる。何か連絡があったらこっちに転送してくれ。

愛してるよ〉

いつものようにリッチかリッチーで署名しかけたが、無記名で送信した。アドレスを見れば誰が送ってきたのか、シャーロットにはわかるだろう。

あのクズ野郎がこっちに来ないのなら、こっちから行くまでだ。数千ドルをぶら下げてやれば奴らだってバンクーバーからアルバータくらいまでほいほい来るだろう。

輪は回り出した。ラッキーは、北の白い大地に向かう飛行機のチケットを買った。


簡素なホテルの部屋の机を前に、ラッキーはパソコンを立ち上げると、今回の獲物専用に設定したアカウントにログインした。出会い系サイトの広告メールが二通、知らん親戚の遺産をくれるという誤字脱字だらけのメール（入金するので口座情報をよこせだと）、ペニス増強剤の広告三通、そして待ち焦がれていたメールが一通。

〈スプリングバンク空港、火曜、２ＰＭ〉

ラッキーはそのメールをボーの個人アドレスに転送した。


晴れ晴れとしたメキシコの空の後では、どんよりしたカルガリーの空が奇妙に思える。せめてこの新しい杖のおかげで――メキシコの道端のクリニックで手に入れたものだが――あっちこっちの移動は楽になった。脚を掻くのも楽になった。

ラッキーはスプリングバンク空港の路肩に立っていた。平野にある空港で、遠くにいくらか山が見える。しゃがみこんだラッキーは、双眼鏡ごしに今繰り広げられんとしているドラマを見物していた。

「よーしよし、ベイビー、パパのところまでおいで」

着陸脚を出して近づいてくるセスナをせき立てる。

セスナが滑走路で停止した。カナダの警官隊が機体を取り囲み、その扉が開く。くそう、キースの盗聴器が今ここにあれば。

短い、だが果てしない時間の後、警官たちが男二名と女一名を飛行機からつれ出して、待機していた車に乗せた。

「こいつはおまえさんに捧げるぜ、ステファニー」

ラッキーは携帯の最大ズームで写真を撮ると、画像をボーに送信した。

「何見てるんです？」タクシー運転手が聞いてくる。

「飛行機を見てるだけさ」

ラッキーは携帯電話をしまい、一本だけの杖を使ってタクシーへ戻った。

「ホテルまで帰ってくれ」

女性運転手は車をターンさせ、来た道を戻っていく。

「滞在はいつまでですか？」

「そんなには。明日早くの飛行機だ」

できることなら次は中国に乗りこんで、薬の出所である工場を燃やしたいという妄想はある。

だが、いや、放火はやらない。とってもそそられるが。

「こちらにはビジネスで、それとも観光《おたのしみ》で？」

雑談をしたい気分じゃないが、ツンケンする気力もない。

「両方」

「家族や友達にお土産はもう買いました？」

土産？

「いや」

無愛想に返せばそれ以上馴れ馴れしくされないかと思ったが、そうはいかなかった。

「ホテルの近くにとてもお勧めのお店がありますよ。品もいいし、お値段もお手頃」と彼女が中古車のディーラーみたいな笑顔を見せる。

「はん、それで俺が店に入ってる間、あんたはメーターを回して稼ぐ?」

　空港で、ラスムセンたちが裁きの手に落ちるまでを見届けた時間で、すでに彼女には大金を稼がせている。

「いいえ、大丈夫、メーターは止めておきます」

　ラッキーはバックミラーに映る熱心な顔を見つめた。

「あんたにどんな得が?」

　運転手の頬に赤みがさした。

「何もないです、本当に。いとこがやってる店で、できるだけ宣伝するようにしてるんですよ。本当に、このあたりでは一番お得な店なので」

　ラッキーの次の目的地はスポケーンだ。何年もシャーロットと甥っ子たちに会いもせず、手ぶらで押しかけるのはあまり印象がよろしくないかもしれない。

「いいだろ」

　タクシーは、素朴な山小屋のようにデザインされた店の前に停まった。入っていくと、頭上でチリンとベルが鳴る。

「見て待っててください。私はデビに一声かけてきますから」と運転手が言った。

ぶらぶらと、ラッキーは店内を歩き回った。甥っ子たちは何が好きだろう？　十代の少年にとって〝カナダ〟とは何だ？　カナダ騎馬警官の格好をしたクマのぬいぐるみを手に取る。これでいいんじゃないだろうか。さらにうろついて、ペンダントが並ぶ前で立ち止まった。シャーロットはアクセサリーが好き、だよな？

運転手がやってきた。

「あら、これ素敵ですよ。それにとっても人気があります」

「妹も気に入りそうだ」

「妹さん？　いいですね！　これ、ただのアクセじゃないって知ってます？」

「どういうことだ？」

米ドルから両替済みのカナダドルをむしり取るためのセールストークか、と身構える。

「精霊のお守りなんです。妹さんに調和するものを選んであげるといいですよ。どんな方ですか？」

ラッキーはひとりでにしかめ面になっていたが、まあいいかと、大家相手の時のようにこの女も大目に見ることにした。

「家族をとても大事にする。誠実で、優しくて、心が広い――」

女はラッコのチャームを選ぶと、付属のカードが読めるようラッキーに掲げた。うっかり、ラッキーは笑みをこぼす。

「ああ、シャーロットだな、確かに。ラッコは合う」

彼女もニコッと笑い返し、ラッキーの手にある制服姿のクマを見た。

「ほかのどなたかにも？」

「そうだな……」

ボーに何か買っていったほうがいいのか？　違う、買うかどうかじゃない、何を買っていくかだ。

「ああ、もう一人」

ホテルでタクシーを降りたら二度とこの女と会うことはない。ボーのことを知られたからって、気にする必要があるか？

「男性、女性？」

彼女が白黒のシャチの背中を指でなでる。

ラッキーの顔がほてった。

「ええと……」

運転手は首をそらせて笑い声を立てた。

「ここはカナダですよ。ここでは誰を愛してるかなんていちいち気にしない。お二人がホッケーファンでさえあればね」

「俺たちのどっちもホッケーを見なかったら？」

しまった、これではボーを愛していると白状したも同然だ。そんなこと正面きって認める覚悟なんかまだ全然ないが、どうせ二度と会わない相手だ。この〝愛〟だの何だのについては……どうやってボーに伝えればいいのかもわからないし、伝えるべきなのかどうかもわからないのだ。報いを求めるこの小旅行のことで頭がいっぱいで、その先のことなんかろくに考えてなかった。

これからどうなる？　仕事はどうする？　ひとつだけ自分の中で確定しているのは、やっぱり朝には、腕いっぱいにボーのぬくもりを抱えて目覚めたいということだけだ。

アイシテルなんて人生を変える言葉は氷漬けにしてきたが、自分の本心を悟ったことでその氷も――ラッキーの心の中でさえ――溶けつつあった。ラッキーはアクセサリーをじっと眺める。

「彼にネックレスを買ってくのは、ちょっとな」

「これはネックレスじゃなくて精霊のお守りですって！　パワー、導き、守護、知恵を授けてくれるんです。いいものばかり」

守護？　ラッキーは親指サイズのチャームをじろじろ見た。このネックレスなら、ボーがくれたあの鈍器のお守りよりマシだろう。持ち運びサイズの守護とか、いいじゃないか？

「どれがオススメだ？」

「ほら、加護を発揮するには、その人に合う精霊を選ばないと。彼はどんな人です？」

ラッキーはぼりぼり頭をかいた。「説明しにくい」

「一緒にいるとどう感じます？」

顔に燃えるような熱がともって、耳の先まで熱くなった。いい質問だ。ボーといると、どう感じるかって？　くそう、ラッキーは感情が嫌いだし、感情を解き明かすのはもっと嫌いなのだ。

自分の心に入りこんだ男のことを思い浮かべる。あの山中で、ボーと遠く離れていた時のこと。あの切望、あの後悔。それから帰還してボーに世話を焼かれたこと。ラッキーのベッドにいた、ぬくぬくして眠たげなボー。安らぎ。

「何が起きようと、どれほどひどいことになっても、あいつのそばにいると全部が良くなる気がする。あいつは周りを気遣い、自分のことはいつも後回しだ。人生に失望しない。ああ、それと時々、人を信用しすぎる」

一番上の棚に手をのばした運転手は、錫でできた、目に宝石がはまった鳥を取った。

「ハチドリ」

回して、付属のカードをラッキーに見せる。

ラッキーは書かれた言い伝えを読んだ。どうせアクセサリーを観光客に売り付けるために最近でっち上げられたものだろうが。

「喜び、忠誠、日常の美しさ、静かな勇気」なるほど、ボーだ。「こいつをもらおう」

たとえ観光客のドル目当てのシロモノにすぎなくとも、ボーがお守りを信じるのなら買っていくだけの価値がある。代金を払うと、ラッキーはタクシーまで足を引きずって戻り、ボーにメールを送った。

〈完了！　もう一つ寄って帰る〉

帰る、と打った時、おかしなことに自分の部屋よりボーの顔が頭に浮かんだ。

その家は、十三年前にシャーロットが入居した時とほとんど変わっていなかった。二児をかかえたシングルマザーの妹には手に負えずボロボロになった家を覚悟していたが、ラッキーがたどり着いたのはよく手入れされたコテージで、芝生も刈りこまれ、前にはなかった赤やオレンジや黄色の花壇で囲まれていた。

それでも、腹の底で何かがねじれる。かつて、必ず妹の面倒を見ると誓ったのだ。ラッキーはそれをしくじり、そして妹はもう彼を必要としていないようだ。果たしてそのどちらがより心をさいなむのだろう？

ダイナーでコーヒーを飲みながら、道向こうの家を眺めた。最近の型のフォード・フォーカスが家の前に停まっている。しばらくすると女が家から出てきて、ハンドバッグの中をかき回しながらステップを駆け下りた。薄茶の髪を後ろで束ね、ジーンズにTシャツというカジュアルな格好だ。

ああ、年をとった。しかも痩せた。だが思えば、妹は三十をすぎている。じかに顔を合わせてからもう何年になる？　心臓を拳でつかまれたようだった。（俺のせいだ。あそこに駆けつけて抱きしめて離さないようにしたいのに、それができないのも俺のせいだ。すまねえ、こんな駄目な兄貴で。お前に見合う兄貴になれなくて）また拳に力がこもる。

彼女が車の脇で止まり、ダイナーのほうをまっすぐ見つめた。ラッキーはビクッとしてメニューで顔を隠す。見られたか？　兄がすぐそこにいるって、何かビビッときたのか？

家のドアが開いて、彼女は振り返り、やってきた二人の少年に話しかけた。一人はシャーロットより少し背が高く、もう片方は少し低い。二人とも母親と同じ栗色の髪で、弟のほうはラッキーのようなダーティブロンドにも少し近い。

兄がニコッとして、シャーロットの手からキーを受け取った。トッドが運転だと？　ラッキーは脳内で計算する。げ。思った以上に年数が経ってる。

この子供たちは、もう〝リッチーおじさん〟の秘密を託せる年齢かもしれないが、それでもラッキーは負担をかけたくなかった。あの子たちもまだ時々お祖父ちゃんお祖母ちゃんと話したりするかもしれないし、そこで「リッチーおじさんは死んだ」ふりをしないとならない理由をよくわかっていないかもしれないのだ。

ラッキーは重い息を吐き出した。ここに来たのは、結局のところ、いい考えじゃなかったのかもしれない。

一家は車に乗りこみ、走り去った。ラッキーはコーヒーカップを手に取るとわずかな残りを流しこむ。どうして人生、ここまでこじれた？　どうしていきなり目に何かがしみてくる？

このごろやたら目がおかしい。

携帯の通知音が鳴り、ポケットからつかみ出して見ると、ボーのメッセージがどんよりした空気を晴らした。

〈お手柄。とっとと帰ってこい。会いたい〉

自分に残された唯一の家族をほろ苦く見送ったラッキーだったが、それでも笑顔になると〈もうすぐ〉と打ちこんだ。代金を払い、通りを渡って、家のフロントポーチに土産の入った袋を置いてくる。シャーロットなら子供たちにうまく言ってくれるだろうし、それにわかってくれるだろう。　何が起きようと、兄貴のリッチーは決して彼女を見捨てはしないと。

ペンサコーラの釣り人用桟橋でラウンジチェアに座り、ラッキーは餌なしの釣り針を水に垂らしていた。魚を釣り上げるような体力は使いたくない。だが海からの潮風は気に入っていたし、海面を踊る陽光も好きだし、趣味で時間をつぶしていれば意義のあることなんかしなくていい。無職もまあそう悪くない。金が尽きるまでは。

手をのばして脚を掻いた。治りかけの傷がまだ時々かゆいのだ。歩行補助用の杖は釣具入れに立てかけてある。

六月の陽は燦々と強く、カルガリーやスポケーンとは大違いだ。二つの外国での休日も悪くなかったが、ラッキーはやはりアメリカ南部の人間だ。人生がここにある。男ともここで出会った。「運命の男性」と、シャーロットならボーをそう呼ぶかもしれない。そんな甘ったるさはラッキー向きではないが、今のところまだ悲鳴を上げて逃げ出さずにいる。ボーのほうもだ。もっとも、より貧乏くじを引かされているのはボーだと、人は言うかもしれないが。

気付くと、ラッキーは人型の影の中にいた。

「日をさえぎってんぞ」

「なら座るべきかね」ウォルターが重々しく言うと、持参の折りたたみ椅子を広げて体を沈めた。「ただな、こんなに海に近くてはグリーンピースがやってきて『クジラを海に返そう！』と突き落とされそうで心配だよ」と自分のジョークに笑う。この男は何にでも笑うのだ。

どうやら、ウォルターに居場所をつきとめられたらしい。別に隠れていたわけではないが。少なくとも、念入りには。

「どうやって俺を見つけた？」

「簡単だったとも。本当に姿をくらましてしまいたいのであれば、まずあの大家の女性を始末するべきだということはわかっているかね？」

ラッキーはクーラーボックスに手をのばしてビールをつかんだ。

「ああ。大家がまだ生きてるんだ、俺が完全に消えようとしたわけじゃないってわかるだろ」

ビールを差し出したが、ウォルターは首を振る。

「それを聞けてよかった。大家さんによれば、パッチがきみを恋しがって帰りを待ってるそうだからね」

あの毛玉め。一回抱っこしてやってからというもの、あの生き物はドアが開けっぱなしにされてるとのこのこ上がりこむようになった。しかも奴はいびきをかくのだ！　猫なんだから、そんなものかくな。

「あんたはどうしてこんなところに？　猫が俺の膝でお昼寝したがってるからか？」

ラッキーはビールの口を開け、ぐびぐびと飲んだ。

「実のところ、きみの最後の任務について新しい報告事項があってね」

「へえ、そうかい？」

ネットでラスムセンと従業員たちがどうなったか、連中の商売が煙となって消えたニュースを読みあさってなどいないかのように。あるいはボーとほぼ絶えず連絡を取っていることも知らんふりで。

「どうやらカナダ警察が、国内のアルバータ州の病院に届けられる途中で、偽造の抗がん剤を押収したようだ。カルガリーでだったかな」

ウォルターがじっくりラッキーを眺める。灰色のふさふさな眉が片方、生え際につきそうなくらい上がっていた。どうやってやるんだ？　ラッキーの両眉は、本人と違って、協調したがるのだ。

「分析によれば、今回の薬に不純物は加えられていなかったが、きみが廃工場で見つけた瓶と同じく、違法には違いない。麻薬取締局《DEA》はその製品を中国の製造所まで追跡した。ロザリオ小児がんセンターに売られたものと同じ製造元だ。現在、容疑者をあぶり出して摘発しようとしているだろう」

ラッキーは何も知らないふりをした。「グレイソンはどうなった？」

「不思議なことが起きてねえ。グレイソンは、突如としてメキシコで見つかったのだ。どうやら地元警察に匿名の情報提供があったようだ」ラッキーを見つめるウォルターの口の端がピクッと上がった。「前例いかんにかかわらず、彼は医師免許を返上せざるを得ないかもしれんな」

ウォルターからずばりと聞かれない限り、答える必要もない。

「ああ、で、薬不足は相変わらずバカみたいに続くんだろ」

きらめく波の彼方を見つめていると、この数ヵ月のストレスがゆっくりと流れ出していく。

頭上のカモメが互いを罵り、舞い降りて、波につっこんだ。

「俺にはわからねえよ。ダンバースはあんな欲まみれのくせしてお咎めなし、患者を救おうとした医者は免許を取り上げられる」

「動機をはかるのは我々の役目ではない。法を守るのが役目だ。その話だが、食品医薬品局《FDA》がイギリスからの一時的な医薬品輸入の認可を得た。今ではロザリオの状況も改善されている。最高の状態にはほど遠いが、大いに改善された」

ラッキーは無言で「ありがとう」と呟いた。ウォルターが影響力を発揮してくれたに違いない。

「ダンバースはのうのうとしてるけどな」

「そうとも言い切れまいよ。彼の妻の縁戚は、ＦＤＡを自分たちの足元まで呼びこんだ彼にいい思いをしてはいないだろうからな。特に自分たちの名前が、グレーマーケット規制法案を推進するための切り札のごとく連呼されていてはね」

それでもあの男にはかすり傷すぎる。

「じゃ、世界はまた平和に戻りました、でいいのかい？」

「そうはいかんのだ。アトランタ周辺で処方薬の過剰摂取が大量発生していてね」

「それを俺にどうにかしろってか？」

ラッキーはサングラスの上から元上司をのぞき見る。

「いいや、私はきみに、未払いの給料を渡しに来ただけだ」

「俺の給料？」

「そうだが？　SNBに入局してから、きみはほとんど休みをとっていなかっただろう。ほぼ六週間ぶんもの休暇が溜まっていたよ。そうそう、もし出勤していたら、局のITトラブルのことも知っていただろうにな」

「ITトラブル？」

　ラッキーはめったに同僚をほめないが、SNBには業界でも指折りのITオタクがうようよしているはずだ。キースのバカは別として。

「どうやらサーバーがクラッシュしたようでね。私のメールが一日分、丸ごと消えてしまったのだ。想像できるかね？　確かきみの休暇が始まったあたりの日に起きたんだったな」ウォルターがラッキーの膝にポンと封筒を投げた。「これで用事はおしまいだ。きみは小切手を手にし、そして私は、休暇がそろそろ尽きることをきみに知らせねばならない。月曜の朝にはオフィスに出てくれるだろうね」

「まさか。わざわざペンサコーラくんだりまで、俺がまだクビになってないって知らせに来たのか？」

「そうではない、たまたま近くにいたのだよ。これを渡すことで出張扱いになるから、経費が控除できる。さ、失礼していいかな、妻がホテルで夕食に出かけるのを待っているのだ」どっしりした体を椅子から引っこ抜く。「きみの不在を寂しがっているのは私だけではない、とは言っておくよ」

ラッキーは鋭くウォルターを見た。遅かれ早かれ、彼らは話し合わねばなるまい。遅いほうがありがたいが。

「そうだよ。隣のデスクの同僚が、きみを待ちわびているようでね。きみのデスクから、誰にもクリップひとつ持ち出させようとしないし、今日は休暇を申請した。どこに行くのかと聞いたが、とんでもなく曖昧な返事だったよ」ラッキーの肩にウォルターの手がのった。「疑いなく、前回きみが辞めようとした時と同じく、今回もきみを探し出すつもりなのだろうね。きみたちは得難いチームだよ」

ラッキーが何か言葉を出せるより早く、ウォルターが付け足した。

「そうだ、もし朝九時に出勤してこなければ、きみの仕事はキースに回す」

椅子をたたむと、ウォルターは来た道をのこのこと戻っていった。

俺の捜査《ヤマ》を、キースに台無しにさせるわけねえじゃねえか。

ラッキーはぶらぶらとホテルまで歩いた。今夜は長い夜になりそうだし、あらかじめ昼寝しとくのが利口かもしれない。刑務所から出て、いわば職業訓練期間だった間、羽をのばしてクラブ遊びを楽しんだりはできなかった。もっともウォルターはいつも、ラッキーがふらっとバーに行って乗り気の相手を見つけるのは大目に見てくれたが。

今じゃクラブ遊びが久々すぎて、やり方も忘れていそうだ。ラッキーはシャワーを浴びると着替えて服を着た。長ズボンで最近の怪我を隠す。タイトなノースリーブシャツが胸と肩をしっかり見せつけているが、脚のせいで筋トレを減らしていたのでちょっと筋肉のラインが甘い。

鏡の自分を眺めた。じっと見てればいい感じに見えてこないかと。残念。クラブは暗いから十点満点のうち一、二点はそこで稼げるか。いや何を気にしてる？　これまで見た目なんかかまったこともないだろう。

「あいつのせいでこんなことまで」

自分相手にぼやきながら、何週間か前にはなかったはずの下腹のゆるみをぐっと引っこめた。スポケーンのウェイトレスめ、「パンケーキもう一枚どうぞ」とすすめやがって。動けるようになったら失われた時間を取り戻さないと。

主治医は一言あるかもしれないが、ラッキーは杖を部屋に残して出かけた。

ペンサコーラではいいゲイクラブがいくつか知られているが、ラッキーは〈ウィスパー〉を目指した。音楽も客層も雑多で、ここでは銀行員がトラック運転手をナンパすることも、その逆もアリだ。入場列に並んで胸を張り、背を高く見せかけようとした。ＩＤを見せてチャージを払い、カラダ見本市に足を踏み入れながら「パパのお帰りだぞ」と呟く。

ボタンダウンの連中から少し視線を送られた。きっとお上品な世界に戻る前にちょっとタチの悪い遊びをしてみたい連中だろう。ラッキーがそそられる相手じゃないし、可愛い系《トゥインク》も気が乗らない。ふうむ。ここでバッジを見せて、未成年を狩り出したら楽しそうだ（ヤクを持ってない限りお前の仕事じゃない）。鳴り響くテクノのリズムがアンダーソンでの隣人を思い出させる。あのクソ野郎。もう関係ないが。

今夜、ラッキーの関心は、ぴったりの男を見つけ出すことだけだ。探索がいまいちうまくいかず、バーカウンターに近づいた。そばに男が寄ってくる。

「オゴろうか？」

ラッキーは顔を上げ、何日も見とれていられそうな深いチョコレート色の瞳を見ていた。大当たり！　背中側をまさぐってなつかしい見事なプリ尻《ケツ》を確かめる。この素敵なケツにはいつだろうと抵抗できないのだ。

「ああ。お前と同じやつを」

月曜にSNBに出勤する時――出勤するなら――ふらふらの足取りで行くつもりだ。それも、脚の骨折のせいではなく。

でっぷりとしたバーテンダーがラッキーにウインクした。

「ジンジャーエール二杯、ただいま」

「ジンジャーエール？　マジでか？」

再会の夜だというのに、ボーが注文してたのはジンジャーエールだと？

「俺と同じやつだろ。言ったことには責任を取れよ」

二人はグラスを掲げつつ、カウンターにもたれた。ラッキーの手はちょっと、人前には適さないくらいボーの尻の下あたりに下がっていたかもしれない。当然ボーのほうの手も、所持品検査の練習をしているかのようだ。パンツの中に薬瓶を仕込んでくるべきだったか。ＳＮＢの捜査員とドラッグの運び屋。楽しそうなロールプレイだ。仕事の訓練というタテマエで。

若い客がクスクス笑って、人をかきわけながらカウンターに来た。

「いい加減どっかにシケこんだらどうなのさ、おふたりさん？」

バッジがありさえしたらこいつに——。

「どうどう」と相棒が言った。「それ、いい考えだよ」

ボーは札をぽんとカウンターに放り出し、ラッキーの手を取ると、出口へ引きずっていった。羨望の視線が集まって、クラブから運び出されていく屈辱がいくらか晴れる。いくらかは。

人と熱気がこもった建物から脱出すると、ボーはラッキーをつれて角を曲がり、海辺に向かった。立ち止まり、唇をぶつけるようにキスをする。

ラッキーはもがいた。これは——誰が見てるかわからないのに。

いや、そうだった。彼が何をしようとこの辺で気にするのはウォルターとその奥方だけで、そのスミス夫妻はまずこのゲイクラブ界隈をうろついたりはしない。

「落ち着けよ、せっかくこのために町から離れてるんだ。だろ？」

もう少し気持ちをこめて、ラッキーはキスを返した。

「少し調子が出てきたな」とボーがラッキーの唇に囁く。

目をきらめかせて体を引くと、ボーはラッキーの指を握りしめて砂浜へ下りていった。レストランやバーからの明かりが水面に揺れ、満ち潮に合わせて波が打ち寄せてくる。

潮風に絶え間なく顔をなでられて、ラッキーはこれまでにないのどかな心地を味わった。世界は、そう遠くない未来に崩壊するかもしれない──だが危機は、それが起きた時に何とかしていこう。

「ハチドリの加護を、ネットで調べてみたんだよ」ボーの指が首にかかるチェーンをすべり、錫のチャームをなでる。

「そりゃよかった」

百万年経とうがラッキーは、思いをこめてあのプレゼントを選んだなんて認める気はない。どうせホテルの部屋に戻ったら言われるのだ、色々バレて。支配人にたっぷりチップをはずんでキャンドルをともしたディナーを手配したこととか。ボーの好物のナスのパルミジャーナをたのんであるとか。

「うん、よかった」静かな口調でボーは続けた。「ありがとう」突然立ち止まり、足元を見下ろす。「杖は？」

ボーの注意力はごまかせないようだ。

「いらねえよ」

ボーはしかめ面でそれを聞いたが、すぐ表情が晴れた。

「ウォルターに見つかっただろ？」

「ん」

「復帰しろって誘われた？」

「いーや」

「いーや？」ボーがぽかんと口を開けた。「いーやって、どういうことだ？」

「復帰なんか誘われてねえよ。そもそも俺は辞めてねぇんだと。どうやら、この数週間、俺は休暇中だったらしいや」

「じゃあ戻ってくるのか？」

「そのほうがいいか？」

ボーが当然のように怒るだろうと、挑発のためだけに聞き返す。こいつは時々、おもしろいように引っかかるのだ。

「あのなあラッキー！　頭がおかしくなったのか？　もちろん戻ってきたほうがいい。ほかのどこにあんたが気に入る仕事があると思うんだ？」

「あの仕事は大嫌いだ」

「ああそうだろうよ！　だからあれだけ腕利きなわけだよな！」

「俺が腕利きだと思うのか？」

「いいやあんたは能無しだよ、へっぽこだからやりかけのことを中途半端に放り出せずに辞めるとか言い出す。このクソ石頭野郎が」

ボーの悪態にラッキーは興奮してきた。

「そうかそうか。じゃ、悪党どもをつかまえに戻る前に、何がしたい？」

「あんたとディナーに行きたいよ。どこか、あんたが肩の後ろを見て誰にも見られてないか確かめずにすむところに。なあ、俺たちは別に有名人とかじゃないんだぞ」

ラッキーは唇でボーの耳をかすった。「この辺にな、すげえアダルトショップがあってさ……ちょっと買いこんであるぞ」

「本当か？」ボーの口調がやわらかくなった。「テイクアウトにしようか」

ラッキーはニヤッとする。よしよし、ちょろい。

「ディナーは明日でもいいしね」

かもしれないし、そうならないかもしれない。ラッキーは足取りをゆるめ、立ち止まって、満月を見上げた。シャーロットがここにいたら、満月の下でビーチを歩くなんてロマンティック、と他愛もないことを並べ立ててるところだろう。ボーが隣に立った。

「ああ、とてもきれいだね」

「だな」

ラッキーがうかがうと、ボーは上を見上げていた。ラッキーの胸が締め付けられて、心臓がとても収まりきれないくらいに膨らむ。一歩下がると、ボーに腕を回してTシャツの背中に顔を押し付け、まさに〝ボー〟という入り混じった香りを吸いこんだ。

手をボーの短パンの下へのばして、ちょっとじゃれるくらいのつもりだった。もたげてくる勃起を包むと、ボーがうなって腰を押し付けてくる。ラッキーはゆっくりさすって、布地ごしにしごき上げてやった。

「ちょっと悪いことしてる感じだな。ビーチに立って、しごかれてるなんて」とボーが言う。

「ああ、暗視ゴーグルがありゃ誰でものぞき放題さ」

「この辺りで持ってそうな人はどのくらいいるかねえ」

ボーはまったく気にしていないようだった。

今にも警官がやってくるかもしれないが、そうなればラッキーはとんでもない勢いで逮捕に抵抗してやる。

「さてな。ウォルマートでセールをやってるかもな」

誰かが見てるかもなんて誰が気にする？　もし見たくないものを見せられたと言うなら、日没後にゲイバー界隈をうろつくほうが悪いのだ。ラッキーはボーの下着の中に手をさしこみ、ざらついた手でなめらかなものをつかんで、呻いた。

先端に少しのぬめりがあって、それを塗りつけてボーの包皮の下を濡らす。自分のペニスをボーの尻の間に押し当てて、手でしごくリズムに合わせてこすり付けた。少しだけ、ボーの手をつかんで部屋に戻ろうかと考える。大きな月が、山中でひとりきりだったあの夜のように輝いている。ボーを抱く腕に力をこめた。

(言えよ、ラッキー。あの言葉を言ってしまえ)

固いものをボーの尻のくぼみに押し付ける。言葉はどうしても出てこない――面倒くさい野郎め。リズムを崩さず、ラッキーは根性を振り絞った。

「言いたいことがある。その後で何時間も議論するのはごめんだし、深く考えたくもないし、どっかの給水塔にスプレーででかでか書き出す気もねえ」

ボーの体がこわばり、それからまたゆるんだ。ねだる呻きが静かになる。

「それは?」

ラッキーは爪先立ちになり、ボーの体めがけて強く腰を突き上げた。口を開けたが、すばしっこい言葉は逃げてしまう。ラッキーを嘲笑いながら。畜生、ふざけんな。

「ラッキー?」

「ん?」

ボーの声は苦しげだった。

「ラッキー、俺、もう……」

またその体がこわばって、筋肉のすみずみまで硬直させ、ラッキーの指に絶頂をほとばしらせる。

ああもう、くそう、ああもう。ビーチで、神だの世界だのの前に立って、ただボーが……ラッキーはボーの肩で呻きをくぐもらせて、怒鳴った。口いっぱいのTシャツに向かって。

「お前を愛してるよこのクソッたれが！」

ドクンと脈打ち、ムラムラしっぱなしのティーンのような勢いで達した。膝が笑って、ボーにしがみついて倒れまいとする。凄え、凄えぞ、こいつは――これは……最高にエロかった！

ボーの背中にもたれかかる。ボーが笑うと、全身が震えた。

「〝その名前で俺を呼ぶなら笑って呼べよ〟」と下手くそな西部劇の真似をしてくる。

まあ確かに、こいつも股からいい銃をぶら下げてはいるが。力いっぱいしがみつきながら、ラッキーは笑った。小さな笑いが爆笑になり、しまいには二人してバランスを崩し、湿った砂の上にひっくり返っていた。

「ごめん、ラッキー！　大丈夫か？　脚が！」

ボーがラッキーの脚から砂を払い落とし、治ったばかりの足首を指で確かめる。

「ボー」

「何？」

「俺は大丈夫だ。いい加減騒ぐのをやめて、キスしろよ」

ボーがかぶさって唇を合わせると、二人の間で砂粒が擦れあった。冷たい湾の波がいきなり襲い、海水が二人を洗って、体の下から砂を吸い取っていく。砂、潮風、月、星々、そしてボー。

完璧だ。

ラッキーからキスを終わらせた。「ひとつ聞きたい。どうしてお前は俺といるんだ?」

「は?」

「聞こえたろ。バーで男どもはお前を狙ってたぞ。お前と一緒に出てく俺をボコボコにしたがってた。お前なら選び放題だろ。どうして俺だ?」

淡い明かりを受けたボーの瞳が光り、風と波が低い言葉をさらってしまいそうになる。

「それは、あんたが気難しいクソったれで、イキがったおチビちゃんで——」

「おい!」

「その上、そこにいるかどうか、振り向いて確かめなくてもいいからだよ。いつもあんたが背中を守ってくれてるって、わかってるから」

砂浜で砕ける波、海辺のバーから聞こえる切れ切れの音楽、そのすべてが背景に溶けていく。この夜に、ただボーしか存在しない。微笑んで。ラッキーを見つめて。ほかの誰にも見えないラッキーを見ている。

「ああ、てめえの背中は俺が守る。いつでもな」

湿っぽいことを言い出す前にと、ラッキーは口をとじた。

ボーの目の中にある未来への約束は、もうラッキーを怖がらせはしない。

「俺も愛してるよ」ボーが囁いた。「Ｔ‐ｒｅｘ」

ドラッグ・チェイスシリーズ 2

密計

初版発行　2023年6月25日

著者　エデン・ウィンターズ［Eden Winters］

訳者　冬斗亜紀

発行　株式会社新書館
〒113-0024 東京都文京区西片2-19-18
電話：03-3811-2631
［営業］
〒174-0043 東京都板橋区坂下1-22-14
電話：03-5970-3840
FAX：03-5970-3847
https://www.shinshokan.com/comic

印刷・製本　株式会社光邦

Printed in Japan　ISBN 978-4-403-56056-9